MINGUO TONGSU XIAOSHUO
DIANCANG WENKU

红豆相思·两全其美

民国通俗小说典藏文库·冯玉奇卷

冯玉奇 ◎ 著

中国文史出版社

目 录

红豆相思

两全其美

红 豆 相 思

第一回

小别今重逢　误会冰释意更浓

俗语说，上有天堂，下有苏杭。可见苏州、杭州这两处真是好地方。而尤其是杭州比苏州更好，因为杭州的古迹和名胜比苏州多，单拿西湖十八景来说，也足够使一班游人所留恋的了。

离开西湖附近不多远有个小小的村落，这村子里好像世外桃源一般，无忧无虑，村中人民安居乐业。因为大家很俭朴的缘故，所以大家也都十分温饱。这里有个小小的竹院子，院子门口植有垂柳数株，迎风而舞，远远望去，在黄昏的空气里，如烟如雾，胜如天上。院子内也有一块园地，种着绿油油的蔬菜，还杂有金黄色菜花，在斜阳余晖笼映之下，颇觉好看。这时屋檐下的小方桌旁坐了一个五十左右的男子，他握了酒杯，正在独个儿地吃喝着，看他样子好像十分逍遥自在，显然也是一个小康之家的景况。那时已暮春季节，昼长夜短，所以时虽傍晚，天色尚亮。不多一会儿，屋子里走出一个少妇，年约二十许，生得幽静稳重，虽然蓬头粗服，却也婀娜多姿，楚楚动人。她手里端着一碗热菜，笑盈盈地走到桌旁，说道：

"爷爷，这是刚起锅的红烧鲫鱼，您老人家下酒吃很好的。"

"嗯！嗯！好媳妇，时候不早，你也可以来吃晚饭了。趁红豆这孩子没有醒来，你也可以安安静静吃一顿饭了。"

那老者满面堆笑地回答，似乎对于这个孝顺的媳妇心里也感到十分关切怜惜的意思。那少妇点头答应，一面盛上了饭，一面坐到桌子的下首，便慢慢划饭吃了。

原来这个老者姓贾名铁民，生了一个儿子，名叫怀德。怀德十五岁那年，死了母亲，铁民却也不再续娶，就把怀德辛辛苦苦地抚养成人。到了二十岁，给他讨了一房媳妇，姓朱名淑春。虽是乡下人家女儿，却很知礼义，夫妻间相敬如宾，十分和睦。婚后第二年就生下一个女儿，取名红豆。如今红豆还只两岁，不料淑春腹内又有身孕，而且将近分娩之期了。

这时翁媳两人默默地各自吃着酒饭，黄昏的空气是静悄悄的，显得十分沉寂，只有三五成群的小鸟儿展翅掠空，飞鸣归巢。铁民向天空望了一会儿，忽然想起了什么似的，低低说道：

"怀德这孩子到上海去做事情，一转眼竟有半年多的日子了。前星期来了一封信，说月底可以回家来，今天已经是三月二十八日了，我想在这两天内，他大概总可以到家了吧？"

"是的，这几天总可以回家了。爷爷，你酒不知够了吗？要不给您再去烫一壶来？"

淑春在爷爷面前不好意思显出过分欢喜的样子，却故意装作并不十分介意地回答，说到后面，又低低问他酒可够了吗。铁民心里很快乐，摇了摇头，说道：

"够了，够了，酒这样东西，少喝一点儿，可以活血脉，助精神；但多喝了，到底伤身子，而且更容易误事情的。"

"不过像爷爷这么年纪了，就是多喝一点儿，那也不妨事。"

"话虽这么说，但酒价也越弄越贵了，每天多喝一斤酒，一个月也得花不少的钱。想怀德这孩子负担一天一天地重起来，我做父亲的没有能力帮着他赚钱，但到底也不忍心给他瞎浪费啊！"

铁民这几句话听到淑春的耳朵里，心中倒也着实很感动。不过做媳妇的当然也得奉承他几句，那么他老人家心里才感到欢喜，于是忙含笑说道：

4

"爷爷，您今天多喝一点儿酒，那也算不了浪费啊。宁愿我们别地方节省一点儿，爷爷又没别的嗜好，喝些酒也应该的。"

"哈哈，好媳妇，难为你这样孝顺我，我心里真也太高兴了。"

铁民自然也万分安慰，他摸着已花白的胡须，这就忍不住大笑起来了。这时淑春刚吃完了饭，忽听屋子里播送出来一阵孩子的哭声，知道红豆醒了，遂急放下碗筷，匆匆地入内去了。淑春到屋内去后，院子外忽然走进一个少年来。铁民用目望去，见那少年是怀德的同窗好友杨志飞，遂忙笑着起迎，说道：

"我道是谁，原来是志飞贤侄，快快坐下来，我们一同喝酒吧。"

"贾老伯，听说怀德兄这几天要回家了，所以我来望望他，不知他回家了没有？"

杨志飞一面坐下，一面也含笑招呼地问他。铁民听了，有些奇怪的样子，望了他一眼，说道：

"你怎么知道的？"

"怀德兄前两天有信给我，我才知道的。"

"哦，原来如此，怀德信中确实说这个月底回家，我想最迟明后天一定可以到了。淑春，淑春，杨先生来了，你快些再烫一壶热酒来。"

铁民说到后面，扬着脸，向屋子里又这么地高叫着说。淑春在里面答应了一声，抱着红豆，先拿了一副杯筷出来，见着志飞，便笑盈盈地说道：

"志飞叔叔，您好久不来了，今天难得请过来的。怀德要回家了，你知道吗？"

"嫂子，我就得了这个消息，所以来问问你们的。对不起，我这么一来，倒叫嫂子又累忙了。"

"忙什么呀，又没好小菜款待你，家常便饭，只怕简慢你了。"

"嫂子，你真会客气，红豆给我抱抱，这孩子越发长得好玩了，我真欢喜她。"

杨志飞说着话，伸了两手接抱了红豆，很疼爱的样子，笑嘻嘻地说。铁民握了酒壶，在志飞杯子上斟满了，一面也笑道：

"志飞贤侄，你这样喜欢红豆，那么我们红豆就认你做了干爹吧，明儿给你也好养个白白胖胖的儿子呢！"

"好的，好的，只要老伯舍得，我真是喜欢还来不及哩！"

杨志飞原是只听了上面这两句话，下面这一句话他还没有听到，却先笑着回答。不料铁民和淑春早已发笑起来，志飞被他们一笑，方才理会了，一时红了脸，倒也有些不好意思了。原来志飞新婚不久，还只有三个月光景，所以铁民这么打趣他。他因为没有听清楚，竟这么承认着答应了，这就无怪铁民和淑春忍俊不置了。过了一会儿，淑春含笑问道：

"真的，新嫂嫂坐喜了没有？"

"哪有这么快？这个年头儿，生活程度一天一天地高涨，我觉得还是节省点儿吧，多一个孩子要多一个开销呢，我又不会赚大钱，负担可真吃不消。"

"志飞贤侄，你真好算盘，那可不是成了经济博士了吗？"

铁民见他一本正经地说出了这几句话，因此又打趣他说。这句话很有意思，倒说得志飞、淑春又好笑起来了。淑春这时进内把一壶酒烫好出来，伸手抱还了红豆，笑道：

"志飞叔还是喝酒吧，你抱孩子还不大顺手呢。"

"就是因为抱得不顺手，所以他现在要练习练习，明儿自己养下了孩子，那么抱起来才会觉得很顺手呢。"

"贾老伯，你真会说笑话哩！"

杨志飞偷望了淑春一眼，一面红着脸，一面难为情地讪讪地笑。说起来真巧得很，大家正在闲谈的时候，忽然院子门外停下一辆人力车来，车上跳下一个少年，手提皮箱，却在付车钿。淑春探首一望，心里好生欣喜，不禁"呀"了一声，叫着道：

"爷爷，你瞧，这不是怀德回家来了吗？"

"啊！真的，真的，怀德兄！"

杨志飞回头去望，也早已看见了，这就慌忙离座而起，奔到院子外去迎接。怀德和他握了一阵手，满面含笑，也不及说话，就和志飞携手入内。怀德放下皮箱，先向铁民叫了一声爸爸，然后请了安，一面回头向红豆望了一眼，快慰地说道：

"这孩子半年不见，白胖得多了。"

"怀德，红豆也会学叫人了。红豆，叫声爸爸！"

淑春得意十分地抱到他身旁，要红豆向怀德叫爸爸。红豆似乎对于这个爸爸有些陌生，乌圆的小眼睛在怀德脸上呆呆地望着，好像并不认识的样子。怀德用手指拨拨她苹果般的小脸，一面微笑着，一面叫淑春把皮箱拿进卧房里去。一面又拍拍志飞的肩胛，用了抱歉的口吻，说道：

"对不起，志飞弟，你的大喜日，我不能赶回来向你亲自道贺，还得请你原谅。"

"可不是！还说呢，我知道你架子比老伯还大，老伯倒被我请到了，只有你大人物却请不到呢！"

"其实倒是你的便宜，假使我在这儿的话，第一夜就不会叫你亲亲热热共圆好梦，谁不知道我是一个吵新房的老手？志飞弟，实在我还是成全你的呢。不过话又得说回来，新房没有吵，明天我把你们老房还是仍旧要吵一番的！"

怀德这一番话，说得大家又好笑起来。这时淑春又拿了一副杯筷出来，放在桌子上，秋波望了他一眼，说道：

"你在火车上大概还没有吃过晚饭吧？"

"是的，志飞弟，来来来，我们坐下来一块儿吃酒吧。"

怀德点了点头，拉了志飞一同坐下。淑春又到厨房里去，添烧了两只小菜。怀德望了望铁民的脸，说道：

"爸爸，您近来身子还好吗？前儿淑春给我信中，说爸爸常有咳嗽，我这次回来，给你带来一瓶咳嗽药水，还有一瓶鱼肝油精，这对于身子倒很有补助的。"

"前儿咳嗽是因为偶然感冒的缘故，不多几天就好了，怎么淑春偏会写信给你呢？这种药水，还有什么鱼精，都是很贵的，你白白糟蹋钱的，瞧我这样硬朗的身子还用得补了吗？只要黄汤一喝下，三五十里路，一口气跑得到，你们小伙子怕还不及我哩！"

铁民这两句话，倒叫大家又好笑起来。志飞在旁边凑趣地插嘴奉承着说道：

"老伯的气色真不错，瞧脸终年红红的，比我们血气真要旺得多了。不过怀德兄也是一片孝心，老伯本来硬朗的身体，吃了补品之后，那当然是益发延年益寿了。"

"这也不见得，常言道，百补不及一食补，一个人只要吃得下饭，喝得下酒，那就很不错了。对于补品，我是一向不相信的，尤其是外国货的补药，我就不爱吃，价钱倒挺贵，效力并不大，无非是广告做得响罢了。"

怀德听父亲这样说，一时也不敢说什么，遂和志飞谈谈别后的情形。铁民又问了怀德在上海店中的情形，并问请了多少假期。怀德说，承蒙经理看得起，给我半个月的假期，因为店中的事情也忙得很，所以也不好意思多请假。大家一面吃酒，一面闲谈。等吃完了这一餐饭，天色方才完全黑下来了。铁民、怀德于是又请志飞到草堂闲坐，淑春送上了茶，大家闲谈了一会儿，志飞便要告别回家。怀德忙说道：

"志飞弟，你慢些走，我还有一样东西，请你带了去。"

"是什么东西？"

"你且别问，回头自然知道了。"

怀德说时，又向淑春附耳说了一阵。淑春点头，便含笑入房，不多一会儿，她取了两双丝袜、两方丝帕，匆匆拿出来，微笑道：

"志飞叔叔，这些算不来的礼物，送给新嫂嫂吧。"

"啊呀，我道是什么东西，原来是为了这个……那可太客气了，我不敢拜领，还是嫂子留着自己用吧。"

志飞见了，方才明白了，这就"呀"了一声，很不好意思地回答。淑春也笑着说道：

"你不要客气，又不是给你的东西，要你推却什么呢？况且怀德在上海买了很不少，我也有的用了。"

"志飞弟，你要推推让让，那倒显得生分了。"

怀德在旁边也很诚恳地说，志飞方才道谢收下了。铁民说外面黑暗，拿了灯笼去吧，志飞听了，忙笑道：

"今夜月色很好，没有关系，走路很方便的。再说我家离此不远，不到五分钟就回家了，老伯别费心吧。怀德兄，那么我明天请你吃饭，老伯和嫂子都一块儿请过来，不知肯赏光吗？"

"明天太局促，我想过两天一定到府上来拜望新嫂嫂。"

"过两天便是初一，那也好，准定初一到舍间吃午饭，你们大家都来，一个不到，我还要亲自来接请的。"

铁民连说好的，怀德也点头含笑，于是父子两人送了出来。在屋檐下，志飞再三阻止铁民不要送了，铁民乃停步不送，怀德送到院子门口，方才握手分别，回身关了竹篱笆的门，走进屋子里来。只有淑春一个人在屋内收拾，便问爸爸呢，淑春回答道：

"爷爷多喝了一点儿酒，脚软手软的，他老人家回房安息去了。"

怀德点了点头，匆匆走入自己的卧房，把自己从上海带来的皮箱打开，在箱子底里翻出两卷洋钿，还有一叠钞票。这时淑春齐巧进来，怀德说道：

"淑春，我从上海带来两百元钱，一百元是现洋，一百元是钞票。这一百元现洋，我想交给爸爸去藏起来，那么他老人家也好欢喜欢喜，你说好吗？"

"这是应该的事情，何必问我好不好呢？"

"话虽这么说，但我们夫妻之间也应该互相知照的。比方说你有什么事情，你当然也会告诉我一声的，是不是？"

怀德听她埋怨自己的回答，这就含了笑容，很有道理地说。一面拿了两卷现洋，便匆匆地拿到爸爸房中去了。这里淑春心中暗想：怀德到上海去了半年，不知在外面有没有荒唐的行为，我倒把他箱子里检点检点，看有没有女人用的东西。淑春一面想，一面把箱子翻开，细细地翻阅了一会儿。见除了随身用的衣服鞋袜等之外，并没有可疑之物，其他只有几本小说而已。淑春拿着小说，一面翻着，一面蹙眉暗想：我这个人也未免太傻了，怀德也不是一个含糊的人，就是他在外面有了女人，他也绝不会把女人的东西带回家中来的。一时又想：我和怀德虽然结婚还只有三年，不过他的性情、他的品行，我是知道得很详细的，他不但少年老成，而且规矩划一，想来是不会十分荒唐的。假使他在外面不很老实的话，那么他也不能有积蓄可以带回家中来了。淑春这样一想，芳心里立刻又宽慰了不少。就在这时，她手里翻着书本，忽然在书本内掉落一张长三角形的小照来，后端还系了一条粉红色的丝线。再看小照里面，是一个绝色的少女，笑靥生春，十分妩媚可爱。淑春这一见非同小可，她那颗芳心立刻不受用起来，好像吃了一碗镇江醋的模样，只觉酸入骨髓，痛到心胸，忍不住眼泪盈盈地滚落了两颊，暗自想道：这可给我找出证据来了。可见天下乌鸦一般黑，世界上的男子，哪一个逃得了美色的迷恋呢？正在拿了照相暗自伤心的时候，忽然听得一阵脚步声响，知道怀德回房来了，这就把照相立刻藏入怀内，和衣倒在床上，伸手拍着睡熟了的红豆，装出毫没有翻过箱子的神气。怀德跨步入房，见了淑春和衣而睡，便低低说道：

"淑春，你这么睡着，当心受凉呢。"

"哦，因为红豆哭醒了，我才拍着她哄睡的。"

淑春方才含笑回答，她已从床上坐起，显出一些没有伤心的样子，给他倒了一杯茶。怀德告诉道：

"爸爸见了白花花的现洋，心中很高兴，他说我好呢！"

"嗯，你真好，我也说你好哩！"

淑春表面上虽然这么回答，但心中却暗暗地怨恨。但怀德哪里知道她心中的意思，遂拉了她的手，亲热地说道：

"爸爸告诉我，说你在家恪尽孝道，而且又非常节省，所以我很感激你，你不是比我更加好吗？"

"服侍爷爷，代子尽职，这是我做媳妇应该的事情，那也说不上好不好的。只是你在外面半年来，刻苦耐劳，节俭十分，不荒唐，不游戏，把这许多钱带回家中来，那才是真正的好呢！"

淑春话中有话，原以为怀德听了一定有些反应，万不料怀德却并无知觉，而且十分喜悦，含笑把一百元钞票交到淑春手里，说道：

"这些钱你去藏着吧。淑春，时候不早，我们也该安息了。"

"是的，你一路上也很辛苦了。"

淑春一面说，一面藏了钞票。怀德把皮箱合上，放在床底下，两人便熄灯睡了。少年夫妻，躺进在被窝内的时候，少不得要亲热一会儿，何况他们是久别重逢的呢。所以怀德搂着淑春的脖子，在她小嘴儿上只管甜甜蜜蜜地吮吻。淑春被他温存了一会儿之后，便悄声说道：

"好了好了，吻了这么许多时候，难道还不够吗？"

"当然不够哩！你想，我有半年多的时候不吻你了，今天就是给我吻上这么一夜，我还嫌少呢！"

怀德贼秃嘻嘻的样子，一面笑着说，一面在爱妻身上还十二分地顽皮。淑春又羞又喜，轻轻地啐了他一口，说道：

"亏你说得出来，难道不怕难为情吗？"

"常言道，闺房之乐，有甚于画眉者也。所以夫妇之间，说几句笑话，那算得了什么呢？淑春，你给我再吻吻。"

"好了，当心吵醒了红豆，那就不能再安静的了。"

"不会的，你放心好了。淑春，我的爱人，我……"

怀德挽着淑春颈项，真有些想入非非起来了。不料淑春此刻的芳心里倒又引起了无限的疑窦，这就恨恨地推开了怀德，冷冷地一笑，哀怨十分地说道：

"怀德，你莫非把我当作外面的野女人一般看待了吗？"

"淑春，你……这是打哪儿说起的呢？"

淑春这两句话方才把怀德感到吃惊起来，遂用了奇怪的口吻，向她低低地问。淑春并不作答，却微微地叹了一口气，怀德伸手在她脸部上一摸，却发觉她在淌眼泪，这就更加摸不着头脑了，"咦"了一声，低声唤道：

"淑春，你好端端的忽然淌起眼泪来了，这到底是为了什么缘故呢？你是个有身孕的人，无缘无故伤心，不是有损于健康吗？"

"我死了，你才好称心呀，另娶个更美丽更贤德的好太太，这倒是我成全你的了。"

怀德听她兀是怒气冲冲地回答，一时越听越没意思起来了，遂也叹了一口气，很失望的表情，说道：

"你这算什么意思呢？今天我才从上海欢欢喜喜地回来，夫妻团圆，应该多么快乐才好。谁知你淌泪哭泣，甚至于说出这样不吉利的话，那不是太叫我莫名其妙了吗？"

"有什么莫名其妙呢？反正外面的女人总比家里妻子好，我是及不来别人漂亮、能干、有情有义……"

"够了够了，你这些话都是从什么地方去搬出来的呀？听你口口声声地说外面女人，这外面女人到底指点哪一个？难道说我在外半年的日子，你就疑心我另爱别的女人了吗？"

淑春听他还一本正经的语气，装出若无其事的样子来问自己，这就冷冷地一笑，气呼呼地说道：

"若要人不知，除非己莫为。自己做的事，倒来问我？"

"呀呀！照你这么说来，你是一口咬定我外面有女人的了？"

"这是事实，我又并没有冤枉你！"

"还说没有冤枉我？这简直是捕风捉影、无中生有……"

怀德听到这里，也不由好生着恼起来，遂板起了面孔，愤愤地回答。淑春见他说得嘴响，遂也不肯让步地说道：

"明明有证有据，何必还要假作正经呢？"

"有证有据？这倒奇怪了，我倒要听你说出一个证据来。淑春，我劝你别听外人的信口胡言，因此闹出误会来。"

淑春这两句话听到怀德的耳朵里，心中惊奇得了不得，因为自己并没有亏心的事，所以还显出非常坦白的表情，向她低低地劝告。淑春这就有些忍熬不住了，便哼了一声，说道：

"我并不是耳闻，我完全可说是亲眼目睹的事情。老实说，你再会说话一点儿，你也赖不了！"

"你越说越奇怪了，难道你曾经到上海去过吗？"

"你以为我到上海去发现你们痕迹的吗？这太笑话了，原是你自己带回来给我看的。我说你心肠也太狠了，在外面姘搭了人倒也罢了，还要带回来故意气气我，是不是把我气死了，你可以和她结婚了吗？"

怀德被她这么一说，益发目定口呆，丈二和尚摸不着头脑起来，呆住了半晌之后，方才笑起来说道：

"什么？我带来给你看的？淑春，莫非你在说梦话吗？"

"梦话？告诉你，我不是看见她的人，我在皮箱里看见过她的照相，多么美丽呀，无怪你要当作珍宝一般地藏起来了。"

"照相？在哪里？我皮箱内根本没有女人的照相。"

"好，你还要说得嘴硬吗？我就拿给你看！"

淑春怒冲冲地从床上坐起来，在桌子上点亮了油灯，她取出照片，交到怀德的手里。怀德接过一看，这就忍不住扑哧的一声笑起来，回眸见淑春的粉脸，却好像海棠着雨一般沾满了泪痕，令人楚楚可怜，遂连忙偎着她的娇躯，笑嘻嘻地说道：

"淑春，你真是少见多怪，你知道这照片做什么用的？"

"做什么用？打量我还不知道吗？当然是你们留作纪念用的。我虽然愚笨，对于这些事，总还有一点儿知道的。"

淑春还是余怒未消的神气，不要怀德亲热地推开他的身子。怀德越想越有趣，遂又笑道：

"这是夹书用的书签子，里面是电影明星的照相，这在上海书坊里都有买的。你以为这是我的女朋友，这才是天大的笑话哩。"

"你骗我，人家的照相，可以卖钱吗？"

淑春见他很坦白的态度，向自己一本正经地解释，一时倒也有些将信将疑起来，遂伸手拭了拭眼皮，又低低地问。怀德笑道：

"电影明星的照相当然可以卖钱的，你若不相信，你可以拿了照相去问志飞的，志飞当然不会瞒骗你了。你看这照片一端系有红丝线一根，这不明明是夹书用的吗？天地良心，我可以发誓给你听，假使我在外面有荒唐的行为，那我以后绝没有好……"

"嗯，不许你再往下胡说！"

怀德要发咒赌誓起来，淑春心中这才急了，遂慌忙伸过手去，把他的嘴扪住，撒娇般地"嗯"了一声，低低地说。淑春这妩媚的意态，怀德见了，有些神往，遂把她搂在怀内，笑着说道：

"淑春，我的爱妻，请你不要误会我，我在上海，不要说白相女人，老实说，连影戏也难得看一场的。因为上海是繁华之地，纸醉金迷，倘若迷恋在灯红酒绿场所之内，我如何还有积蓄可以带回家中来呢？况且我家中已有这样贤德美丽的妻子，外面无论哪一个女人也不放在我的心上了。"

"你这些话省省吧，谁不知道我是一个母夜叉呢！"

淑春听了他这一番话，低头细细地一想，也觉得他说得有理。因为在外面一有了新欢，生活一定靡费，支出一定浩大，不亏空已经算得好了，哪里还有两百元钱可以带回家里来呢？这么说来，我也许真的是冤枉了他。淑春心中虽那么想，但表面上还嗽了嗽嘴，瞅了他一眼，自谦地回答。怀德见她态度慢慢地平静了，这就益发涎皮嬉脸的样子，挽了她脖子，笑着说道：

"像你这么倾国倾城的容貌，说是母夜叉，那世界上的母夜叉简直是太多的了。淑春，我真是越瞧越爱你。"

"瞧你这样子，好像在发花痴了。怀德，真的，你一路回家也很辛苦，还是早些休息吧。"

怀德涎脸的神情，淑春心中又恨又爱，逗给他一个娇嗔，却也忍不住微微地笑了，但立刻又正经地劝他。她凑过头去，预备把桌子上的油灯吹熄了，但怀德却不肯，抱着她身子，笑道：

"别忙，在灯光之下，让我多看一会儿吧。"

"有什么好瞧的？才分别了半年，难道我的人样儿就改变了不成？"

"真的改变了，而且变得和从前大不相同了。"

"什么地方改变了？你说吧。"

淑春听他说自己变了样儿，心中很不受用，这就鼓着红红的粉腮子，忍不住又生气地问。怀德伸手按到她的腹部上去，望了她一眼，笑着说道：

"我到上海去的时候，你虽然已经有三个多月的身孕了，不过你的腹部还一点儿也看不出来。现在隔别了半年的日子，你的腹部却高高地隆起着，好像覆了一个淘米箩似的，那还不是变换了一个样子了吗？"

"在这个月里已经是快要临盆了，那腹部当然是要高起来了。这也算不了什么呀，难道你以为稀奇吗？"

"明儿又要生下一个白白胖胖的孩子来了，我们结婚的时候，是只有两个人，如今却变成了四个人，那还不算是稀奇的事情吗？"

"嗨！你这个人真是痴了！"

淑春听他这样说，一时又好气又好笑，手指在他额角上恨恨地一指，自己一骨碌翻身躺倒，便管自睡了。怀德笑了一笑，方才吹熄了油灯，也在被窝内睡下了。

他们夫妻两人静悄悄地正预备到黑甜乡里去找寻好梦了，谁知忽然间听得铁民的声音在院子里大叫着捉强盗。怀德、淑春听了这个叫声，不由大吃一惊，急急亮了油灯。两人睡眼惺忪地匆匆向外奔出去，但是他们的身子却先瑟瑟地抖个不住起来了。

第二回

大盗夜抢劫　家破人亡遭惨祸

　　贾铁民得了儿子白花花的一百元洋钿，心里非常欢喜，暗自想着，有了儿子到底是好的，否则我年纪老了，又不会做事情了，谁肯给我这许多钱用呢？所以他是十万分安慰。等怀德走后，他一个人望了那盏豆火般的油灯，免不得又细细地想起心事来了。最近来时局不大好，各乡都有土匪盗贼发生乱子，不是明抢就是暗偷。那么我这一百元现洋，倒也要好好儿地找个地方来藏着才是。否则，万一盗贼降临到家里，那不是要了我的老命了吗？铁民想到了这里，全身不自然地会打了一个寒栗。抬头望望窗外，只见月色很好，一片清辉的月光，照得整个的卧房发亮。心中忽然想到院子里有一棵高大的银杏树，这树下倒很可以藏洋钿呀，在这静悄悄的夜里，何不神不知鬼不觉地就把它藏起来呢？铁民这么一想，于是打定了主意，先把一百元洋钿藏入一只小小的甏内，然后悄悄地捧到院子里来。他又拿了一柄锄头，在银杏树底下先掘了一个泥潭，然后向四周张望了一眼，见没有什么旁人偷窥，这才很放心地把一百洋钿藏入泥潭里，用泥土仍旧好好儿地盖上。不料还没有站起身子，忽然背后有人轻轻地一拍，铁民正恐怕被人发觉自己的行动，谁知偏偏被人见到了，心中这一吃惊，真是非同小可，急忙回头去望，原来是村中的居民吴大龙。大龙这个人，年纪也不过二十岁，平日不务正业，游手好闲，是一个出名的无赖。当时铁民一见大龙，心中又

17

急又怕，而且又觉得万分愤怒，这就正色喝道：

"大龙，你半夜三更到我家来做什么？莫非你……你……想做不正当的行为吗？"

"阿弥陀佛，天晓得，贾老伯，请你不要冤枉好人吧。我在你家门口走过，看见月光之下，隐隐约约地有个人在院子里走动，我以为是小贼偷东西，所以才悄悄地跳入院子，预备给你们把贼捉住，谁知不是小贼，却是老伯，那真是叫人意想不到的事情呢。"

吴大龙一本正经的样子，暗自念了一声佛，急急地辩白，表示他跳进院子来完全是一片好心的意思。铁民听他这样一说，一时倒反而哑口无言，呆了一会儿，才又急急地问道：

"大龙，那么你可曾见我在做些什么事情呀？"

"我看见的，我看得清清楚楚，你是在树底下藏东西呀。"

"不，不，不是藏东西，你弄错了，因为泥土松了，我是把它盖盖结实的，那你一定是弄错了。"

铁民听他把自己的秘密已经窥见了，心中这一焦急，那心儿立刻忐忑地像小鹿般地乱撞起来，同时他的两颊也涨得猪肝色一般血红，遂竭力镇静了态度，还一味地掩饰着说。大龙忍不住哈哈地笑了一阵，说道：

"贾老伯，你这又何必瞒骗我呢？照我猜测起来，你在藏着的东西，一定还是洋钿金块之类。"

"胡说！胡说！我一个老头子，坐在家里，越吃越穷，哪里来什么洋钿金块呢？大龙，半夜三更，你一定喝醉了酒，还不快早些回家去吧！"

铁民听他这么说，知道他是完全发现了自己的秘密，一时心中更加着急，满头大汗地连声否认，并且催他赶快回去，预备自己另外再藏的意思。不料吴大龙笑嘻嘻的却不肯走开，两只贼眼盯住了银杏树底下，说道：

"贾老伯，你说没有洋钿，我说一定有的，你若不相信，我们把泥土挖开来，大家不妨来看一个仔细好吗？"

"这……这……又不关你的事情，要你多管什么闲账呢？"

"假使没有洋钿，我马上就走开；倘然果是洋钿，那么请你借几块钱来用用，这几天吴大龙在生干血痨，日脚真难过哩。"

"放屁！放屁！你这算是什么话？就是有洋钿，也不干你的事，你凭什么问我来拿钱用？哼！哼！你还不快给我滚开吗？我可要叫人了！捉强盗，捉强盗啊！"

吴大龙一面说着话，一面仗了几分酒气，便上前要去挖开泥土取洋钿。铁民心中这一急，遂情不自禁地高喊捉强盗起来了。大龙被他这么一叫喊，到底心虚，不免有些害怕，遂恨声不绝地奔出院子外去逃走了。

这时怀德和淑春拿了油灯，急急匆匆地从屋子里奔出来，见父亲站在院子里，还是高声地叫着捉强盗，于是连忙走上去，拉住了铁民，奇怪地问道：

"爸爸，半夜三更，你怎么能这样高声大喊呢？你说强盗，强盗到什么地方去了？院子里并没有第二个人呀。"

"怀德，你……你……不知道，刚才吴大龙要抢我的洋钿呢，被我高声一叫喊，他才逃跑了。"

铁民口吃了语气，向儿子慌慌张张地告诉。怀德一听"吴大龙"三字，心中这才放下心来。因为自己和大龙在小学里也曾经同过学，他的人倒聪明，就是品行不大好，遂忙说道：

"爸爸，你不是已经睡在房中了吗？怎么又跑到院子里来干什么呢？大龙又不知道你有着洋钿，他无缘无故地又如何会跑到这里来抢你的钱呢？所以这件事情，倒叫我真有些弄不明白起来了。"

"唉！这……事情说起来，真是天下本无事，庸人自扰之了。是我自己不好，是我自己不好，该打，该打！"

铁民被儿子问得哑口无言，一时满面羞惭，只恨自己不该多事藏银，致生意外枝节，所以深深地叹了一口气，一面自怨自艾地说，一面却伸手连连打着自己的额角。但怀德和淑春听了，还是弄得丈二和尚摸不着头脑，呆住了一会儿，又急急地问道：

"爸爸，你快些告诉我，你说的这到底是怎么的一回事情呢？"

铁民事到如此，也没有隐瞒的办法，只好把自己藏银的一番经过向儿子告诉，一面又唉声叹气地说道：

"我因为近来时局不太平，才想出这一个安全的办法。谁知这个秘密偏偏会被这个无赖看见了，你想倒霉不倒霉！"

"事已如此，爸爸，您也不用难过了，好在洋钿没有被抢，我劝你老人家还是仍旧藏到屋子里去吧。"

怀德是个纯孝的儿子，他虽然觉得爸爸的举动未免是引鬼上门，多生是非，心中大不为然，不过自己做小辈的，总不能十分地埋怨父亲，因此反而向他温言地劝慰。铁民听了，更没有话说，遂去拿锄头又掘泥土。怀德忙走过去说"我给爸爸掘吧"，于是把一百洋钿，仍旧取出来交给铁民，拿回屋子里去。自己和淑春关上了院子门，四周巡查了一下，方才又回房去安息。怀德这回到了房中，躺在床上，一时倒不能合眼了。淑春低低地说道：

"为什么翻来覆去地睡不着呢？"

"我真奇怪着，年纪老的人自会背起来，好好儿的偏多生是非，原不过只有一百元钱，又不是成千成万的，但被大龙传扬开去之后，人家倒以为我是发了洋财回家来了，空担了一个虚名儿，这不是自讨苦吃吗？万一贫穷的亲友们问我来借钱，我推说没有，人家一定不会相信我，总说我太小气，不肯接济穷人，多跟人家招怨，这真是太不犯着的了。"

怀德微微地叹了一口气，遂把自己心中所忧虑的事情向淑春低低地告诉。淑春芳心中虽有同感，但表面上也不便说什么，只劝他早些睡吧。怀德方才不再说话，夫妇两人沉沉地入梦乡去了。

吴大龙这晚回家，也和怀德一样不能安睡，他心中也一阵一阵地转着念头，铁民居然把一鬃洋钿藏到树根底下去，可见这老头子一定很有些积蓄，说不定在树根底下还有不少的金银宝贝呢，我非动动他的脑筋不可了。吴大龙想定主意，到了次日，便匆匆地走到灵隐山脚下一条很冷僻的山道上，那边有数间茅屋，茅屋四周堆着乱石，还植了很高大的树木。大龙走近茅屋门口，轻轻地敲了两下门，只见门上展开了一个小圆洞，洞里伸出一个面目狰狞的大汉脸来，一见大龙，知道是自己弟兄，这就开门给他入内。大龙低低地问道：

"阿根，大王在家吗？"

"在里面，你进去吧。"

吴大龙点头答应，遂轻轻地走入屋内。这茅屋里有好几个房间，外面两间都是小弟兄坐处，里面两间是盗首徐宗英和他妻子耿碧莲的卧房。当下大龙求见宗英，说有紧要消息报告大王。当由小童入内禀报，不多一会儿，出来叫大龙进去。大龙走入室内，见宗英正在喝酒作乐，遂上前鞠躬请安。宗英说道：

"罢了，你有什么要紧消息来报告我呀？"

"大王，有一桩买卖，我们可以前去一做。"

吴大龙垂手侍立，恭恭敬敬地告诉。徐宗英听了，喜得满腮胡髭根根都直竖起来，把酒杯一放，睁了那双三角眼，笑道：

"在什么地方？主人姓什么？叫什么？"

"就在我们同一的村子里，姓贾名铁民，是个五十多岁的老头子。他的儿子从前和我同学，现在上海做生意，听说他很会赚钱，因此铁民有不少金银宝贝，藏在院子里的大树底下。"

"哦，那么你如何知道的呢？"

"昨夜我喝酒回家，路过他家院子，见他拿了锄头，掘着树底下的泥土，正藏着一氅一氅的银子。"

"这消息可是真的吗？"

"当然千真万确，小子有几颗脑袋，敢来谎报？"

"好，你且退下，我立刻给你回音。"

徐宗英喜滋滋地回答，吴大龙连连称是，便悄悄地退了出去。这里宗英步入里面一间，只见爱妻碧莲软绵绵地歪躺在床上，小丫头阿香跪在床边，给她捶敲着腿。阿香一见宗英，便即叫道：

"大王来了。"

"阿香，你暂时出去吧。"

阿香应了一声，遂回身退出。宗英便在床边坐下，手按着碧莲软软的腰肢，很喜悦的神气说道：

"碧莲，我来告诉你一件好消息，保险你听了很高兴。"

"什么好消息坏消息，人家安安静静地休息一下子，你不好好儿去喝酒，偏又找人麻烦来了。"

碧莲薄怒娇嗔的样子，却显出很不高兴地回答。宗英虽然是个杀人不眨眼的大强盗，但是在碧莲的面前，好像命中犯克一样，会像耗子见了猫一般地低头下气，一时便笑嘻嘻地说道：

"我的好太太，难道说我得罪了你吗？为什么好好儿的又生气了呢？"

"哼，人家头昏脑涨地快要生病了，你还一点儿不知道呢！"

碧莲冷笑了一声，逗给他一个白眼，表示非常怨恨。宗英连忙伸手去摸她的额角，似乎略有微热，这就皱了眉毛，小心地问道：

"那可怎么好呢？要不要弄些头痛粉来给你吞服吗？"

"不要！"

"那么我给你轻轻地捶敲一会儿可好？"

"不要！"

宗英一味柔情蜜意地向爱妻讨好，但碧莲却绷着粉脸，一味作势装腔地撒娇着。宗英见她只管恼怒着，心中便急慌起来，一时把大龙来报告好消息的话也忘记向她告诉了，笑嘻嘻地说道：

"我的好人儿，你千万不要生气呀！你已经身上是有着不舒服的了，你若再着恼生气，那不是加重你的病体吗？万一……"

"什么？放你妈的狗屁！万一怎么样？你说，你说，是不是你要

22

咒念我早点儿死了，你可以到外面再去抢劫女人白相吗？哼！哼！你真是一个没有良心的东西！"

碧莲不等他说下去，便猛可地从床上坐起身子，圆睁了杏眼，显出万分恼怒的样子，向他恨恨地喝骂。宗英想不到自己一番好意倒竟被她恶意猜了，这就怔怔地愕住了一会儿，说道：

"你……不要太冤枉我了，我长了几颗脑袋，敢咒念你早点儿死呢？况且……况且像你这么美丽可爱的女人，我心疼你还来不及呢，如何会……唉！碧莲，你的性情为什么变得这样坏？噢！不！不！我不敢这样说你，请你原谅我吧！"

宗英哭里带笑地说到后来，又恐怕得罪了碧莲，因此立刻又低声下气地赔错求恕。碧莲见他在别人的面前可说天王老子都不怕的，可是在自己身上却显出这么可怜的样子，一时望着他那副尴尬的面孔，倒不禁又好笑起来了。宗英见她不说话，却嫣然地笑了，觉得在盛怒之下，忽然看到这幽美的笑脸，那是更令人神魂飘然。知道碧莲并非真的恼怒自己，原是女人家假惺惺作态的意思，心中一欢喜，立刻又涎脸起来，伸张了猿臂，把碧莲抱在怀中，低下头去，就在碧莲殷红的嘴唇上发狂地热吻起来。碧莲原是一个淫荡的女子，她所以闷闷不乐，正是为了性的苦闷。因为宗英这个人的脾气，对于酒色两字虽然十分喜爱，不过所奇怪的就是他好色的时候，一连地非几个月日子有女人陪着玩不可；但他好酒的时候，却又不想玩女人了，接连地也有几个月可以喝酒不玩女人。碧莲在吃得太饱和饿得要命的情形之下，觉得生活的规律也实在太不平衡了，因此她芳心之中当然也有说不出的痛苦。况且宗英虽然身强力壮，但到底生得脸上判官，爱美本是人类的天性，尤其是碧莲这个水性杨花、心如蛇蝎的妇人，她把宗英也看得慢慢讨厌起来了。最近她在众盗之内看中了一个姓温名如玉的盗党，这个温如玉是年轻的小伙子，唇红齿白，好像一个女孩儿家似的，果然十分温文，和他名副其实，两人偷偷地已经眉目传情，都有意思，只可惜没有机会，所以还未

23

着手进行。碧莲见宗英和自己寸步不离，而且在自己身上又并不稍尽一点儿义务，因此也怨不得她要撒痴撒娇向宗英故意恼怒起来了。此刻被宗英这么一吻，内心火般热的欲情早已沸滚地燃烧着了，于是恨不得把宗英一口吞了下去，两手紧搂着宗英的脖子，嗯嗯唔唔地哼个不住。碧莲那种放浪于形骸之外的骚态，把宗英也撩拨得难以自主，况且他酒后兴浓，如何再能压制得住？因此两人干柴烈火，也就不顾青天白日，居然融融地燃烧起来。想不到星星之火，势成燎原，几乎闹得不可收拾，直到风云弥天，大雨倾盆，才把火势扑灭，两人方才静悄悄地毫无声息了。过了一会儿，宗英低低地含笑问道：

"碧莲，你心中还怨恨我吗？"

"我们是夫妻，怎么会怨恨你呢？宗英，哎，我倒忘了，刚才你进房来，不是告诉我说有一个好消息吗？到底是什么事情？你快些告诉我吧！"

碧莲这时的神情，可说和刚才又换了一副面目，她听宗英这么问，粉脸上不免添了一圆圈红晕，显出羞人答答的意态，娇媚地一笑，秋波斜乜了他一眼，低低地问。宗英听了，也猛可地记得了，不由"呀"了一声，急急地说道：

"不得了，为了博得你的欢喜，我竟把正经事情都忘记了！"

"什么正经事情呢？"

碧莲皱了两条细长的眉毛，似乎不很了解的样子，低低地急问他。宗英遂把吴大龙来报告消息之事，向碧莲说了一遍，并且又懊悔不迭地说道：

"大龙在外面还等着我的回音呢，谁知我……唉，现在我可不能了，还有余力去抢劫人家的财物吗？"

"那也不是什么天大的事情，何必急得这个模样儿呢？今天不抢，明天也好抢，只要知道了有货色，早晚是我们手中之物，哪怕他逃到天边去不成？宗英，你静静地休养一会儿，我去给你传令，叫他们预先准备，今儿晚上我们一齐去动手，岂不好吗?"

碧莲似乎比他强硬得多，早已跃身从床上坐起，一面说，一面也不等他的回话，就匆匆出外去吩咐了。大龙听盗婆这样吩咐下令，岂敢有违，遂都点头遵命。这时碧莲一眼瞥见温如玉向自己挤眉弄眼，于是向他招手，叫他走进里面一间。温如玉不知何事，心头别别乱跳，但也不敢违背，只好悄悄跟人。见室内桌子上放了几样好菜，一把酒壶，已经吃得杯盘狼藉，如玉有些莫名其妙，因此望着她怔怔地愕住了一会儿。碧莲且不说话，回身向套房内一张望，只听鼻息如雷，原来宗英已经沉沉熟睡了，一时芳心暗暗欢喜，回身走到如玉面前，秋波斜乜了他一眼，淫贱地媚笑了一下，伸手拧了他一把面颊，说道：

"好孩子，你懂得老娘意思吗?"

"大王夫人，孩儿实在不懂得。"

温如玉听她开门见山，就这么直截地向自己调起情来，虽然十分惊喜，但大王近在咫尺，觉得碧莲色胆如天，也未免叫自己感到心惊肉跳，十分害怕，这就拜伏在地，慌慌张张，故作木然的样子，低低地回答。碧莲听他回说不懂得，心中很觉怨恨，遂怒容满面，冷笑了一声，白了他一眼，娇嗔斥道：

"你这该死的东西！平日之间，老是向我眉目传情，勾引老娘，今日老娘以真心向吐，怎么你倒反而假装糊涂起来了？我问你，你到底要死要活?"

"啊！孩儿要活，孩儿要活，请您老人家息怒，只要你开一声口，叫我朝西，我绝不敢朝东。虽赴汤蹈火，我亦万死不辞。"

碧莲一面说，一面伸手就老实不客气地在他颊上啪的一记耳光。打得如玉满脸通红，反而连连叩头，苦苦哀求不止。碧莲见了，倒又忍不住感到好笑，遂把他拉起身子，眉开眼笑地说道：

"小鬼，你还老跪在地上干什么？起来吧！"

"是！是!"

温如玉连连应着，站起身子，垂手侍立，恭恭敬敬地简直有些目不斜视的神气。碧莲看得楚楚可怜，遂偎过身子去，一手挽了他的脖子，命令式似的说道：

"把你的嘴来吮吻我的嘴，咦！为什么不听我的话？"

"大王不是在里面房中吗？你要我死，只管杀了我，可别这样地捉弄我，万一大王出来撞见，我恐怕还要死得更痛苦呢！"

碧莲听他颤巍巍地说，眼睛里好像要流下泪来的样子，他全身几乎也有些瑟瑟地发抖了，这就温柔地安慰他说道：

"你真是一个胆小的孩子，大王在里面早已挺尸地睡着了，他一时里不会醒过来，你怕什么呢？快听从我的话，给我一些甜蜜，否则老娘心中可要着恼起来了。"

"好！我就冒死来给您效忠吧！"

温如玉听她这样说，方才胆子大了，他像饿虎扑羊一般地紧抱碧莲，把碧莲直吻得再度兴奋起来。她觉得如玉有如玉的技巧，和宗英比较，可说别有一番滋味在心头。正在欲罢不舍，想另有发展的时候，忽听宗英在里面大叫碧莲。这一声叫喊，把如玉吓得脸无人色，汗流浃背，那颗心几乎从口腔内跳跃出来了。碧莲也吃了一惊，两人各自放手，如玉早已向外溜逃出去了。碧莲镇静了一下态度，遂从容不迫地步入内房，见宗英依然沉沉酣睡，并没有醒来，方知他是梦中叫人，不免暗暗恼恨。意欲再去寻找如玉，又怕众盗党有所议论，况此刻身子也觉倦怠十分，软绵无力，她也不再胡思乱想，倒卧床上，也寻找她的好梦去了。

等他们两人一觉醒转，天色已经黄昏。宗英忙命阿香上灯，倒了面水来服侍梳洗，一面望着碧莲睡态惺忪的神态，笑嘻嘻地问道：

"碧莲，你什么时候进房来睡的呀？"

"我出外去吩咐了他们准定晚上去动手之后，才进来睡的。你此刻精神觉得怎么样？不是完全复原了吗？"

"嗯！此刻精神又好得不得了，实在还有一战的胃口。"

宗英自得其乐的样子，哈哈地笑了起来。碧莲红晕了娇容，秋波恨恨地白了他一眼，冷笑道：

"哼！我倒并不是怕你，因为怕误了公事，叫大家心中很失望。所以我们还是快叫人开饭，吃完夜饭，马上可以动手干正经事去了。"

"你这话说得不错，阿香，你快出外去吩咐他们，叫大家吃好夜饭，藏好武器，预备出发了！"

宗英对于碧莲说的主张无不言听计从，当下连连点头，向阿香吩咐。阿香听了，便匆匆地又向外面去传令了。

夜是静悄悄的，尤其在春天的晚上，四周的景物更带了幽美的风韵，在清辉的一缕月光笼映之下，只见黑魆魆地有十来个人影子，慢慢地向贾铁民的院子门口逼近过去。形势是十分紧张，因此这幽美的春夜，倒显得有些恐怖和害怕的意味了。

这时贾铁民正在自己的卧房里吸着旱烟，听对面儿子的卧房内已经是静悄悄地熄灯安息了。不知怎么的，他今天晚上会合不着眼睛，只是不想睡觉，好像有种不安的样子，使自己心神十分不定，只觉心惊肉跳，竟是失眠的光景。想起昨夜被吴大龙发现自己秘密一事，他不免更加担心害怕起来。不料正在这个时候，突然听到院子外一阵嘈杂的声音，接着那院子门一声响，好像有许多脚步声走进来。铁民心知事情不妙，但他还仗着胆量，走出屋子外来看究竟。只见院子里火把通明，已有十多个汉子拿了锄头，在掘那银杏树下的泥土。铁民一见此情此景，知道大龙串通盗匪，前来抢劫财物。虽然树下已没有银圆，不过他心中也是万分急怒，这就情不自禁地大叫"捉强盗"。经他一叫，更加恼了宗英，原来这时众盗已发觉树底下已没有了银圆，他们都由失望而愤怒起来。大龙心里恐怕宗英责骂，见了铁民，便把手一指，急急地说道：

"大王，藏银圆的就是这个老头子，我们把他抓住了，可以问出他藏银的地方来！这老头儿太刁滑了，一定把银圆藏到别的地方去了！"

宗英一听这话，便一个箭步奔到铁民面前，伸手一把抓住铁民的衣襟，啪啪地先打了几个耳刮子，大喝道：

"他奶奶的！你这个老东西！快把金银宝贝拿出来！否则，嘿嘿！你就不用想活性命了！"

"你们这班杀不可赦的狗强盗！什么连王法都没有了吗？啊！快捉强盗呀！快捉强盗呀！"

铁民被宗英这一记耳光打得真有些七荤八素，身子几乎摇摇欲倒，但被宗英又一把抓住胸襟，好像老鹰捕小鸡似的提了起来。因为这是生命危险到了最后关头的时候，铁民也顾不得一切，就高声大骂大叫起来。怀德和淑春在卧房里听爸爸的声音在大叫大骂，一时慌慌忙忙地披衣出外。只见院子里黑魆魆地全是人影子，为首一个大汉手执利刃，抓住自己爸爸，正欲一刀杀了下去，急得怀德没命地大叫不能杀我爸爸，但说时迟那时快，宗英的匕首早已戳在铁民的脑门上。铁民大叫一声"呀"，身子扑地而倒，只见鲜血流了一地。怀德见爸爸被杀，不由魂飞魄散，双泪直流，一时神志昏迷，也不知打什么地方来一股子勇气直扑宗英，要和宗英拼命的样子。但宗英哪里放在心上，举起一腿，早把怀德踢得跌倒在地。宗英还不肯饶他，一步抢上前来，把怀德用脚踏住，举刀要杀。淑春一见，没命似的奔上来，把身子扑在怀德的身上，连叫"大王救命"。宗英在火把光芒笼映之下，见是一个绝色的少妇，心中倒是一动，遂把她抱在怀内，一面吩咐众盗抢劫财物，然后放火烧屋。宗英一声令下，盗党们纷纷进行抢劫工作。这里宗英抢着淑春，先奔回盗窟里去了。碧莲见宗英抢了少妇逃逸，一时妒火中烧，正在怀恨入骨，忽然见怀德年少英俊，美如宋玉，这就暗想：他可以另得新欢，我也不妨学他样儿。想定主意，把怀德一把拉住，手执盒子炮，喝声："跟我走！"怀德见了枪械，如何还敢倔强，只得也任她摆布，被碧莲劫走回盗窟去。众盗奔入屋子，真所谓虎狼入室，焉有完整之物，

28

所以一霎眼间，早已抢劫一空，然后烧了一棒火，满载而归。这时四邻村民一见火起，烧得满天血红，若不扑救，火势蔓延，这还了得？因此大家硬着头皮，也顾不得许多地只好开门出外，大家救火要紧。这时杨志飞也得到贾家被盗抢劫而且用火焚烧的消息，因为友谊深厚，他也顾不了危险，急急赶奔而来，一看究竟。当他在院子里见到被杀的铁民，真是心碎肠断，遂抱在怀中，急急问道：

"贾老伯，你……你……如何被杀在这儿？怀德兄和嫂子呢？"

"他……他们……都……被强盗……捉去了。"

铁民似乎还有一口气没有断，遂上气不接下气地断断续续地回答。志飞"啊"了一声，表示无限骇异，忽然想起红豆，遂又问红豆在哪里。铁民这时已口不能言，唯有手指屋内而已。志飞一见，知道红豆尚在房内，时闻孩子哭啼声音不绝于耳。志飞只得放下了铁民，奋不顾身地窜奔火堆中去，冒了十万分的危险，把红豆抱救出来。但不多一会儿，贾家的三间茅屋，早已一片焦土。志飞想起铁民葬身火窟，怀德夫妇存亡不知，不由伤心落泪，也只好抱回家去，叫妻子龚秋芬好好抚养。如此过了几天，志飞因怀德并无消息，同时自己也要到上海去做生意了，所以志飞和秋芬带了红豆，便离开了故乡，到这繁华的上海去生活了。

第三回

命薄瓦上霜 卖身葬母欲断肠

岁月像流水一样地过去，它是永远没有停止的时候。天上的明月，一会儿圆了，一会儿缺了；人世间的变迁，一会儿乐了，一会儿悲了，也是刻刻不停地推演着。离开贾家发生惨案后已经整整地有十六个年头了，但这些事情在旁人不关痛痒地早已抛置于脑后去了，只有一个人，她心中怀了海样深的悲哀。这个人是谁呢？原来就是杨志飞的女人龚秋芬。自从志飞带着秋芬、红豆到了上海之后，就把红豆改了一个名字叫怀春，他所以取这个名字，无非是纪念怀德和淑春的意思。不料怀春在十五岁的时候，志飞就一病死了，剩下了秋芬和怀春母女两人，以后的生活自然也慢慢地困难起来。因此怀春初中毕业就辍学了，秋芬只好抛头露面地到工厂里做工去了。如此又过三年，正值民国三十二年之间，上海处在敌伪恶势力的环境之下，物价狂涨，好像仲夏之寒暑表日日上升，人民在这水深火热的煎熬之中，无不焦头烂额，怨声载道。可怜秋芬不堪社会的磨折，她虽然是个四十一岁的中年妇人，但却弄成面黄肌瘦，十分憔悴苍老。常言道，积劳所以致病，久郁因以丧生。秋芬对此兼而有之，那如何不要恹恹地病倒在床上呢？秋芬这一病，当然是苦了怀春，虽有请医给娘诊治之心，但是却无能为力，也只有愁眉不展，天天以泪洗面而已。她们原是住在前厢房的，住在客堂楼上的也是母女两个人，女儿沈佩文，年纪和怀春同庚，天天打扮得花枝招展，每晚要深更半夜才回家来，却不知道在做些什么事情，但生活却很舒服。这天秋芬、怀春母女两人正在相对哭泣，忽见沈太太悄悄地走进来，怀春忙收束泪痕，起身相迎。沈太太低低问道：

"杨小姐，你妈的病怎么了？今天可曾好一些吗？"

"总是这个样子，热度不肯退，胃口又不开，人是越弄越瘦了。唉，沈太太，难为你常常来关心，请坐吧。"

怀春蹙了眉尖，低低地告诉。她心中一阵悲酸，眼皮忍不住又发红起来了，慌忙又很感谢她地转了话题，一面又给她倒了一杯茶。沈太太含笑道谢，说道：

"杨小姐，你别客气，倒累忙了你。"

"倒一杯茶，这是忙不了什么的。"

"我说你们也不要太省钱，你妈这病是应该请个大夫来瞧瞧的，吃几剂药后，表一表寒，出一身大汗，那热度自然也会退去了。"

沈太太这几句很关切的话，听到怀春的耳朵里，虽然认为很有道理，不过自己心中的苦处又怎么能向外人告诉呢？因此涨红了粉脸，默然无语。看她这种神情大有欲哭不能的样子，沈太太对于她们的处境是知道得很详细的，她见怀春并不作答，遂拉了她的手，用了十二分热诚的口吻，低低问道：

"杨小姐，恕我冒昧，莫非你心中有什么为难的缘故吗？假使真有困难情形，不妨老实地告诉我，我虽然能力薄弱，但也许可以稍尽一些人类互助的义务。"

"沈太太，承蒙你这样好心问我，我实在非常感激。想我们五六年同居以来，对于各人家境也是洞悉之中。自从我爸爸死后，家中没有生产的人，母亲为了生活，只好去做女工，如今病了快近一个月了，做工的人原是做一日过一日的，现在既不能到厂，当然也没有进益了。你想，连日常生活都觉得有些困难了，哪里还有什么钱来请大夫医母亲的病呢？"

怀春在这个情形之下，她不说出苦衷来又有什么办法呢？但她说到末了的时候，一阵心酸，眼泪便扑簌簌地直滚下来了。沈太太"哦"了一声，一面拿帕给她拭泪，一面低低说道：

"傻孩子，既然你短少钱用，那你为什么不老早地跟我说呢？不要伤心，这里我还有五万元钱，你先拿着用吧。等你母亲病好了，赚了钱不是可以还给我吗？"

"沈太太，你这样好心肠，真不知叫我如何地报答你。"

沈太太把五万元钞票塞到怀春的手里，怀春心里又感动又难过，泪眼盈盈地望着她，低低回答。沈太太微微地一笑，拍拍她的肩胛，说道：

"别说这些话吧。此刻时候还早，我说趁现在你妈睡熟着，你快去请医生来吧。"

"沈太太，我年纪轻，一切都不懂得，也不知请哪一个医生好？"

怀春心急慌忙地向房门口走，忽然站住了，又回过身子来，向她急急地问。沈太太沉吟了一会儿，想到了似的说道：

"张伯春就在长沙路口，离此也不远，你还是到他那里去挂一个号吧。前儿我佩文的病也是吃了他一剂方子才好的，他的医道倒很不错呢。"

"沈太太，那么请你在这儿照顾照顾我的母亲吧。"

沈太太答应"好的"，怀春方才匆匆地走了。这里沈太太静静地坐了一会儿，秋芬在床上昏昏迷迷地叫着怀春的名字，沈太太忙走到床边，问要什么。秋芬说口渴得很，倒杯开水喝。沈太太听了，遂给她倒了一杯开水，挽了秋芬脖子，服侍她喝了一口。秋芬睁开眼来，见床边站着的不是怀春，却是沈太太，心中很觉惊奇，遂忙说道：

"对不起，倒叫您来服侍我，我的怀春到哪里去了？"

"哦，杨小姐请医生去了。"

"什么？请医生？哪儿来的钱呢？"

秋芬虽然病得昏迷，但她心中还很清楚，因为自己病了一个月，毫无进益，哪儿来钱请医生呢？所以她显出惊奇的表情，急急地问。沈太太呆了一会子，方慢慢地告诉她说道：

"杨太太，是我借给你们的。"

"沈太太，你……太好了。不过，我……我这个病怕不会好了，就是请了医生来诊治，恐怕也救不了我的性命。早晚总是一个死，我又何必多加重这个苦命孩子的负担呢？唉，人生总是苦味的!"

秋芬突然听了这句话，她起初是感激，继而又感到不必多此一举。虽然怀春不是自己亲生的女儿，但因为自己一无生育，所以把怀春也真心疼爱。她想到自己死后，剩下她一个孤苦伶仃的女孩子，以后的生活将怎么样结局？所以她又深深地叹了一口气，眼泪扑簌簌地滚落下来了。沈太太却安慰她说道：

"杨太太，你别说这样颓丧的话，一个人小病小痛那总是免不了的，只要医治得快，病体自然会复原的。所以我劝你好好儿养病，不要胡思乱想地忧愁吧。"

"唉！这个年头儿做人，有什么滋味呢？活着也徒然感到痛苦而已，倒不如死了干净。"

沈太太见她说着话，又暗暗地流下泪来，一时也微微地叹了一口气，只好向她又安慰了一番。这时秋芬合上眼皮，静静地好像在养着神光景，遂也不和她多说话，自管坐到桌子旁去想了一会儿心事。约莫半个钟点之后，只见怀春匆匆地回来了，向床上望了一眼，然后问沈太太道：

"我妈没有醒过吗？"

"刚才曾经给她喝过一口茶的，你请了大夫没有？"

"我已经挂了号，大夫要四五点钟才能来呢。"

"好的，那么我还有些事情，明天再来望你的妈吧。"

沈太太说着话，站起身子，便回房去了。这里怀春向她再三道谢，送到房门口，方才走回床边。只见秋芬又睁开了眼，见了怀春，便含泪问道：

"孩子，你回来啦？"

"妈，是的，我给您老人家在请大夫，只要喝几剂药，那病自然会好的。"

怀春强颜欢笑地安慰她说，伏在床边，捧着秋芬瘦黄的脸，表示无限亲热的样子。但秋芬却默默地并不说话，她眼角旁慢慢地涌现了一颗晶莹莹的泪水。怀春见母亲淌眼泪，一时也不免伤心起来，红了眼皮，说道：

"妈，你不要伤心呀！你伤心了，叫女儿心中不是也很难过吗？"

"孩子，并非我向你说这些心碎肠断的话，实在因为我知道这个病是很危险了。我好像是一只已经破坏的船，在这大海汪洋之中，如何还能禁得住惊浪骇涛的打击？所以不久之后，慢慢地总要沉沦下去的。我又好比是风前的残烛、草上的晨霜，虽有卢扁之医，恐亦难收回春之效。虽然人生百年，亦不过弹指光阴，早晚总是逃不了从来的路上去。不过死者倒是脱离了一切烦恼和痛苦，丢下孤苦无依活着的你，那种痛苦又岂是我三言两语所说得完呢？孩子，你从小已经是这么命苦，谁知到现在还是那么苦命，这叫我是多么心痛啊！"

秋芬这一篇话，说得上气不接下气，她把枯瘦的手拉着怀春的手，真是一字一泪一点血，在她末后这两句话中，显然是还包含了说不出的隐情。但怀春哪里知道个中的曲折呢？她听了母亲这些诀别的话，她除了呜呜咽咽哭泣之外，这就再也说不出什么来了。秋芬被她一哭，也不免泪如雨下。母女两人对泣了一会儿，秋芬抚摸着她的云发，反而低低地安慰她说道：

"孩子，你不要哭呀，妈不再说这些断肠话了。"

"是的，我相信老天会保佑你，他绝不会忍心拆开我们母女两个人的。妈，你饿了没有？要不弄些稀饭您吃？"

"我没有饿，孩子，你也息息吧，我要养一会子神了。"

怀春听母亲这样说，于是不敢多劳乏她的精神，给她放下了帐子，自己退到桌旁坐下。偶尔抬头，瞥见对面壁上悬着的爸爸遗像，她心中立刻又悲酸起来，暗自想道：假使我爸爸多活几年的话，我妈怎么会到工厂里去做女工呢？倘然安安闲闲的生活很舒服，我妈又何至于积劳成病，而又病得这样厉害呢？想到这里，真是痛到心胸，只怪自己没有能力，因此眼泪又像雨点儿一般地直滚下来了。

秋天的季节，天空老是阴沉的，好像愁眉不展，愤世嫉俗，大有不满于现实的样子。尤其在黄昏的时候，秋风飒飒地吹着飘飞的黄叶，这景象更包含了一层凄切悲凉的意味，在失意人的眼睛里看起来，心里自然更会涌塞了无限的愁绪。万一母亲有了什么不幸的话，那么我在上海真仿佛南来雁失了群受着孤单一样。一个才十八岁的女孩子，将怎么来过以后的生活才好呢？越想越困难，一时便存了一个痴念，倘然母亲死了，我也还是自杀了比较爽快多了。怀春虽然是这么想，但眼泪却没有停止地流淌着。不料老天见她哭得伤心，似乎也有些同情的悲哀，因此洒洒的一阵子雨点儿声音，天亦有情地哭泣起来了。

在秋雨淅沥声中，张伯春医生到来了。怀春含了眼泪，忙着招待医生。张大夫给秋芬按了脉息，不免吃了一惊，因为这病已经是凶多吉少了。当下且不言语，看了舌苔，问了一些起病的情形，然后开了药方。怀春低低地问道：

"张大夫，我妈这个病不知有没有危险性吗？"

"这也难说，你妈病了已经一个月了，我说你们不该拖延得那么久的日子才看医生。现在且吃了这一剂药，明天最好再看一次。"

怀春听大夫这样说，可见母亲的病势实在很不轻，明天再看一次固然很好，但是钱又到什么地方去拿呢？因为诊金药费每次得花四万多元钱，沈太太那儿借来的五万元钱，今天早已化为乌有了，所以她是急得满头大汗，口里虽然是答应着，心中却像滚油在熬煎一般地痛苦着。送了医生走后，急急地又去撮了药来，然后生旺了炭火炉，透药煎药地忙碌了一阵子。这时天色已黑，房中亮了一盏二十五支光的电灯。窗外的雨声不绝，打在玻璃窗片上嗒嗒地作响，因为室内沉寂的缘故，所以觉得风雨凄凄，倍觉凄凉。

怀春煎好了药汁，盛在碗内，凉了片刻，方才端到床边，揭开帐子，低低地唤了一声妈。秋芬睁开眼来，向她淡然地望了一瞥。怀春忙叫道：

"妈，药汁煎好了，我给你喝下了好吗？"

"我不要喝。"

"啊！妈，你……你……怎么能不喝呢？我费了九牛二虎之力才请了大夫，煎好了药汁，这是多么不容易呢！妈，你可怜女儿一番苦心，你就喝下了吧！"

秋芬昏昏沉沉地听女儿苦苦哀求着说，她方才点点头，把嘴唇颤抖地一掀，表示愿意喝药的意思。怀春遂含笑服侍她把药喝下，然后用温开水给她过了嘴，扶她睡下，说道：

"妈，喝了药后，要好好儿睡一觉才是。我相信张大夫的医道最好，药到病除，吉人自有天相的。"

怀春这么祈祷着，秋芬也不理她，自管闭着眼睛似乎很昏迷的样子。这时怀春也有一点儿肚子饿了，遂把冷饭用开水泡了，坐在桌边，一个人稀里呼噜地吃着饭。忽然见沈太太又悄悄地走进来，怀春放下碗筷连忙相迎，沈太太却连连摇手，低低地道：

"你只管坐着吃饭，你妈把药喝下了没有？"

"刚喝下不多一会儿，我见她好像要睡着的样子。"

"给她睡一会子也很好，张大夫怎么样说呢？"

沈太太点点头，又轻声地探问。怀春听了，一时蹙了眉尖，不免有些悲哀和忧愁的样子，叹了一口气，说道：

"张大夫埋怨我们不该拖延到如今才看医生，其实我们的苦衷他又怎么能知道呢？他又说最好明儿再看一次，我虽然也有这个意思，但是……"

怀春说到这里，向沈太太逗了一瞥哀怨的目光，却没有再往下说。沈太太心里原也知道她下面还有未尽的话，遂同情地说道：

"杨小姐，你不要急，我知道你，既然已经给你妈请了大夫来医病，那么总要把她看痊愈才好。至于钱的问题，我可以帮助你，有道是远亲不如近邻，比方说明儿你们家境好了，我倘然有什么困难的地方，你当然也会帮我的忙，是不是？"

"沈太太，你太好了，理应受我一拜。"

怀春听了她这几句热诚的话，一时心中感动到了极点，她忍不住走到沈太太面前，果真地跪了下去，叩起头来，慌得沈太太连忙把怀春扶起。不料正在这个时候，床上的秋芬却"哇"的一声呕吐起来。怀春、沈太太急到床边。见母亲的神色非常不好，怀春心中一急，不由哭了。沈太太忙道：

"杨小姐，你不要哭，我也被你哭糊涂了，快倒杯开水给她喝吧。"

沈太太这么一提醒她，怀春方才收束泪痕，急忙倒杯开水凑到母亲的口边，不料秋芬口吐白沫，牙关咬得紧紧的，却不会喝茶了。怀春情急智生，遂自己喝了开水，嘴对嘴地直灌下去，只听咕嘟的一声，秋芬方才悠悠醒转。怀春哭叫道：

"妈！妈！你怎么啦？"

"没有什么，孩子，你扶起我来坐一坐。"

"妈，你怎么还能坐起来呢？躺着吧。"

"不，让我试一试。"

秋芬竭力支撑着要坐起来，怀春拗她不过，只好依顺了她。但秋芬如何坐得住，刚靠着怀春坐起，便气喘甚急地倒了下去。怀春给她又盖上了被，含泪满颊的，心里总觉得空洞洞的，好像丢失了一件什么宝贵的东西一般难受。秋芬这时脸现红色，精神似乎好得许多。沈太太见多识广，知道这是回光返照，恐怕今夜就不容易挨过去，但又不敢说出口，怕怀春伤心，只好呆呆地站着出神。秋芬两眼已经有些失了神，她凝视着怀春，良久方颤抖地说道：

"孩子，事到如此，我也只好直说。你妈的病，好像一座钟的机器已经坏得再不能修理了，它是完全不中用了。虽然你是有着一番苦苦的孝心，但我是没有办法的，只好辜负着你了。"

"妈，你……不要再说下去了，我的心粉粉地碎了。"

怀春不等母亲再说下去，她捧着秋芬的手，已经是呜呜咽咽地哭泣起来了。秋芬的泪水也像珍珠似的滚落了两颊，接着又断断续续地说道：

"孩子，你爸爸死的时候，他为了我的缘故，所以并没有告诉你。现在我也要死了，假使我再不把真实的情形告诉你，那你就永远做个不明不白的人了。这对于我的良心好像会感到极度的不安。"

"妈，你在说什么话？我真有些莫名其妙呢。"

秋芬这两句话，不但怀春摸不着头脑，就是沈太太也弄得呆若木鸡般地怔怔地愕住了。秋芬遂又气喘喘说道：

"孩子，你……你……实在不是我亲生的女儿呀！"

"啊！妈，你这话是打从哪儿说起的呢？"

"听着，在我生命最后的几分钟之前，我来详详细细地告诉你吧。你的爸爸姓贾，名叫怀德，你的母亲姓朱，名叫淑春。你本来的名字叫红豆，为了要纪念你父母的缘故，所以把你父母的名字联起来，当了你的名字。你还有一个祖父，名叫铁民。那时候我们还都住在杭州乡下，不料这一年来了强盗，杀了你的祖父，又把你父母绑架而去，到现在存亡不知，消息杳然。强盗真是凶恶，还把你家屋子用火烧了，那时你爸爸得了这个消息，心中急得了不得，因为他和你亲生父亲是很知己的朋友，当下冒了危险，向火堆里把你救了出来。你这时候的年纪，还只有一周岁零几个月哩。孩子，我把这些事实都告诉你，你现在总可以完全明白了。"

秋芬说到这里，眼睛向上一眨，好像快要咽气的样子，急得怀春抱着秋芬的身子，号啕大哭起来。沈太太在旁边，连劝怀春："不要痛哭，别把你妈哭得更难受了。"这时秋芬被怀春一阵痛哭，又震惊得睁开眼来，流泪说道：

"孩子，我很对不起你，我还没有完全尽到我的责任，我就丢着你死了。"

"妈，你说这些话，叫女儿心中更心痛了。可怜我养育之恩还没有报答，谁知妈就为我辛苦而死了，我心里怎么对得住你呢？只恨我不是一个男孩子，否则如何会使妈积劳致疾呢？"

"孩子，你是一个好孩子，比人家的亲生女儿还要孝顺，我总算是很安慰了。不过我死之后，想着你孤苦的身世，以后怎么样过活？那叫我要死也死不下手呀！所以我这一口气总不肯断去，也就是为了放不下你呀！"

怀春听她这样说，真是肝肠痛断，不免哭得死去活来，声声口口地说道：

"妈，你若死了，我跟着你一块儿去吧，我还做什么人呢？"

"孩子，别说痴话了。最后，我希望你能够碰到你亲生的父母，这就是你最大的幸福了，怀春……"

"妈……"

"我顾……不……得……你了……"

秋芬的声音慢慢地低沉，她眼皮也渐渐地合上了。怀春还只道她静静地要养一会儿神了，便痴头怪脑地说道：

"妈，你话说得太多了，你应该息一会儿了。我相信，老天一定会可怜我，他不会叫我们相依为命的母女俩硬生生地拆开的。因为我们四周都是好人，沈太太答应我再借钱给我们，她也希望你老人家病体痊愈，早日康健。明天女儿去找事情做，再不累你老人家为我而辛苦了！"

"杨小姐，你妈怕不好了呢。"

沈太太听怀春喃喃地说着话，好像如醉如痴的样子，这就拉了拉怀春的衣袖，低低地告诉她。怀春方才如梦初觉，伸手一摸秋芬的额角，不料已经是冰凉的了。她似乎方明白母亲确实是死了，这就大叫了一声，不觉仰天跌倒，昏厥在地上了。

夜是深沉了，四周很静寂，在凄风惨雨的夜里，怀春是痛哭了一夜，哭得声嘶力竭，泪尽继之以血，还不肯停住。沈太太把她拉住了，好言相劝道：

"杨小姐，你这样痛哭着，不是自己伤身子吗？就是你妈魂兮有知，恐怕也要万分不安呢。"

"我恨不得跟了母亲一同去，我也不要做什么人了。沈太太，你是慈悲心肠的好人，我死之后，给我们房中一切东西都变卖了，然后好好坏坏地给我们娘儿俩葬在一处。此恩此德，我在阴世一定也好好地保佑着你。"

怀春边说边哭，冷不防把头向壁上撞去，急得沈太太死命地抢步抱住她，连声叫道：

"杨小姐，你疯了吗？这……这……可不是玩的事情呀！你是一个年轻的姑娘，虽然孤苦伶仃，但将来也不至于会饿死在社会上的。老实说，像你那么花朵般的女孩子，就是嫁个好丈夫，也并不算是一件难事情呀！你轻易自杀了倒不打紧，可不是白白地辜负你父母十八年的养育大恩了吗？唉！孩子，孩子，你真把我急出了一身大汗，你……不要太想痴了呀！"

沈太太一面紧紧抱住了怀春不放，一面急急地劝说，她额角上的汗点儿果然像蒸气水一般地直冒上来。怀春被她这样一安慰，把决死之心倒又软了下来，因此伏到床上，抱着母亲的身子，又悲恸号哭不止。

沈太太让她痛痛快快地又哭泣了一会儿，然后拉了她的身子到沙发上坐下，给她拧了手巾拭泪，又给她倒了一杯开水润喉咙，低低地说道：

"杨小姐，你不要哭了，明天还要料理你妈的后事呢。你妈活着的时候，你不是很孝顺吗？现在你妈死了，我知道你当然也有一片孝心，会好好儿地把你妈成殓结果。否则，你妈在天之灵也太不安了。"

"沈太太，我虽有这个心，但我却没有这个力，到了明天，哪一件事情不需要花钱？我实在没有法子，我只有一死以谢可怜的母亲。"

怀春刚拭了眼泪，她的粉脸上又像海棠着雨一般了。沈太太想了一想，便拍拍她的肩胛，说道：

"照你说来，好像除了一死之外，再没有别的办法了？"

"我实在想不出第二个办法……在这举目无亲的上海，我去求恳哪一个搭救呢？"

"从前我记得有一个孝女，不知叫什么名字，她曾经卖身葬父的，我想你是一个年轻的女孩子，你也何不学学古人呢？"

"可是，我卖给谁去呢？在这样生活程度高涨的环境之下，大家都叫苦连天。家庭之中，少一个人好一个，难道有喜欢买进一个不会赚钱的人而更加重自己的负担吗？"

怀春泪眼盈盈地望着她，似乎怀疑地问。沈太太觉得她这几句话正是天真无邪、稚气可爱，由不得扑地笑道：

"你若肯卖身的话，那你就卖给我做女儿吧，我可以负责料理你妈的后事。"

"沈太太，你这话当真的吗？"

"千真万确，没有不真，只要你肯承认我是你的娘。"

"妈，我……女儿就在这里拜见了！"

怀春听她这样说，又惊又喜，又悲又痛，这就盈盈跪倒，向沈太太拜了下去。经此一拜，下面于是又引出可歌可泣的故事来了。

第四回

知音天上来　无意邂逅欢乐中

这是秋芬死后的一个月，那天晚上，怀春想着自己亲生的父母从小就不知去向，幸而志飞义父母把我抚养成人，其实我把他们一向只当亲生父母看待。因为他们待我实在太好了，这和亲生父母又有什么分别呢？但是我的命也太苦了，连义父母都没福拉住他们，到现在两人都双双死了，剩下我这么一个孤苦的女孩子。唉！我前生也不知作了何孽，今生才受着这个痛苦，虽说义母死后的一切全仗沈太太帮忙料理，并且把我也认作了女儿，不过她的帮助我，完全是一种目的的。她要我写了一张契约，说我因为借了她的钱，方才情愿卖给她做女儿，以后我一切行动都得听她的指挥。凭这几句话，可见她是存心不良要利用着我了。在当初我为了要急于替义母治丧，所以糊糊涂涂也管不得许多地签下了字，现在想起来，我真有些后悔莫及了。怀春独对孤灯，背人揾泪。正在这时，忽见沈太太走进房中来，怀春对于沈太太这一副铁青的面孔，那颗芳心会忐忑地跳个不停，这就慌忙收束泪痕，站起身子，低低地叫了一声妈。沈太太望着她粉脸，说道：

"怎么？你又在伤心了吗？"

"不，我没有伤心。"

怀春把手背来回地揉擦着眼皮，竭力掩饰着自己脸部的表情，低低地否认。沈太太在桌旁坐下了，说道：

"我说呢，人死了，多伤心也是没有什么用的，况且你死了一个妈，到底又认了一个妈。假使你只管为死的妈而伤心，那倒显见得我这个妈待你很不好了。"

"妈，你……千万不要多心呀！你老人家待我是再好也没有，我若再嫌你不好，那不是太没有良心了吗？"

沈太太说话时的表情，是一些笑容也没有，怀春急得涨红了脸，只好强颜欢笑地分辩着回答。沈太太听了，方才点了点头，沉吟了一会儿，方徐徐说道：

"你妈死后的一切费用，足足花了近三百万元，这数目说多并不多，但说少也不算少。你该知道，我是没有丈夫的一个妇人，只有一个佩文女儿，她一个女儿家赚来的钱也很不容易。所以我的意思，你也不能老是坐守在家，应该帮着佩文大家去赚一些钱来，贴补家用才好。"

"妈，你这话很对，明天我一定找职业去，报上或许有登着招考女职员的广告，那我就去试一试。"

怀春很识趣地点点头，小心地回答。沈太太听了，却摇着头，说道：

"你要想在报纸上找职业，那你就是找上一辈子也不会给你找到的。我现在已经给你在舞校里报了名，明天你就开始去习舞吧。学会了舞，跟着佩文到舞厅里去伴舞，那就是你们女子唯一的好职业了。"

"妈，你叫我去做舞女吗？"

怀春听她这样说，方才吃惊地问她。沈太太冷冷地一笑，把那三角眼一睁，反问道：

"怎么？做舞女难道不是职业吗？为了生活，为了要吃饭，瞧我的佩文也在做舞女呢，何况是你！"

"妈，我想除了做舞女之外，难道就没有别的事情可做了吗？我不愿意做舞女，我要另外找一条出路。"

43

沈太太听她居然这么倔强起来，心中这一愤怒，不由猛可地跳起身子，抢步上前，伸手在怀春面颊上啪啪两记耳光，打得怀春粉颊上五个指印。但是她还不肯罢休，一把抓住她的头发，伸手在她臂上狠狠地拧个不住。这一下子把个怀春痛得双泪交流，跪在地上，连连地讨饶。沈太太还是瞪着眼，狠狠地问道：

"你敢违背我的命令吗？老实说，我要你长就是长，我要你短就是短，你的性命都在我的手里呢，还说旁的吗？你这贱人，不要脸的东西，明天你去学习跳舞吗？"

"妈，你……不要生气，我……"

"不许你多开口放屁，我只问你去还不去？你若去学跳舞便罢，否则，我今夜叫你做不了人！"

怀春见她伸手又要打自己的样子，这就急得连说"我去我去，妈饶了我吧"。沈太太听了，这才放手，一时又恐怕她寻死觅活，这夜便和怀春睡在一张床上。在床上的时候，又用了许多好话去安慰她。怀春在这个环境之下，真是求生不能，求死不得，也只好自叹命苦，暗暗流泪而已。

光阴匆匆，怀春在跳舞学校速成班里已经毕业了。她本来是一个绝顶聪明的姑娘，所以对于各种舞步都已学得十分纯熟。当由佩文的介绍，两人一同到米高美舞厅去伴舞了，如此以后，每天三四点钟出去，晚上深夜归来。有时候受了舞客的委屈，也只好忍气吞声，反而笑脸相迎。因为沈太太十分凶恶，每夜非有三万元舞票收入不可，否则就得罚跪在地上，没有睡觉。怀春没有办法，对于任何舞客也只好显出亲热的样子，无非骗他们几张舞票罢了。

这天黄昏的时候，佩文和怀春坐了三轮车到舞厅里去跳茶舞。怀春因为昨夜舞票的收入只有两万五千元，所以被沈太太曾经打过一记耳光。此刻望着深秋的暮云，寒风吹在身上，只觉万分悲酸，一时忍不住叹了一口气，眼皮慢慢地红润起来了。佩文回眸瞧在眼里，却很同情的样子，说道：

"怀春，不要伤心，你以为你遭到的算是苦了吗？其实，你还是运道。从前我吃她的苦头，比你更要厉害万倍呢！"

"什么？她难道把你亲生女儿也这样虐待吗？"

佩文这话听到怀春的耳朵里，心中由不得感到奇怪起来了，凝眸含颦地望着她粉脸，表示不大了解的样子。佩文也微微地叹了一口气，说道：

"我哪里是她的亲生女儿呢？老实告诉你，我也是她领来的，那时候我还只有十四岁，整整地吃了三年苦楚。十七岁春天里才去跳舞，到如今已有两个年头了。唉，想不到你我的命会一样苦。"

"那么你亲生的父母呢？"

"我亲生的父母早已死了，在十四岁那一年就把我卖给她做丫头了。那时候她的丈夫还在着，后来她丈夫死了，我就从此被她当作眼中钉了。幸亏我现在能赚钱，每夜有五万多元舞票交给她，她才把我另眼相待了。所以你不用伤心，明儿你红了起来，也有许多舞票拿回去，保险她还向你拍马屁呢。"

"这样说来，我真是和你同病相怜的可怜虫了。佩文，你不是也十八岁吗？那么和我同庚，但不知你是几月里的生日？"

"我生在四月十六日，你呢？"

"你该是我的姊姊了，我月生很小，在十月初五日，以后你就叫我妹妹吧。"

两人惺惺相惜地说着话，彼此颇觉情投意合，倒是十分知己了。不多一会儿，车到米高美舞厅门口停下，由佩文付了车资，两人匆匆入内进去了。佩文在舞厅里是有名的小迷汤，她的应酬功夫很不错，所以老老少少的舞客对她都有好感。所以她一走进场子，就有侍者上前向她叫道：

"沈小姐，客人请你坐台子。"

"嗯！"

佩文很有架子地“嗯”了一声，站起身子，跟着侍者走到一个座桌旁。只见两个西装笔挺怪俊美的少年，其中一个在前星期也曾经和自己坐过一只台子，所以是认识他的。她眉开眼笑地一面坐下，一面招呼着叫道：

“梅先生，你好久不来了，怎么啦？是不是家中太太不肯放你到外面来游玩吗？”

“哪里哪里，沈小姐真会开玩笑的。”

姓梅的少年红着脸，似乎有些难为情的样子，急急地辩白，一面把旁边那个少年指了指，介绍道：

“这位是我最要好的同学吴莲湘先生，这位是本厅赫赫有名的小迷汤沈佩文小姐。”

“嗯！我不要我不要，我几时迷过你的？你瞎三话四造谣言，阿拉勿来格！”

佩文听他这样介绍，遂偎到他的身上去，扭动着腰肢，便嗲声嗲气地撒起娇来。吴莲湘见他们这样亲热的光景，心头别别乱跳，倒着实地表示羡慕眼痒，因此望着他们扭股糖似的缠在一块，只管憨然地傻笑着。那姓梅的少年索性把手臂去挽住佩文的脖子，得意地笑道：

“沈小姐，我真有些昏陶陶起来了，你这样一来，还不能算是迷汤吗？”

“既然你认为我是迷汤，那么你又何必要叫我来坐台子呢？我假心假意地骗了你们舞票，你们实在也太有些瘟的了！”

佩文似乎有些生气的表情，立刻坐正了身子，冷冷地一笑，噘着小嘴儿，这几句话是包含了讽刺的成分。佩文这一句话真是说透了舞客的心，那姓梅的少年听了她的嘲诮，不但不恼怒，反而笑嘻嘻地把手搭着佩文的肩胛，赔错说好话道：

“好了好了，人家说句玩话，你认什么真呢？沈小姐，我们别的话不要说，请你先给我这位小弟弟介绍一个，要年轻、美貌、温文、多情的小妹妹，不知道你心里有没有这么的一个人才吗？"

"有是有一个的，但不知道这位吴先生见了她心中爱不爱？"

佩文方才回嗔作喜，想了一想，遂把秋波向莲湘盈盈地一瞟，低低地问。吴莲湘倒比女孩儿家更怕难为情似的，红着两颊，却垂首不语。姓梅的少年却代为笑着说道：

"假使果然是一个十全十美的好姑娘，那我们这位小弟弟岂有不爱的道理？你不要看他年纪轻，他倒是个挺多情的呢。沈小姐，那么你给我们介绍的小妹妹究竟叫什么名字呢？"

"你且不用问，我马上去给你们叫来吧。"

佩文说着话，伸手向侍者一招，对他低低地说了一声。侍者点头答应，便匆匆地去了。不多一会儿，侍者领了怀春过来，佩文遂含笑站起，拉了怀春的手，给他们介绍道：

"这位是我妹妹沈怀春小姐，这位是梅晓云先生，他好像是个小滑头。这位是吴莲湘先生，温文多老实的，和我妹妹倒真可说是一对哩。妹妹，你快坐到吴先生身旁去吧。"

"佩文，你说我小滑头，那么你就是小迷汤，小滑头和小迷汤不是也可以配成一对吗？"

梅晓云听了，也忍不住笑嘻嘻地回答。佩文"嗯"了一声，把手打了他一下肩胛，倒引得莲湘和怀春也都扑哧地笑了。怀春先向晓云叫了一声梅先生，然后坐到莲湘的旁边，俏眼斜乜了他一眼。不料莲湘也在偷望自己，两人四目相对，都觉得有个美的感觉。怀春嫣然地一笑，却又绯红了脸，显出赦赦然不胜娇媚的样子，再也抬不起头来了。莲湘这时目不转睛地望着怀春出神，觉得她愈怕羞愈妩媚得好看，因此望着她倒是怔怔地愕住了。梅晓云见他如醉如痴的样子，大有相见恨晚之慨，遂伸手悄悄地拉了一下佩文，还向莲湘努了努嘴。佩文回头去望，也不免哧地一笑，说道：

"怎么啦？一个是羞人答答，一个是含情脉脉，我这个介绍人倒

47

也不算白辛苦一场吧?"

"姊姊，你这人，怎么跟自己妹妹也开起玩笑来了?"

怀春这才抬起娇容，向佩文白了一眼，如嗔非嗔地埋怨着说。梅晓云望着怀春，也笑着说道:

"我不相信，你们难道是亲姊妹吗?"

"当然是亲姊妹，难道我们两人的脸不大像吗?"

"稍许有些相像，我看不是亲姊妹，一定是结拜姊妹，或者是姨表姊妹。"

"好了好了，这些事情原也没有什么研究的必要。梅先生，我们还是跳舞去吧。"

佩文见晓云像研究什么地猜测着，这就向他丢了一个眼风，拉着他的手一同先到舞池里去了。这里剩下的当然是莲湘和怀春两个人，他们都涨红了脸，简直默无一语。尤其是莲湘的心头，扑通扑通像小鹿般地乱撞，这样呆呆地坐着，直等音乐一曲完了，但却不见梅晓云和佩文回座。吴莲湘这就更加地着急，左右四盼地张望了一下，似乎自言自语的口气，说道:

"咦! 这就太奇怪了，音乐完了，他们怎么没有回座来呢?"

"吴先生，你别急，他们也许买东西去了。吴先生，等这回音乐起了，我们也去舞一次好吗?"

怀春见他老实得可怜，遂向他脉脉含情地瞟了一眼，笑盈盈地说。不料莲湘听了，益发把两颊涨得像胭脂一般红，支吾了一会儿，才低低地说道:

"真不好意思，我还不会跳舞。"

"哦，吴先生还在学校里读书吗?"

莲湘回答的话使怀春也不觉为之愕然，"哦"了一声，但立刻又堆下笑容来，柔和地问。莲湘点头说道:

"是的，我和梅先生在光中中学读书。他很爱跳舞，今天拖了我一同来摆拆字摊的，谁知他还一定给我介绍一个，这就叫我真有些窘住了。"

"没有关系，到舞厅里来不一定要跳舞，听听音乐，那也很好的。吴先生是口天吴还是古月胡呢？"

"我是口天吴，莲是莲蓬的莲，湘是三点水一个相思的相……"

莲湘不假思索地回答了这两句话，怀春听了，忍不住好笑起来。莲湘被她一笑，自然也十分难为情，呆住了一会儿，忙也搭讪着问道：

"沈小姐，那么你的沈还是子孙的孙，还是三点水的沈字呢？"

"是三点水沈字，怀是怀念的怀，春是春天的春。"

怀春也很忠实的态度，向他详细地告诉。莲湘听了怀春两字，倒忍不住感到有趣，遂问她说道：

"你这名字是谁给你取的？"

"是爸爸给我取的，你为什么感到好笑呢？"

"'有女怀春，吉士诱之。'你这两句话难道不懂吗？况且你齐巧是个女孩子，那你的名字不等于在告诉你心中的意思了吗？"

怀春听了他这几句话，她方才想过来了，一时粉脸上笼罩了桃花朵朵，也由不得娇羞万状地愕了一会儿，低低说道：

"我本来的名字原不叫怀春，这怀春两字还有一层别的意思，所以当初我倒没有想着这许多。不过我的怀春并不是真正的怀春，虽有吉士来引诱我，我也不会动一分心的。"

莲湘听她这样说，那明明是拒绝自己的意思，一时甚为闷闷不乐，默然无语。怀春说的原属无心，所以又含笑问道：

"吴先生，你府上还有些什么人呢？"

"我有一个祖母，和一个爸爸，妈是已经死了多年了。"

"你爸爸一定很会赚钱的吧？"

"他开了一家股票公司，天天做着投机买卖。不过我心里却非常不赞成，因为投机事业一发达，未免是苦了一众穷苦的老百姓了。"

"但这年头儿，不做投机，如何能发财呢？"

怀春听他这样说，知道他是一个好少年，一颗芳心倒愈加地敬爱他了，不过她口里还故意这么地说。莲湘不以为然，恨恨地说道：

"这种国难财宁可不要发，爸爸做了投机生意，连我良心都感到很不安了。"

"吴先生，你真是一个好青年。我希望你学成之后，多替国家干一番有意义的工作。"

"你真的这样希望我吗？"

"为什么不真？我十万分诚恳地希望你，愿你将来做一个时代的伟人。吴先生，你相信我吗？"

"我相信，沈小姐，你这才可说是我一个知己了。"

莲湘被情感激动得很厉害，他有些情不自禁地猛可把怀春的纤手紧紧地握住了。怀春对于他这一下举动似乎感到意外的惊喜，乌圆眸珠在长睫毛里滴溜圆地一转，掀着酒窝儿，笑问道：

"吴先生，我这么一个低微的女孩子，有资格做你的知己吗？你不要开我的玩笑了吧。"

"沈小姐，你不要自视太低，我从来没有跟人说过一句假话，我不骗你，我今天遇到了你，我的心中好像会感到一阵生气勃勃的样子，我希望我们能永远地交一个朋友。"

"假使你真有这样的存心，那我实在是太感激你了。"

怀春听他这样说，一时也有些情不自禁，这就一面笑盈盈地说，一面把粉脸靠到莲湘的肩头上去了。不料就在这个时候，忽听一阵嘻嘻哈哈的笑声，接着有人说道：

"有其姊必有其妹，小妹妹的迷汤功夫也不算弱，我们这位小弟弟倒要被她迷得神魂飘飞起来了。"

莲湘、怀春急忙回头去看，原来是晓云和佩文携手回来了。两人心头这一羞涩，慌忙坐正了身子，各自低了头，大有无地自容的神气了。一会儿，怀春又娇嗔地说道：

50

"姊姊，你们在什么地方呀？怎么跳舞跳得不回来了？"

"小妹妹，你还要埋怨你的姊姊，那你也太没有良心了。因为你们好像才新婚第一夜小两口子似的，谁也不开口说话，所以我们特地避开你们，好叫你们不用怕羞地亲亲热热地谈一会儿。果然不出我们所料，我们不在这里，你们几乎亲热得要香面孔了呢！"

晓云这一番取笑的话，把怀春和莲湘都羞得涨红了脸，相互地望了一眼，也不禁哧地笑了。这时佩文、晓云各人拿了一卷糖，塞到他们的手里。怀春和莲湘接过一看，原来是一包甜心糖。莲湘知道他们的意思，向怀春望了一眼，怀春的心里确实有些甜蜜蜜的，真是又喜又羞，嘴角旁的笑容这就没有平复的时候了。

茶舞散场，莲湘要回去了，晓云也有别的事情，于是大家分手别开。莲湘刚走出舞厅门口，忽然见怀春追着出来，说道：

"吴先生，吴先生！"

"沈小姐，你有什么事情跟我说吗？"

莲湘对于怀春又追出来喊自己，这倒出乎意料之外，遂回身迎上来，向她红了脸，嗫嚅着问。怀春要说的话，却又难为情说出来，一时涨红了脸，呆了一会儿，说道：

"吴先生，你什么时候再来呢？"

"我……我……说不定明天再来望你。"

莲湘见她这样依恋多情，一时也感动起来，遂支吾了一会儿，低低地回答。怀春听了，心中倒又很过意不去了，遂笑道：

"那也不必急急地明天再来，我的意思，你在一星期之中能够来望我两次，我心里已经很安慰了。"

"好，那我一定听你的话。沈小姐，再见。"

怀春听他这样回答，芳心里一阵欢喜，酒窝儿又深深地掀起来了。但莲湘却比怀春更怕难为情，很快地一点头，便匆匆地走了。怀春呆呆地望着莲湘去远，她觉得自己的眼前，好像展现了一线光明的生望了。

这晚怀春和佩文在回家的途中，谈着莲湘、晓云两人的品行，觉得莲湘比晓云更忠厚老成，实在是一个很多情的青年。佩文半取笑半正经地关照怀春，叫她不要放过了这个机会，应该牢牢地抓紧他不可。怀春听了，在万分喜悦之中忽然又悲哀起来，忍不住微微地叹了一口气。佩文忙问为什么，怀春哀怨地说道：

"姊姊，你还取笑我，可怜我真担着忧愁呢。"

"什么忧愁呀？"

"唉，我今夜又是只做二万元舞票，回头到了家里，妈一定又要责骂我了，所以我此刻心中非常害怕。"

"让我想一想，噢，我有一个办法了。"

"姊姊，你有什么好法子解救我这个难关呢？"

"你别急呀，我今夜做了五万五千元的舞票，我想拿一万交到你的名下，那这个难关不是轻易地解决了吗？"

佩文这一个办法，怀春真是感激涕零，抱住了佩文的身子，连连叫着"姊姊，我太感激你了"。佩文说道：

"妹妹，你不要这个样子，反正我们多多少少总是要交到她的手里，我交多了，也不会得着什么功劳。假使明天我做不了舞票的时候，妹妹不是也可以解救我的困难吗？"

"姊姊，听你这话，倒好像一辈子愿意做舞女吗？我想有机会大家也得替自己终身做一个打算才好呢。"

佩文是在舞场里混得久了，知道真爱是不易找到的，怀春这些话真是她涉世未深的缘故，口里虽不说话，但免不了微微地叹了一口气。夜风吹在两人身上，大家都觉得有阵莫名的惆怅。

两人回到家里，照例先到沈太太房中去缴舞票。沈太太见佩文只有四万五千元舞票，心中大为不满，暗自想道：今天星期六，怎么舞票反而比昨夜还少了呢？那么其中一定有花样精了。想到这里，那双三角眼立刻圆睁起来，显出一面孔凶相，对佩文严厉地诘问。佩文自然不肯实说，但因为心虚的缘故，脸色不免有些两样。沈太太心生一计，随手拉起皮鞭，预备向佩文逼问实情。怀春站在旁边，心中不忍，一时双泪交流，拉着沈太太的手臂，自己扑的一声，已向沈太太跪下来了。

第五回

设巧计　舞罢归来娇女脱樊笼

　　怀春见沈太太一脸凶险的样子，拿了皮鞭，预备向佩文头上恶狠狠地抽打下去，因为这是自己累害了她，所以在她良心问题上感到极度不安，这就再也忍熬不住地奔了上去，拉住了沈太太的手臂，自己向她盈盈地跪倒，涨红了粉脸，眼泪双流地说道：

　　"妈，你不要打姊姊，姊姊没有错呀！"

　　"什么？她没有错？难道是我的错？放你妈的狗屁！莫非你们串通一气，来向我面前掉枪花吗？"

　　"妈，我老实地说了，因为我只做了两万元舞票，恐怕回家又挨妈的骂，所以是我恳求姊姊，问姊姊要了一万元舞票。这不是姊姊的错，原是我的不好，妈千万不要冤枉姊姊，要责骂，还是责骂我吧！"

　　沈太太听怀春说出了这几句话，一时气得脸发青，恨恨地向她兜面啐了一口，不问三七二十一地伸手就在怀春颊上啪啪的两记耳光。佩文因为这原是自己想出来的法子，也不忍叫怀春受苦，于是走上一步，把怀春拖开，说道：

　　"妈，你不用打妹妹，要打还是打我吧，是我要把这一万元舞票借给她的，她没有错……"

　　"好！好！你们这些贱人都不是好东西！我就揍了你，看你变着什么戏法儿来给我瞧！"

沈太太咬着牙齿，瞪着眼，伸手在佩文颊上也是啪的一记耳光。佩文似乎不像怀春那么老实，她把脚一顿，便号啕大哭起来，还唠唠叨叨地说道：

"你打！你打！我辛辛苦苦在外面赚了钱来养活你，你还要狠天狠地来打我吗？打得好，打得好！你有种，你索性来打死了我，我也不稀罕做什么人，倒不如爽爽快快地死了干净！"

佩文一面哭一面说，一面撞撞颠颠的，大有寻死觅活的样子。经她这么一来，沈太太倒也有些急了，但表面上又不能立刻地软下来，只好虚张声势地拿了皮鞭，预备要把佩文痛打的神气。怀春见了，连忙拉住了佩文，一面向沈太太连连地代为求饶，说下次再也不敢欺骗老人家了。沈太太在这个情形之下，也乐得顺水推舟，骂了一番，让怀春把佩文拉到卧房里去了。佩文到了怀春的卧房，由怀春拧了一把手巾，给佩文拭了眼泪，并且低低地说道：

"姊姊，我真觉得抱歉，为了我，又累你受了这样的委屈，那叫我太对不住你了。"

"妹妹，你何必说这些话呢？说来说去总是我们两人的命太苦了，否则，如何会落在这个魔鬼的手掌之中呢？不过，我们年纪一年一年大了，到底不是三岁五岁的小孩子，我们应该起来反抗，我们岂能永远地做她的牛马么？"

佩文冷笑了一声，她似乎愤愤不平地回答。在她心中的意思，要争自由非有一番挣扎不可。怀春心里虽有同感，但她却微微地叹了一口气，说道：

"可是我们有什么能力来反抗呢？"

"我们且静静地等着机会，总有一天会叫她感到我们的厉害。"

佩文说到这里，怀春却向她连连摇手，并向房门外指了指，当然是怕被沈太太听见了又生是非的意思。佩文听了，方才不再言语，姊妹两人因时已不早，遂各自安息了。

第二天是星期日，下午佩文和怀春在米高美跳茶舞。怀春见侍者来叫自己坐台子，遂忙着跟去，只见莲湘一个人坐在桌旁，于是笑盈盈地坐下，低低地说道：

"吴先生，你真是言而有信，今天这么早就来了，还有那位梅先生，他没有一同来吗？"

"今天我们没有约好，所以没有一同来。沈小姐，怎么，你记挂他吗？"

莲湘含笑回答，在他后面这一句话显然包含了神秘的成分。怀春听了，粉脸立刻盖上了一朵桃花的色彩，"嗯"了一声，秋波逗给他一个妩媚的白眼，撒娇似的说道：

"吴先生，你说这话，我可不依你！"

"那为什么呢？"

"你这句话不是明明有酸溜溜的成分吗？我为什么要记挂他呢？"

"不，我并没有这个意思，请你不要误会我好吗？"

莲湘被她这样一说，两颊也像女孩儿家似的红晕起来了，慌忙镇静了脸色，显出一本正经的态度，向她低低地解释。怀春低了头，却不再作答。莲湘伸手拉拉她的手，急促地说道：

"沈小姐，你……怎么生气了吗？"

"不，我没有生气，你也不要误会呀。"

怀春方才微仰娇靥，向他嫣然地一笑，神情是分外可爱。莲湘似乎才放下心来，把她手温情地抚摸了一会儿，含笑说道：

"大家不要误会，那才好啊。沈小姐，我的意思，在舞厅里坐着光听音乐，不会跳舞，那也没有什么多大的兴趣。所以我要买票带你出去，还是到外面去玩一会儿，不知道你心里也赞成吗？"

"我没有什么意思，你喜欢怎样就怎样，我是没有不赞成的道理。"

莲湘听了，知道这就是答应的表示，心中很高兴，遂在袋内摸出钞票，买了两万元的舞票，交给怀春。怀春觉得在第一场茶室舞中就做了舞票两万元，那么还有茶舞夜舞两场，大概总可以做得满

三万元的，今夜回家，自可以不受沈太太的责骂了，所以心里也很
欢喜。当下两人走出舞厅，莲湘一见手表已经三点十分，看电影来
不及，还是去吃点心，这就对怀春说道：

"沈小姐，我们到大三元去吃点心好吗？"

"时候太早，我没有饿呢。"

"那没有关系，我们先喝茶，坐着谈谈，等肚子饿了，再叫点心
吃，这不是很好吗？"

怀春遂也不再言语，跟了莲湘一同走进大三元坐下，侍者泡上
两壶茶。怀春在上海虽然住了多年，说也可怜，她还没有到大三元
来吃过点心。此刻坐下之后，就向四周打量了一会儿，只见几个女
侍者手捧点心盘，里面有春卷、水饺、包子、油煎饼、烧卖等之类，
她们在每一个座桌旁走着，是任客挑选着吃的意思。莲湘平日最爱
吃春卷，当时就问女侍者拿了两客，回头望着怀春，说道：

"大三元的春卷和别家不同，滋味很好，沈小姐，我们大家来试
一试好吗？"

怀春被他这么一说，自然不好推却，遂含笑点头，也拿筷子夹
着吃了。莲湘一面吃，一面在日光灯之下，只见怀春的粉脸白里透
红，好像剥光鸡蛋，仿佛出水芙蓉，娇艳欲滴，令人心醉，一时看
得呆了，不免目定口呆，有些木然的样子。怀春自然十分难为情，
那粉脸益发娇红起来，秋波如羞如喜地斜乜了他一眼，低低地说道：

"吴先生，你怎么老是望着我出神呢？难道我们还是第一次看
见吗？"

"沈小姐，我们虽不是第一次看见，但到底还只有第二次见面，
像你这么一个美人儿样的人，难道就不许让我多看一会儿吗？"

莲湘这回厚了面皮，他也情不自禁地竟然说出了这几句话。怀
春听了，初则喜，兼则羞，忽然到后来，不知有了怎么一个感觉之
后，她却又忍不住轻轻地叹了一口气。莲湘见状，心中颇为奇怪，
遂怔怔地问道：

"沈小姐，你好好儿的怎么又叹气了呢？"

"你说我太美丽了，但美丽又有什么用呢？尤其是一个女子，越生得美丽，越是命苦，越是福薄。你不听古人有句话，红颜女子多薄命吗？"

怀春说完了这两句话，心中一阵悲哀，她的眼皮就慢慢地发红了。莲湘连忙用了柔顺的语气，安慰她说道：

"这也不能一概而论，比方说沈小姐吧，你眼前虽然苦一点儿，但将来一定有光明的日子。"

"像我们这种做舞女的姑娘，哪里还有什么光明两个字呢？左不过是梦想着罢了。"

莲湘见她眼角旁似乎展现了一颗晶莹莹的眼泪，一时暗想：她为什么有这样悲观的情绪呢？难道她芳心中还有说不出无限痛苦的隐情吗？这就低低地问道：

"沈小姐，你昨天好像这样对我说过，你的名字本来不叫怀春，那么你干吗改了名字呢？沈小姐，假使你承认我是你的忠实好友的话，那么请你把详细的身世能否告诉我一点儿知道吗？"

"说起我的身世，真是一言难尽……唉！在这世界上恐怕再也找不出比我更苦的姑娘了。"

怀春提起了心头之事，她似乎熬不住悲哀的奔流，一阵痛伤，眼泪便扑簌簌地直滚下来了。莲湘在旁边瞧此情景，心中也十分难过，遂把手帕递了过去，低低地说道：

"沈小姐，你不要太伤心，被人家见了，怪不好意思呢。"

"吴先生，实实在在，我并不姓沈。"

怀春一面拭泪，一面方才轻声否认。莲湘很注意的神气，望着她楚楚可怜的表情，说道：

"那么你姓什么呢？"

"我姓杨……但是，我实在还不是姓杨……"

"啊！你……竟有这么多的姓吗？"

莲湘惊奇得"啊"的一声叫起来，他觉得这个姑娘的身世未免是太带着有些神秘性了，遂皱了眉毛，奇怪地追问。怀春叹了一口气，方才含泪接下去道：

"我从小就没有了父母，据说我父母被强盗杀了，但究竟是怎么样的一回事，反正我是并不知道。我的义父姓杨名志飞，他在我十五岁那年也死了。这样苦苦地过了三年，我的义母又病重了，本来我只知道他们是我的亲生的父母，后来义母临死之时告诉了我，我才知道我本姓贾，名叫红豆。怀春原是我父母名字合并的两个字，义父的意思，无非是纪念我生身父母的表示。"

"那么你现在又怎么会姓沈了呢？"

莲湘不等她说完，又急急地问了下去。怀春忍不住又流泪了，垂了蝤首，却深深地叹了一口气。莲湘忙道：

"你说呀，难道你……"

"吴先生，我告诉你，我又卖给人家做女儿了。"

怀春方才把义母死后的一切困难情形向他老实地诉说了一遍，并且又连声地叹息道：

"吴先生，你说我的命苦不苦呢？"

"你的幼年命运确实太苦了，不过你的少年命运，也许会转变得好一点儿的。"

"我现在不是少年时代吗？到如今还做着舞女，那好在什么地方呢？唉！做舞女的实在太苦了。"

"不过，我既然碰到了你，我总要给你尽一些互助的义务。怀春，我叫你一声名字，你允许我这样叫吗？"

莲湘在叫了她一声名字之后，似乎又感到不好意思起来，望着她粉脸，低低地问。怀春忙道：

"你叫我一声名字，这是你看得起我，我心里除了欢喜之外，还有什么不允许的道理吗？"

"怀春，照你刚才那么说，这个沈太太待你非常凶恶。她并不是把你当作女儿那么看待，简直把你当作她的摇钱树了。所以现在第一要紧的，就是跟她脱离母女关系。"

"不过，她当然是不肯答应的。"

"不答应？她有这样胆量吗？老实说，我不管闲账倒罢了，假使管了这件事，她不答应，我也得叫她答应不可。"

怀春听他这样说，可见他爸爸不但有钱，而且有势。否则，他若没有把握，又如何敢这样口出大言呢？于是暗暗欢喜，但她皱了翠眉，还表示有所忧愁的样子，说道：

"我能够和这个凶悍的女人脱离母女关系，这固然是我极大的幸福，但是我觉得以后也还有一个很大的问题。"

"你所忧虑的，这是个什么问题呢？"

"因为我在上海是个孤苦伶仃的女孩子，我和她脱离关系之后，我以后到什么地方去安身好呢？"

"这还用说吗？当然住到我的家里去呀！我家的屋子很大，不要说多住一个人，就是多住上十个八个，那也不会嫌太小哩！"

"你家里肯答应我一个陌生的女子去长住吗？因为现在生活程度这么高，多一个人就得多一笔开销，恐怕你爸爸会不答应的。"

怀春这两句话听到莲湘的耳朵里，一时倒忍不住好笑起来，遂连连摇头，说道：

"不会，不会，你放心吧。我爸爸是孝顺祖母的，而祖母爱我又像珍宝一样，假使我跟祖母去请求，祖母一定会答应我的。祖母答应了，爸爸还敢说什么不是吗？不过，我向祖母说你是我的同学，因为被后母欺侮，所以愤然出走的，这样在我祖母的心里，她老人家一定会更加爱怜你了。怀春，你说我这个办法好吗？"

"办法当然很好，就只怕沈太太那里不容易对付。"

"你放心，我有把握。"

莲湘沉吟了一会儿，一面说，一面附了她耳朵，低低地诉说了几句。怀春心中又感激又欢喜，明眸逗了他一瞥谢意的目光，说道：

"吴先生，你代我这样费尽心血地办这一件事，那叫我真不知怎么报答才好呢。"

"我也没有兄弟姊妹，昨天一见了你，我心中就觉得十二分同情你，所以我非帮助你不可。怀春，你最好不要叫我吴先生，因为这个称呼太显生分了。"

怀春听他这样说，心头又喜又羞，粉脸上含了红晕的甜蜜，秋波脉脉含情地瞟了他一眼，低低说道：

"那么你要我叫你什么呢？"

"我没有一个妹妹，你就叫我一声哥哥吧。"

怀春拿手指在自己颊上划着羞他，嫣然地笑起来，说道：

"你要我叫你哥哥，只怕你不够资格。"

"怎么？你……"

"因为我的年纪不一定会比你小的，也许你只好做我的小弟弟。"

莲湘听她说自己没有资格，心中倒是一惊，立刻很不自然地问她；但此刻听她说出了这两句话，心中方才完全明白了，原来她说的是年龄上不够资格，这就又笑起来说道：

"我不信，难道你的年纪倒比我还大吗？你今年几岁了？"

"我十八岁了，你……不见得会二十岁吧？"

"我……我……"

莲湘想不到她真的比自己还长一岁，一时无话可答，支支吾吾地却再也回答不出来了。怀春不禁嘻嘻地笑道：

"可不是？你比我小所以说不出来了。"

"不，不，我二十一岁了，我长了你三年哩，不是该做你的哥哥吗？"

"你说谎，我要发咒了，说谎的人，他一定……"

"好了好了，我不说谎了，我老老实实地告诉你，我真的还只有十七岁，比你小一年，那你就叫我一声弟弟吧。"

"哦，弟弟！"

怀春好像占到了便宜似的，"哦"了一声，一面叫，一面却忍不住得意地笑起来了。莲湘见她妩媚得可爱，心中一阵欢喜，这就也微微地笑了。两人经过这一番谈话之后，时候已经四点半了，莲湘觉得肚子有些饿了，遂向女侍者又拿了几样点心，和怀春一同吃了。两人吃毕点心，莲湘付了钞票，一同走出大三元门口，在人行道上蹀了一会儿步，大家暗暗地商量了一会儿进行的事情，方才握手，各自分别。怀春依旧回到米高美舞厅里来做茶舞，在舞厅里遇见佩文，佩文问她说道：

　　"妹妹，你刚才和哪个舞客一同出去玩的？"

　　"和……和……吴先生一同出去的。"

　　怀春微红了脸，支支吾吾欲吐还止地说。佩文笑了一笑，"嗯"了一声，说道：

　　"就是昨天那个吴先生吗？好极了，他果然是个多情的人，他和你一定是一见倾心，爱上你的了。妹妹，他和你可曾说过什么体己的话吗？"

　　"没有，姊姊，你又取笑我了。"

　　"我是正经的话，谁取笑你？妹妹有了男朋友，就把姊妹之情忘了，何必瞒骗得那么紧？难道怕我夺了你的爱人不成？"

　　怀春被佩文这么一说，一时倒不禁呆呆地愕住了一会子。佩文见她想什么心事似的神气，遂拉了她的手，笑道：

　　"咦！怎么啦？一忽儿又装作木人了呢？"

　　"姊姊，来，我正有许多话要跟你谈谈。"

　　佩文被她拉着到马桶间，见她鬼鬼祟祟的举动好像十分秘密的样子，心中开始感到奇怪，遂急急地又追问她，到底有什么话要跟自己说。怀春想了一会儿，方才把莲湘要救助自己的话向她低低地告诉了一遍，并且说道：

　　"姊姊，我把这些正经话告诉了你，希望你在我妈那儿千万要保守秘密才好。"

"你放心，我是同情你的人，我听了你这些话，我心中只有感到无限的欢喜和庆幸，我怎么反而会陷害你呢？不过，我也希望你不要上人家的当。照理呢，像吴先生这样一个年少老成的人，他一定有真心对待你的，所以我原也很可以安慰的。"

佩文紧紧地握住了她的手，表示她对怀春有着一万分真心意的样子。怀春当然也非常感激，遂偎着佩文的身子，低低地说道：

"姊姊，那个梅先生对你不是也很有情分吗？假使他真愿意娶你的话，我想这一次索性姊姊也和沈太太闹翻了，我们一同脱离，岂不更好吗？"

"谢谢妹妹的好意，但姊姊的身子已非完璧，而梅先生也没有像吴先生那么有真心的爱。所以我在沈太太那里暂时作为寄身之外，看将来有机会，慢慢地再作道理吧。"

佩文含了眼泪，低低地回答，她的话声是包含了一点儿凄婉的成分。姊妹两人谈了一会儿，方才各自分手走开了。

晚上舞场打了烊，佩文和怀春一同坐车回家，佩文在路上又小心地向怀春问道：

"妹妹，你今夜得了多少舞票呢？"

"今夜我一共得了五万多元舞票，姊姊得了多少？"

"我得了七万元舞票，今天星期日，生意应该比往日好的，我想今夜回家，这个老娼妇一定是笑容满面的了。"

"不过，我却希望她对我凶恶一点儿，同时这情形最好又被吴先生等一班人看见了，那么他们也可以借口说她虐待我们了。"

"妹妹，吴先生是不是一定今夜到我家来呢？"

"刚才他是很肯定地说到来救我的，我想他大概不会失信用吧。"

"假使他真的到来，我却有一个办法，你回头故意把舞票少交一半给她好了。她心中一光火，不是又会责打你吗？最好在责打你的时候，吴先生带领朋友到来了，那事情就更好办了。"

怀春听她这样说，暗暗想道：这办法倒不错，我不妨试试看。

于是点头说好，把两万五千元舞票交到佩文手里，笑着说道：

"姊姊，索性给你多一点儿吧。"

"妹妹，事情是这么做了，回头不要吴先生没有来，那你不是又挨了一顿冤枉气吗？"

"没有关系，我要追求自由，只好多受委屈。"

佩文听她这样说，望着她粉脸，觉得她可怜亦复可爱，紧握了她的纤手，脉脉地报之以苦笑。两人到了家里，先到沈太太的卧房。沈太太正在吸着烟卷，坐在桌子旁打五关消遣，见了两人，便很严肃地问道：

"今天是星期日，你们舞票一定比往日做得多吧？"

"妈，我做了九万多元哩！"

"啊！九万多元吗？这真是打破纪录了！我的好女儿！你太好了，妈是多么疼你啊！"

沈太太眉开眼笑地抱住了佩文，十二分欣慰地赞美她说，一面又回过头来，向怀春望了一眼，问道：

"你呢？至少也有四五万吧？"

"不，妈，我只有二万五千元。"

怀春涨红了脸，故作害怕的神气，一面把舞票放到桌上，一面有些颤抖的声音回答。沈太太一听这句话，脸立刻变色，很快地推开佩文，站起身子，挥手在怀春颊上一记耳光，狠巴巴地骂道：

"什么？还只有两万五千元舞票？你可是要死了吗？我问你，你到底是死人还是活人？难道在客人身上多用一点儿迷汤功夫都不会吗？哼！你是千金小姐？你扮了一副死人面孔给人家看，舞客们如何不要逃走呢？好！好！你这只贱货，不给你一点儿厉害看，你怎么知道做人的道理？"

"妈，你千万饶了妹妹吧！"

佩文见怀春挨了沈太太这一记耳光，心中已是大为不忍，因为这是自己想的法子，倒又累她挨打，已经十分过意不去，此刻见沈

64

太太手执皮鞭，预备把怀春痛打的样子，她更加有些不忍，这就伸手拦住了沈太太，急急地代为讨饶。沈太太这时气恼到了极点，似乎不把怀春痛打一顿，难消心头之恨的神气。她推开佩文，一手抓住怀春头发，正预备痛打的时候，忽然听得一阵步履声响上楼来，只见四个西服青年撞进房中，他们不问三七二十一地奔到沈太太面前，拳打脚踢地先把沈太太打了一顿，打得沈太太丈二和尚摸不着头脑，倒在地上，呆呆地望着他们出神。只见其中一个西服青年却抱住了怀春，互相哭泣着，一时更加目定口呆。正欲动问，忽见其余三个男子各人取出手枪并雪亮的手铐来，似乎预备拿人的样子，心知事情不妙，遂唬得全身发抖，脸色灰白，几乎要哭出来的神气。佩文站在旁边，认识那个和怀春抱哭的男子就是吴莲湘，一时倒忍不住暗暗地欣喜。这时莲湘开口说道：

"她是我的未婚妻，被这个姓沈的女人拐骗在家里，逼良为舞女。据我未婚妻告诉我，说还有一张卖身契在她的手中，她明明用强迫手段威逼她的，所以请各位还得把这张卖身契向她要了回来才好。"

"我们不用问她要卖身契，且把她抓到司令部里去再作道理。"

其余三个男子都恶狠狠地说，一面抓起沈太太，要给她上手铐的样子。急得沈太太连连求饶，再三地说情愿退还这张卖身契。莲湘见目的已达，遂反而劝阻其余三个男子。沈太太于是把卖身契交还怀春，怀春整理了一只小皮箱，就急匆匆地跟着莲湘等众人走了。沈太太眼瞧着他们走了，她有些莫名其妙的样子，呆呆地望着佩文出神，忽然想到自己周身都还觉得十分疼痛的时候，她觉得偷鸡不着蚀一把米，一时心痛若割，忍不住倒在床上哭泣起来。但在佩文的脸上，却相反地浮现了一丝快慰的微笑哩。

第六回

蒙垂青　恍登天堂庆幸有安身

吴莲湘有几个朋友是七十六号里做事情的，虽然莲湘平日深恶这班人仗势凌人，无所不为，但今日在这个情形之下，也不得不借重他们的势力，来相救怀春脱离囚笼。当时莲湘等到了外面，向众人再三道谢，众人笑着说："此刻倒不用谢，将来结婚的时候，给我们多喝几杯喜酒吧。"说得莲湘和怀春娇羞满面，一时不知如何回答才好。众人见他们这样情形，忍不住嘻嘻哈哈地笑着，一哄而散了。莲湘见众人散后，遂握了怀春的纤手，很得意地说道：

"姊姊，你现在是恢复自由了，像小鸟儿飞出笼子一样，要到哪儿就到哪儿，你心里不知道也感到快乐吗？"

"快乐，我简直是快乐得难以形容我心中怎一份样儿程度了！弟弟，我今后的一切幸福，完全是你恩赐给我的，我真不知该拿什么来报答你才可以完了我一桩心事哩！"

怀春后面这一句话，包含了一点儿神秘的意味，秋波斜乜了他一眼，粉脸上已像喝过了酒般地娇艳起来了。莲湘甜蜜蜜地望着她憨笑了一会儿，说道：

"我别的什么都不要，我只要你那一颗心能够印上我这一颗心，那么我的心里已经是得到无上的安慰了。"

"不要说这一颗心吧，我这个身子也已经是属于你所有的了。"

怀春既然说出了口，立刻又感到难为情，垂了粉脸，却默默地望着她的脚尖在地上画着圈子。莲湘乐得拉开了嘴，几乎笑出声音来了，遂拉了她的纤手，跳上一辆三轮车，叫车夫驶行到东华旅社去了。怀春听他这么吩咐着，芳心中倒是别别地一跳，遂怔怔地问道：

"弟弟，你怎么带我到旅馆内去呢？"

"那也没有什么关系呀，难道你心里感到害怕吗？"

莲湘见她很怀疑的样子，遂故意兀是笑嘻嘻的神气，向她很浮滑地反问。怀春摇摇头，芳心虽然跳跃得剧烈，但态度还相当镇静，很正经地说道：

"我倒不是害怕，有弟弟在我的身旁，我还怕什么呢？"

"那你是为了什么？"

"我只觉得有些奇怪。"

"你奇怪什么呢？"

怀春见他还一连串地诘问自己，这就笑了一笑，望着他俊美的脸，说道：

"你不是说带我到你家里去见你的祖母吗？现在你忽然带我到旅社内去了，那不是叫我感到奇怪吗？"

"不错，但你知道现在是什么时候？深更半夜地把你带回家中去，我祖母心中不是也会感到奇怪吗？所以我的意思，只好请你暂时到旅馆内去住一宵，明天带你回家，你说好不好呢？"

经莲湘这么一解释，怀春方才完全明白了。她紧紧地偎着他身子，明眸里感激得几乎要流下眼泪来了，点着头轻声地说道：

"弟弟，你真想得周到，比我们女孩儿家的心还细呢。"

莲湘听了，也忍不住哧地笑了，但回眸见到她颊上沾有泪水，便忙用手指去向她脸上抹了抹，惊奇地问道：

"姊姊，干吗好好儿的又伤起心来了呢？"

"不，我不是伤心，我是因为太欢喜太感动的缘故。"

怀春挂了眼泪，温情地回答。莲湘说不出什么安慰的话，只有紧偎了她的娇躯，轻柔地温存。车到东华旅社门口停下，莲湘付去了车资，和怀春携手进内，大概是莲湘预先订好的房间，所以他很熟悉地到了三楼三百五十号里面。怀春见这房间倒也很宽敞，摆设也很考究，接着有茶房跟入，泡上一壶好茶，悄悄地退出。莲湘斟了一杯热茶，回头见怀春坐在沙发上发怔，遂坐到她的身旁，把茶杯递过去，说道：

"姊姊，你喝口茶吧。"

"我要喝我自己会斟的，这杯弟弟自己喝吧。"

"你喝一半，剩下来给我喝好了。"

怀春听他这样说，一时不忍拂他的意思，遂喝了两口，然后亲自拿到他的口边，含笑瞟了他一眼，是让他喝的意思。莲湘就在她手里，喝了几口，笑道：

"这茶叶倒不坏，喝在嘴里有一股子清香。"

"大概是洞庭山的碧罗青，茶味很觉可口。"

"不但可口，而且芬芳甘美，姊姊，我想这多半也许还是为了你喝过的缘故吧。"

莲湘说到末了，却又哧哧地笑了。怀春方知他说茶味清香，原来还包含了这一层缘故，一时又羞又喜，秋波白了他一眼，似嗔非嗔地说道：

"弟弟，你这个人也怪不老实的。"

"现在这个世界，老实的人能有几个？"

怀春见他贼秃嘻嘻的神气，含笑回答，一时芳心倒又别别地乱跳起来，暗自想道：难道他今夜要存不良之心吗？想到这里，不免感到有些害怕，遂沉着脸，慢慢地站起身子，把手中茶杯放到桌子上，自言自语地说道：

"难道他也是和普通一班青年一样的吗？"

"姊姊，你在说什么人呀？"

莲湘听她自言自语，遂跟着站起，走到她的身旁，拍着她的肩胖，低低地问。怀春回头望了他一眼，有些畏缩的态度，嗫嚅着说道：

"我不说什么人，我此刻心中感到一种恐怖，这恐怖使我心头感到极度不安。我好像是一只无家可归的小鸟，徘徊在天空中盘旋，而四周的浓云已经密布，一场暴风雨是免不了要落下来。那么我的生命、我的前程，恐怕一切就都要完的了。"

"你说的暴风雨是指点我吗？"

怀春这一番话听到莲湘的耳朵里，不由怔了一怔，他有些失望的表情向怀春问出了这一句话。怀春低了头，不觉默然。莲湘这就叹了一口气，灰白了脸色，说道：

"好在你的身子已经得到自由了，既然你承认我是暴风雨那么可怕，我当然也不愿意毁灭你的前程。请你另外找寻安全的归宿吧，我们再见！"

莲湘说完了这些话，向怀春点点头，懒洋洋地拖着步伐，身子已向房门口走了。怀春自知失言，一时悔恨莫及，此刻见他要走，心中更加焦急，遂抢步上前，一把拉住了莲湘，双泪交流地问道：

"弟弟，你上哪儿去啊？"

"我是暴风雨，我是可怕的魔鬼，我何必站在这儿讨人厌呢？害了人家的终身，这倒是我罪孽了。"

"弟弟，你别这么说，我根本没有这个意思呀！你是我的救命恩人，我没有了你，我如何能够轻易地有恢复自由的日子呢？弟弟，你饶了我吧，你若一走，我是只有死了。弟弟，你可怜我的懦弱多虑，我在这里向你跪下来了。"

怀春一面流泪，一面哽咽着说，说到后面，她向莲湘竟然跪下了。这在莲湘自然是感到意料之外，一时心头一软，连忙扶起怀春，没有说话，眼泪也像雨点儿一般地直滚落下来了。怀春见莲湘也哭，方知他实在是个多情忠厚的青年，他嘴里所以这样向自己开玩笑，也许他是一种得意的表示，我这人真好糊涂，竟会胡思乱想猜他是个玩弄女性的恶魔呢。怀春越想越悔，越悔越恨，情不自禁抱住了莲湘的脖子，却抽抽噎噎地哭泣起来了。莲湘被她这么一哭，更加丈二和尚摸不着头脑了，遂轻轻地推开她身子，低声说道：

"姊姊，我不走了，你就快不要伤心了。"

"弟弟，你心中恨我吗？"

怀春听他还这么安慰自己，一时更加歉疚万分，泪眼盈盈地望着他，低低地问。莲湘摇摇头，却并不作答。怀春这回自动地把莲湘拉到沙发上一同坐下，把娇躯偎住了他，含了妩媚的娇笑，温情地说道：

"弟弟，那么你干吗不开口呢？我知道你心中一定有些恨我的。"

"我真想不到你会如此多疑……你没有什么错，我为什么要恨你呢？"

莲湘开头这一句话是妙语双关的，怀春听了，心中也很明白，她把手拍着自己额角，自怨自艾地说道：

"我真是该死，为什么要这样胆小呢？所以我愿意给弟弟责罚。只要你不生气、不恨我，我情愿给你打、给你骂。"

"打你骂你，我也不舍得，只要你相信我是个有情义的青年，我实在是非常爱你，假使你要把我当作暴风雨，那我也没有办法……"

怀春不等他再往下说，就把手在他嘴上一扪，她心中一阵酸楚，眼泪又盈盈地淌下了满颊，凄切地说道：

"弟弟，你别说这些了，你要再提暴风雨三字，我情愿被你打死，也不叫一声冤枉。唉，我明白你是世界上第一好人，第一有情义的好人！"

"姊姊，我……永远爱你。"

怀春的娇躯已倒入莲湘的怀抱里了，两人拥抱在一起，却只管扑簌簌地落眼泪。良久，良久，怀春拿手帕拭了莲湘的泪痕。莲湘看了一下手表，见已一时半了，这就忙说道：

"啊！已经这么晚了，我也该回家去了。"

"嗯，不，你不要回去。"

这倒是出乎莲湘意料之外的举动，怀春却会拉住了莲湘，撒娇地不肯放他回去。莲湘急道：

"我不回去，难道我也住在这儿吗？"

"你也住在这儿吧。你若走了，留下我一个人，我心里会感到十分害怕。"

"我走了，你一个人可以清清静静地睡一夜，你怕什么呢？"

莲湘望着她红云满面的粉脸，低低地回答，但怀春却依然拉住了莲湘，秋波斜乜着他，说道：

"不，我不要，我要你伴着我。否则，我心里会觉得不安。"

"那么你不怕我对你不老实吗？"

莲湘见她此刻又这样放不下自己了，一时忍不住感到好笑，遂俏皮地反问她说。怀春羞涩地说道：

"不，我相信你，你不会和普通一班青年一样……"

"万一我看见你的美丽，使我情不自禁起来了呢？"

莲湘故意地又这么问了一句。怀春的芳心顿时像小鹿般地乱撞起来，秋波白了他一眼，却低头无语。莲湘见她这样可人的意态，确实使自己有些想入非非起来，遂拉了她的手，又故意涎脸笑道：

"姊姊，干吗又不回答我了？"

"只要你真心地爱我，我原也可以把我的灵和肉全部交给你。只要你不恨我、不抛弃我，我可以把我的一切都任你去摆布，反正我的一切都是已经属于你所有的了。"

怀春这两句话听到莲湘的耳朵里，他心中觉得怀春对自己已经是痴心到如何的程度了。一时感动已极，遂把怀春搂在怀内，吻着她的粉脸，说道：

"姊姊，我到底是个学校中人，我到底还知道廉耻这两个字，我岂肯干这样没有人格的勾当呢？放心吧，我要和你堂堂正正地结婚，然后洞房花烛，到那时候才是我偷香窃玉的机会了。"

"弟弟，你真好，你……"

怀春紧偎在他的怀抱，无限欣喜地回答，说到后面，却说不下去，眼泪倒又滚下来了。莲湘知道她是感激自己的意思，一时望着她海棠着雨般的娇容，更觉楚楚令人可怜，他情不自禁地挽了她的脖子，在她小嘴儿上终于甜甜蜜蜜地吻住了。过了一会儿，莲湘方才松手，笑道：

"姊姊，吻一个嘴没有关系吧？"

"嗨！"

怀春娇憨地白了他一眼，把手在颊上划了划羞他。但莲湘没有怕羞，怀春自己倒先怕起难为情来了，一骨碌翻身站起，便逃到床边去了。莲湘也跟着站起，笑了一会儿，正经地说道：

"姊姊，你早些安息吧，我真的也该走了。"

"不，不，弟弟，你为什么老是说要走呢？"

怀春听了，立刻又从床上爬起，走到莲湘的面前，似乎拦住他去路的样子。莲湘拉了她的手，笑道：

"你急什么呢？我明天就要来陪你的呀，因为我在外面从来没有住过夜，祖母等在家里，恐怕要焦急得了不得哩。"

"弟弟，你不要就此抛了我，这叫我一个人到何处去安身呢？"

"你放心，我绝不会抛弃你的，明天上午十时左右，我一定会来陪你。假使你不相信，我可以把我的手表押在你这儿。"

莲湘一面说，一面真的把那只手表脱下来，交到怀春的手里去。怀春忍不住笑起来，说道：

"弟弟，你又说傻话了，我要你这只表放在这儿又有什么用呢？"

"那么你要我什么东西做抵押才算有用呢？"

"我……要你这一颗……"

怀春红了粉脸，支吾了一会儿，方才说出来，但说到后面，把手向莲湘胸口一指，嫣然地瞟了他一眼，却有些赧赧然的样子。莲湘心里是微微地荡漾，捧着她粉脸，笑道：

"那么我就把我的心留在你这儿吧。可是请你好好地保管它，别让它弄得没有寄托似的，这就好了。"

"你放心，我要把我的心去印上你这一颗心，使你这一颗心永远地离不开我，弟弟，你说好吗？"

"好！好！好极了！姊姊，那么我们明儿见。"

莲湘连说了两声"好"字，他便握握她的手，向房门口走了。忽然怀春又赶上来，"哎哎"地叫着弟弟。莲湘回身去望，怀春拿了手表，仍旧给他戴上了。莲湘拉过她手，又吻吻她的香，方才匆匆地回去了。

莲湘回到家里，时已两点相近，一问仆妇，知道老太太已经安息了，心中很安慰，悄悄地自管回房去睡了。第二天早晨八点刚敲过，莲湘就醒来了，躺在床上，先呆呆地想了一会儿心事，正欲起身的时候，忽然见祖母走进房来。她慈祥的脸上含了微微的笑容，但却又包含了埋怨的口吻，关切地问道：

"莲湘，昨天晚上你什么时候回家的？"

"我在十一点钟不到就回来的。"

吴老太哼了一声，在他床边坐下了，又笑又嗔地说道：

"小孩子倒说起谎来了，我等到你十二点钟敲过，撑不住了才睡的，怎么倒说十一点不到就回来了？"

"哦，是的，是的，我弄错了，我十二点半回家的。张妈告诉我，说您老人家已经睡了，所以我没有来祖母房中请晚安。"

莲湘要说句谎话，却被祖母一语道破，因此涨红了脸，只好又急急地分辩着回答。吴老太摸着他的头发，又低声地问道：

"你这样晚回来，又在什么地方玩呀？以后千万不要玩得没有了时间，你不知道我等在家里是多么担忧呢！"

"祖母，你问起这个事来，我倒也正要向你求恳一件事情哩。"

"你有什么事情向我求恳？你说吧。"

莲湘听祖母很慈爱地问，遂转了转乌圆眸珠，计上心来。一手攀着祖母的臂胳，一面倚着祖母的身怀，说道：

"昨天晚上我在马路上碰着一个女同学，她姓杨，名叫怀春，我见她神色惨然，满面泪痕，好像有什么心事的样子，遂问她有什么不如意的事。据她告诉我，因为她失欢于后母，所以屡遭后母的虐待。现在杨小姐再也待不下去，她便愤然出走，因为无处安身，她便起了厌世之念，站在黄浦江边，意图自杀。幸亏我陪伴了她去看一场电影，又向她好好儿地劝慰了一番，她才打消了自杀的念头。如今我来跟祖母商量，能不能收留她在我家住下了？"

"这个姑娘的遭遇真也太可怜了，我非常同情她，既然她是你的同学，那么我自然要收留她。不知道她多少年纪了？容貌生得还觉漂亮吗？"

吴老太性情是十二分的慈悲，当时听了莲湘的告诉，便微蹙了稀疏的眉毛，很同情地回答，一面含了微笑，忽又低低地这样问。莲湘听祖母答应，知道自己的计划成功，心中乐得什么似的，拉开了嘴，笑道：

"祖母，说起那个姑娘的容貌，真是芙蓉其面，杨柳其腰，眉如春山，眼如秋波，倾国倾城，美丽得难以形容。这样一个秀丽的女孩子，天上有，人间少，祖母见了，保证你也会欢喜哩！"

"哦，我知道了，照你这么说来，你心中一定已有爱她的意思了是吗？"

莲湘被祖母这么一问，一时羞人答答地真不好意思回答什么话来。他滚在祖母的怀里，却只管憨憨地傻笑。吴老太摸着他脸，笑道：

"孩子，你老实地说好了，何必还害羞呢？"

"我要给祖母老人家瞧瞧，看到底是不是一个好姑娘？"

"那么她现在什么地方？你快去陪伴她到来，给我仔仔细细地看一看吧。"

"好，我马上就去陪她。"

莲湘巴不得祖母有这一句话，这就猛可地跳起身子，急急地披衣梳洗，也来不及吃早点心，他就坐着车子匆匆地去接怀春了。

　　怀春这时还躺在床上没有起身，听外面敲门甚急，一时心头倒吃了一惊，忙问"谁呀"。只听外面答道：

　　"我是莲湘，姊姊，快些开门吧。"

　　"哦，我来了，弟弟，您早啊。"

　　怀春一听莲湘来了，心中欢喜得了不得，一时也来不及披旗袍，就跳下床来，急急地开门，让莲湘入内。莲湘见她穿了鸡心领的粉红小纺衬衫，下面一条短短的丝裤，露着雪嫩的酥胸、白胖的大腿，这一幕富于肉感引诱性的情形，叫莲湘真有些看得神魂飘荡起来了，这就目定口呆，怔怔地愕住了。怀春羞得两颊绯红，一骨碌转身，连忙奔到床边，披上了旗袍，一面叫道：

　　"弟弟，你吃了点心没有？"

　　"姊姊，我还没有吃点心呢，我饿着肚子就急急地来告诉你好消息来了。"

　　莲湘这才走到怀春面前去，也笑嘻嘻地回答。怀春一面扣着衣钮一面急问什么好消息，莲湘遂把祖母答应收留她的话，向怀春诉说了一遍，并且说道：

　　"祖母因为急于要瞧瞧你，所以我马上来陪你了。姊姊，你快把东西收拾收拾，我们立刻就去吧。"

　　"弟弟，你不要太性急，我还没有洗过脸呢。"

　　"那么你快洗呀！快洗呀！人家祖母在家里等急了！"

　　怀春被他这样一催促，一时也不免心慌意乱，连忙漱洗完毕，把梳子拿出，理了理头发就舒齐了。莲湘在旁边呆呆地看了一会儿，方才说道：

　　"姊姊，你怎么不施一点儿脂粉呢？"

　　"打扮得朴素一点儿好，我猜测老年人的心理，她一定不喜欢浓抹艳妆的。弟弟，我们就这样走吧。噢，你和账房间结了账了没有？"

"也用不到结什么账，因为我只付一天房金，还多着几个钱就给他们做酒钿吧。"

莲湘听她这样说，也觉很不错，遂点了点头，拉着怀春的手，一面回答，一面坐车到家去了。

两人到了家里，莲湘把怀春向祖母互相介绍。吴老太见了怀春，拉了她手，细细地端详了一会儿，觉得果然是一个好人才，心中十分欢喜，遂竭力向她劝慰了一番，说道：

"杨小姐，你不要难过，只要你不嫌这儿地方小，你就尽管在我们这儿住下好了。我也没有一个女孩儿，假使你肯跟我做伴，我心中实在太欢喜了，莲湘也没有三兄四弟，你就把他当作哥哥一样地看待好了。我莲湘这孩子心眼儿也不坏，他既然帮助了你，他也绝不会待亏你的吧。"

"祖母，我还比杨小姐小一年哩。"

莲湘听祖母要怀春认自己做哥哥，这就笑嘻嘻地声明。吴老太笑着说道：

"那更好了，你这孩子，平日我本来就嫌你太顽皮，现在有这位姊姊来照顾你，那叫我倒可以更放心一点儿了。"

"哎，对了，祖母，弟弟是个顽皮孩子吗？"

怀春听吴老太这样说，心里非常得意，秋波逗给莲湘一个媚眼，一面说，一面也笑起来了。莲湘遂说道：

"春姊，那么你就在家里跟祖母做伴吧。我要到学校里去了。"

"好的，你管自地去读书好了，倒不要为了我荒废了你的学业，叫我心中感到不安。"

怀春方才很正经的表情，向他温和地劝告着说。莲湘点头说是，遂挟了书本，匆匆到学校里去了。

黄昏的时候，莲湘从学校里回家了，他放下书本，见祖母房中没有怀春坐着，遂急问怀春到什么地方去了。吴老太笑着告诉他，说怀春刚才在我这儿，此刻大概回房去了。莲湘听了，很欢喜地忙说道：

"祖母，你哪一间给她做卧房呢？"

"就是这间小船厅隔壁的那一间，不是很好吗？本来原是亲友们到来做客房用的，现在就给她住下了，你说好吗？"

"祖母分派的那还有什么不好的吗？我此刻去瞧瞧她，不知她在干些什么事情呢。"

莲湘一面回答，一面早已一跳一跳地走到怀春的卧房里来了。将近门口的时候，特别放轻了脚步，悄悄地跨入房门，只见怀春一个人坐在沙发上，仰着笑脸，自言自语地在说道：

"啊！天哪！从今以后，我可以步入这美丽的天堂了！"

"不错呀！这美丽的天堂，才配你美丽的人儿住着啊！"

怀春冷不防听有人这样接上来回答，一时倒唬了一跳，便猛可地站起身子来了。当她见到莲湘的时候，立刻又显出娇羞的情景，赧赧然地含笑叫道：

"弟弟，你多早晚回来的？倒把我唬了一大跳哩！"

"姊姊，真对不起，我来拍拍你……"

莲湘笑嘻嘻地走上去，伸手却去拍她的胸口。怀春觉得他多少带着一点儿顽皮的举动，因为已经是心许给他了，所以也不躲避了，睐着那双媚眼，斜睨了他，嗔意地笑道：

"算了吧，快放下了手，回头给祖母看见了，倒说是我做姊姊的引坏你了。"

"姊姊，这间卧房给你居住，你觉得还算舒服吗？"

莲湘被她这么一说，似乎有些惭愧，遂很快地放下了手，叫了一声姊姊，搭讪着问出了这一句话。怀春一撩眼皮，秋波一转，笑着说道：

"你还问哩！我住在这里，好比一步上青天。我想我前世一定苦修过，起码敲碎了五六只木鱼，所以今生才会遇到你这么的好人呢。"

"你又说笑话了，我想这是你的福命好，所以我祖母会对你这样地疼爱呢。"

怀春听了，频频地点着头，掀着酒窝儿只是微微地笑，忽然想起了什么似的，忙又说道：

"祖母待我好，弟弟待我好，但还有一个爸爸，他见了我，不知会不会讨厌我吗？"

"你放心，爸爸十天之中倒有九天是不在家的，他一定不会讨厌你。况且像你那么一个可爱的女孩子，谁要讨厌你，那谁就是瞎了眼睛哩。"

莲湘向她低低地安慰了一番，两人相倚相偎地坐在沙发上又调了一会儿情，方才携手到祖母房中大家去闲谈了。

晚上，莲湘坐在怀春的房中，依恋不舍地不肯去安息，怀春再三催他，莲湘才没有办法地站起身子，但临走的时候，却和怀春又亲了一个嘴，方才心满意足地回房了。这里怀春一个人正欲熄灯就寝，忽听门外有人笃笃地敲了两下。怀春以为莲湘又来了，遂悄悄笑道：

"弟弟，你怎么又来了？"

"啊！你叫我弟弟吗？姑娘，你弄错了，我是莲湘的爸爸吴大龙，你快开门，我有话跟你说哩！"

这是怀春做梦也想不到的事情，当时听了这话，唬得粉脸失色，那颗芳心顿时像十五只吊水桶一般地七上八落地乱撞起来了。

第七回

多劫难　才慰芳心忽又漂泊苦

　　读者诸君大概总还记得吴大龙这一个人吧？原来这个吴大龙就是串通巨盗，抢劫贾家，弄得贾怀德家破人亡的一个罪魁。那么他在上海又如何会变成一个大富翁了呢？这事情说起来话就很长了。那天晚上，吴大龙带领了徐宗英、耿碧莲等一班男女强盗杀进贾家，可怜贾家铁民就死在强盗的手中。怀德的妻子朱淑春却被徐宗英掳劫到强盗窠去。那时耿碧莲也把怀德劫回盗窟，关在一间秘密的地下室内，向怀德百般调笑，显出种种淫荡的浪态来勾引怀德的春心。怀德这时一面痛老父的被杀，一面记挂爱妻的被劫，所以心中万分痛愤，岂肯顺从碧莲的淫欲，遂向碧莲破口大骂。骂得耿碧莲满面羞愧，只好暂时怏怏不乐地退了出来。不料来到外面，见吴大龙手抱一个婴孩匆匆地从宗英房内走出，那婴孩还哇哇地哭个不停。碧莲奇怪十分，忙问大龙说道：

　　"大龙，这孩了是哪里来的呀？"

　　"哦，是……刚才大王抢来的那个女人养下来的，大王心中十分恼怒，所以叫我把那孩子丢到山涧里去了。"

　　"那女子怎么会养起孩子来了？"

　　"因为她本来已经十月怀胎了，大王把她抢来，大概要和她成其好事。那女人不肯答应，两人拉拉扯扯，被大王踢了一脚，那女人一阵心痛，便产下孩子了。"

碧莲听到这里，一阵醋性勃发，她娇怒十分地奔进房中去了。这里吴大龙急急地抱了婴孩，奔出了盗窟，走到半山上去，正欲把婴孩儿丢到山涧去的时候，忽然他的脑海里会浮上一个感觉：我和贾家本来无冤无仇，只为了想弄几个钱用用，现在害得铁民死了，怀德夫妇又都被他们关在盗窟内，迟早也是要被他们害死的。如今我若再把这个婴孩弄死，那么贾家一门四口，不都是死在我的手中吗？这样我的阴骘也未免伤得太厉害了。况且我和怀德从小还是同学，现在我要绝他后代，到底心有未忍。吴大龙在这样一转念之下，他抱着那个婴孩，却再也下不了这个毒手，忽然向前飞奔，却把婴孩抱着回家去了。

　　吴大龙家里没有别的人，只有一个寡母，年纪已经四十多岁了，大龙虽然是个无赖，但事母至孝，只要母亲说一句话，他无论如何也不敢反对的。那晚吴母见大龙抱了婴孩回家，而且身上还沾满污血，只裹了一件大人穿的破衣服，一时心中大为惊骇，遂急急问道：

　　"大龙，这孩子哪里来的？那到底是怎么样的一回事情呀？快告诉我，你在外面莫非又干着不正当的行为了吗？"

　　"妈，这……这是人家一个私生子，丢在路上，我见孩子还活着，所以把他抱着回家来了。"

　　吴大龙涨红了脸，支吾了一会儿，方才转着眼珠，给他想出这几句谎话来回答。吴母听他这样说，一时倒也信以为真，遂伸手把那婴孩抱了过来，向他细细地望了一会儿。只见那孩子眉清目秀，五官端正，倒是一个白白胖胖怪可爱的男孩子。因为大龙不务正业，虽然二十多岁年纪了，却还没有娶一个妻子，所以自己抱孙子的希望也很少了。如今抱着这么一个可爱的婴孩，心里十分喜欢，遂笑着说道：

　　"这孩子不知是谁家丢掉的，真是可爱，我们就把他养着吧。"

　　"妈，你就把他当作孙子看待吧。"

　　吴大龙也含了笑容，凑趣着说。吴母听了，倒不知怎么有了一个伤感的思想，忍不住微微地叹了一口气，说道：

"人家养了儿子都多么争气，不说别人，单拿贾家来比，铁民的儿子和你是同学，人家在上海多么会赚钱，而且娶了媳妇，养了一个孙女儿，如今又快分娩了。我见她腹部圆而尖，说不定倒是一个男孩子呢，瞧人家福气多么好的。只有我，养个儿子，没有正当行业，东荡西飘，人家说起来是多么丢脸。唉！想到了心头事，怎不叫我伤心流泪呢？"

吴母说到这里，一阵悲哀，那眼泪真的滚滚地掉下来了。大龙一见母亲伤心，他就感到极度不安，这就诚惶诚恐地跪倒在地，低了头，轻声说道：

"妈，您老人家千万不要伤心，孩儿不孝，以后我一定好好儿去赚钱，不再糊糊涂涂地做人了。"

"你可知道你在外面的名声愈弄愈不好听了吗？前儿我在小河边淘米，听人家说你加入了盗党在外面抢劫，我想我儿子纵然不会赚钱，还不至于会走到这一条路上去吧？这大半是为了你没有正当行业，所以外面人更加拿这种话来侮辱你了。你想，这些话听在我做娘的耳朵里，你叫我心里痛苦不痛苦呢？"

吴母说这一篇话，心中固然是痛苦，但听在大龙的耳里，却更加痛苦，觉得母爱到底是伟大的，她老人家还自信她的儿子不会去加入盗党。然而事实呢？唉！这不是使她老人家失望得太以心碎肠断了吗？大龙这样想着，伏在地上，却再也站不起来了。不料就在这个时候，忽然沿街窗外有人在说道：

"这事情当初我还不晓得，所以我也不能深信，现在我是亲眼目睹了，想不到这该死的东西果然加入盗党了。那还了得？我们村中岂肯容留这种害群之马呢？明天报告村长，非把他们母子驱逐不可了！"

"最可怜的是贾铁民这一家人，死的死，伤的伤，抢的抢。大龙这小子阴骘伤得太大，将来一定会有报应的。"

这互相的一番谈话由近而远传开去了。吴母听得明白，她"啊"了一声，放下婴孩，一时头晕眼花，气得全身发抖，扑的一声，身子便昏厥着跌到地下去了。这么一来，把个吴大龙急得汗流浃背，慌忙拿了一杯茶，把母亲急急地救醒。吴母却坐在地上，伸手握拳，拼命捶着自己胸部，痛哭流涕地说道：

"啊！天哪！我前生作了什么孽，今生才养了这么一个孝顺的好儿子啊！我该死！我该死！大龙，你……真的会加入盗党了吗？这是我做娘的罪恶，我还做什么人呢？我还是一头撞死了干净好吗？"

吴母一面说，一面站起身子，预备撞壁自尽，但早已被大龙一把拉住，跪在地上，苦苦哀求。吴母冷笑道：

"你不让我自尽，那么你还是来杀了我吧！"

"妈，孩儿不敢，孩儿该死！"

"好！你既然知道该死，那么你跟我到村长那里去自首，让法律来判决了你！"

吴母满面怒容地说，伸手拉着他要向外面走。大龙跪着跟了几步，一面连打自己的嘴巴子，一面哭着哀求道：

"妈，你老人家做了十多年的寡妇，辛辛苦苦地就是为了我这个不争气的儿子，今日儿子若正法判罪，妈岂不是白白地忙碌了一场吗？所以你老人家千万息怒，给儿子一个改过自新的机会，假使孩儿再不学好样，那时就任凭母亲把儿子处死吧！妈，可怜爸爸也只有我这一滴骨血，你就可怜可怜我饶了我这一遭吧！"

大龙这一番话，到底是打动了吴母脆弱的心弦，她想到了已死的丈夫只有这么一滴骨血，她把拖着大龙向外走的勇气消失了，忍不住放声哭泣起来了。大龙却是跪在地上，只管打着自己的耳光，一面又苦苦地哀求。吴母哭了一会儿，方才颤声地说道：

"你刚才窗外说话的声音听到了没有？我纵然可以饶了你，但是外界也不能轻易饶你呀！明天假使把我娘儿俩捉到村长那儿去，叫为娘还有什么脸颜再在这村子里做人呢？"

"妈，你不要着急呀！照儿子的意思，还是连夜地离开这儿，我们逃到上海去吧！"

大龙皱了眉尖，方才又想出这一个办法来回答。吴母觉得事到如此，也没有第二条路可走，遂答应了他。当下母子两人整理了细软什物，抱着那个婴孩，一同逃奔上海来了。

到了上海，大龙一面安顿了母亲，一面便当兵去了，向母亲立了誓，说今生没有得意的日子，便不再回来老人这了。光阴匆匆，不觉过了十年，大龙在这十年之中居然从小兵而升任旅长之职了，那时大龙已搜刮了不少的民脂民膏，他鉴貌辨色地却从军队里退伍下来，在上海买下了一座洋房，做着投机生意，一跃而变成大富翁了。到了现在，上海沦为孤岛，自然更加暗无天日了。

大龙这夜回家，在外面原喝了酒，已有七八分的醉意，他管自回到卧房里，在沙发上一躺，心里想着自己的命也真苦，自从发了财后，一连地也曾经娶过两个女人，但一个死了，一个跟着小白脸卷逃了。到如今弄得孤苦伶仃，依然还是孤孤单单地独拥孤衾，想起来真是太以凄凉了。正在这时，小童阿发给他端上一杯热气腾腾的咖啡茶来，口中叫着老爷，说咖啡茶搁在这儿了。大龙睁开眼睛，"嗯"了一声，随便道：

"今天家里有什么人来过吗？"

"有的。"

"是谁？找我吗？"

"是个挺美丽挺年轻的小姑娘，但她并不是来找老爷。"

阿发平日就有些滑头滑脑，在主人面前也怪会拍马屁的。他知道大龙这人有些色眯眯，遂含了笑容，故意吊他的胃口回答。大龙听了，显出很奇怪的样子，说道：

"那么她是找谁来的呀？"

"老爷，这个姑娘是少爷带来的。"

"什么？少爷带她做什么来的呢？"

"我听说这位姑娘姓杨名叫怀春，是少爷的女同学，因为和家里闹了意见，所以愤然地出走，预备自杀……"

阿发绘声绘色地向他告诉。大龙听到这里，便吃惊得跳了起来，连忙急急地问道：

"啊呀！一个年轻漂亮的姑娘自杀了，那是太可惜了。"

"老爷，你别忙呀，幸亏遇见了我们少爷，便把那杨小姐带回家里来了。老太太见那杨小姐很可怜，便叫杨小姐住在家里了，现在杨小姐睡在小船厅隔壁那个房间里。老爷，我想你明儿就认她做个过房女儿吧，因为这位小姐生得实在太美丽了。"

大龙被阿发这一番话说得心头奇痒难抓，遂笑了一笑，取了一支烟卷猛吸，似乎在动什么脑筋的样子。过了一会儿，方向阿发挥了挥手，说道：

"时候不早，你去睡吧。"

"是，老爷也可以早些安息了。"

阿发鞠了一个躬，悄悄地退出房外去了。这里大龙在室中来回地踱着步，一阵酒气向上涌，那脑海里更加浮上了寂寞的苦闷，同时眼前又显现着一个美丽的姑娘，她秋波脉脉含情，笑意生春地好像还在向自己卖弄风流，一时欲念更似火般地燃烧起来。他鼓足了勇气，把烟蒂头在地上一丢，身子像疯狂地向怀春那间卧房里走了。

当时怀春在房中一听是莲湘的爸爸来了，心中这一吃惊，那颗芳心便像小鹿般地忐忑地乱撞起来，急得灰白了脸色，呆呆地却半晌不说一句话。大龙听里面不见答应，遂又急急地叩门，说道：

"杨小姐，你怎么啦？不开门吗？"

"你……你是谁呀？"

怀春不得不又假痴假呆地问，表示她还不知道外面敲门的究竟是什么人。大龙听了，放低了声气，是恐怕唬着了她，低声含笑说道：

"杨小姐，我是莲湘的爸爸，我有话跟你说，你开门吧。"

怀春在这个情形之下，也只好硬着头皮把房门开了。不料才把房门开了，外面就跌进一个身穿西服的男子，倒在地上几乎爬不起来。这叫怀春弄得莫名其妙，慌忙把他扶起，口里急急地叫道：

"老伯，你……怎么啦？你……竟跌了一跤，不知道跌痛了哪里没有？快坐下来息息吧！"

"不要紧，不要紧，我因为喝过了一点儿酒的缘故，所以竟有些手软脚软起来了。"

大龙一面坐到沙发上去，一面微笑着回答。他抬了血红的脸，醉眼模糊地望到怀春的脸上去。只见柳眉杏眼，明眸皓齿，面如满月，唇若点朱，那种妩媚的风韵令人可爱，他几乎馋涎欲滴，恨不得把她一口吞下去的样子。怀春见大龙一脸横肉，浓眉环眼，好像判官那么的一个，一时又惊又奇，想不到这样一个风流美貌的青年，会有这么一个黑无常似的爸爸，那不是太令人感到奇怪了吗？于是悄悄地问道：

"老伯，不知道你有什么事情跟我说吗？"

"我来问问你，你和莲湘是同学吗？"

"是的，因为我家里后母太凶，承蒙祖母爱怜我，留我在你们府上住几天。事先没有征求老伯的同意，所以侄女觉得非常抱歉，还得请老伯原谅才好。"

怀春恐怕大龙见责，所以用了温情的语气，说得特别委婉动人。大龙连连摇头笑道：

"没有关系，杨小姐，你不要客气。照你说来，你的身世很苦恼，我倒非常同情你。杨小姐，你且坐下来，我们谈谈。"

"承蒙老伯也这样可怜我，那真是我的福气了。"

怀春见他面庞生得虽然很凶相，但说话倒也含有慈悲的意思，所以心中把害怕慢慢地消失了。她在对面那张长沙发上坐下了，含了欣慰的微笑，低低地说。大龙忙说道：

"你家里除了后母之外，还有什么人呢？"

"没有什么人了。"

大龙见她涨红了粉颊，支支吾吾地回答，而且垂下了头，好像有悲伤的样子，这就情不自禁地走过去，在她那张沙发上一同坐了下来。怀春抬头一见这个情景，心头开始又别别地乱跳，意欲起身相让，不料大龙却把怀春的手拉住了，他笑嘻嘻地说道：

"杨小姐，你不要害怕，我今夜到你这儿来，是完全一片好意。因为你身世很可怜，所以我要给你弄一个终身的归宿，不知道你心中喜欢吗？"

"……"

大龙这几句话听到怀春的耳朵里，一颗芳心真是又喜又羞，暗自想道：莫非老伯代他儿子向我亲自来求婚吗？假使果然如此，那我的造化可真不小啊！怀春心中虽然这么想，但口里赧赧然地却并不作答。大龙见她听了自己的话，果然并不挣扎要站起来，而且柔情蜜意的样子，低着头，那显然是女孩儿家怕羞的缘故。心中这一快乐，那心花儿也不免朵朵乐开了，遂索性偎过了一些身子，紧紧地握着她柔若无骨的纤手，笑着道：

"杨小姐，别怕难为情，你老实地回答我呀。"

"老伯，承蒙你看得起我，侄女儿还有什么不愿意呢？一切听凭老伯的吩咐吧。"

怀春这姑娘也是想痴了，她心眼儿上的目标当然只有莲湘一个人。在她以为大龙说的对象，除了莲湘之外，自然没有第二个人了，所以她掩着酒窝儿，也就情不自禁又喜又羞地答应了。不料大龙也误会了她，以为她确实愿意爱上自己，所以心中一兴奋，立刻把怀春拥到怀内，在她颊上发狂似的热吻起来了。怀春对于大龙这冷不防的举动，这实在是出乎意料之外的，因此又急又怕，不禁"呀"的一声叫了起来，一面还竭力地挣扎，一面血红了粉脸，说道：

"老伯，你……你……这是算什么意思呀？"

"咦！杨小姐，你不是愿意心爱我吗？你不是说听凭我的吩咐吗？那么我亲你几个面孔，那也算不了什么稀奇呀！"

大龙还一本正经的样子，表示自己的举动并没有错。怀春听了，方才知道他是存了野心，分明是给自己上圈套，这就急得满额是汗，几乎要哭出来的样子，意欲向他声辩，自己是爱上了莲湘，但这些话又如何能说出口？因此呆若木鸡，怔怔地发愕。大龙这时却有些忍熬不住，他不管怀春答应不答应，早又像饿虎扑羊似的把怀春抱住了，好像立刻要用强的样子。怀春心中这一急，真是非同小可，乌圆眸珠一转，倒给她急出一个主意来了，遂连忙说道：

"哎呀！你听，你听，老伯，外面有人咳嗽呢！"

"啊！哪里哪里？"

大龙被怀春这一唬，心中一阵凉意，那欲火立刻熄了一半，慌忙放了手，回头四顾地问着。怀春待欲挣扎逃开，但又被大龙拉住了，微微地笑道：

"杨小姐，你好刁滑，原来你骗我啊！"

"老伯，我没有骗你，我真的听见有人咳嗽呀！"

"就是有人咳嗽，那也没有关系，谁敢管老爷的事情呢？杨小姐，你不要害怕，良宵一刻值千金，我们快些来乐一乐吧！"

怀春见他又要拥抱自己，这就一面推拒，一面温情蜜意的样子，笑盈盈说道：

"老伯，你不要这么野蛮举动。我问你，你到底是不是真心爱我呢？"

"真心，当然真心爱你。假使我不是真心爱你，那我绝没有好的结果。杨小姐，我告诉你，我的妻子早已死了，我现在只有一个人，你嫁给我，你绝不会做姨太太，你是堂堂正正的大老婆呀！而且……而且你肚子也不用痛，就有这么一个长大的儿子，那不是你的好福气吗？"

大龙也十分认真地表示，向她低低地怂恿。怀春凝眸含颦地沉吟了一会儿，秋波斜瞟了他一眼，说道：

"不过，我得提出几个条件。"

"是什么条件呢？"

"第一，我们要堂堂皇皇地结婚。第二，我不愿意住在这里，要在外面另租公馆。第三，你要给我买枚五克拉的钻戒。第四，没有结婚之前，你不许对我有无礼的举动。"

怀春说一句，大龙点一点头，表示都可以办到的意思。但听到第四个条件的时候，他的眉毛不禁蹙了起来，遂不待她再往下说，先急急地说道：

"杨小姐，我们既然成了夫妻，这周公之礼早晚总是免不了的，你何必斤斤较量着时间问题呢？我……我今夜实在熬不住了，所以我求求你，请你千万提早地开放门户，先行交易吧！"

"这不能，这万万也不能！老伯，你若用强，我可要高声地叫喊了。回头祖母听见了，只怕你就要挨她老人家的责罚了，而且……而且被你儿子知道了，你还好意思有脸在社会上做人吗？"

大龙被怀春这么一警告，心里真的有些害怕起来了，暗想：这倒是真的，我这举动若被母亲知道了，她老人家一定要生气。就是儿子的心中，他一定也要看轻我了。那么我何必急急地要享受欢乐呢？常言道，欲速则不达。她既然已经答应了我，早晚总是我口中之肉的了。大龙这样一想，于是连忙显出正经的态度，说道：

"杨小姐，你不要叫喊，你这四个条件，我就都答应你吧。不过，你也不能假痴假呆地敷衍我，你应该真实地爱上我才好。"

"我自然真真心心地爱你，老伯，时候不早，你快些回房去吧，要如被下人们看见了，我女儿家的脸皮不是要丢光了吗？"

"我就回房去，不过，你如何还叫我老伯呢？"

"那么我叫你什么好？"

"叫我哥哥吧，我也叫你妹妹，不叫你杨小姐了。"

怀春听他这么说，一时又好气又好笑，因为不愿他多站在这里，所以只好含了妩媚的笑，低低地叫道：

"哥哥，你快回房去，明儿给我先去租好了小公馆，那时候我们双宿双飞，多么快乐呢！"

"好妹妹，你此刻给我一些安慰好吗？"

大龙被她说得痒丝丝的，心里十二分甜蜜，这就偎过身子去，拉了她的纤手，又涎皮嬉脸地问她。怀春急道：

"你再这样等不到似的猴急，我可恼了，难道你一些也不顾全自己的面子吗？"

"哦！好妹妹，你不要生气，我走，我走！"

大龙恐怕事情弄僵，方才连声地赔不是，他便匆匆地走出房门外去了。在走到房门口的时候，忽又回过头来，向她千叮万嘱地说道：

"妹妹，你不要性急，在十天之内，我一定可以办得舒舒齐齐地跟你结婚，享受闺房之快乐了。"

"好的，好的，我就静静地等你十天吧。"

怀春笑盈盈地点头回答，大龙方才十二分安慰地回房去了。怀春待大龙去远，她懒洋洋地回身进内，关上了房门，背倚着门板，伸手连连地挥汗。在叹过了一口气之后，忽然她的眼角旁又涌上大颗的眼泪来了。

这天晚上，怀春躺在床上却不能合眼，翻来覆去地只管想着心事，觉得自己命中多劫难，一波过了一波来。我自以为从此可以在这里安安静静地住下了，谁知道当天夜里就会发生这样尴尬的事情，这叫我怎么能够伴得下去呢？怀春愁眉不展地忧思忡忡，可怜她整整地流了一夜的眼泪。

第二天早晨，怀春也一清早就醒来了。老妈子端脸水进房，让她梳洗，并且说请小姐洗好脸，到老太太房内去吃早点。怀春知道老太太是很疼爱自己的，当下就点头答应。老妈子走后，怀春就匆匆地梳洗完毕。正在这时候，莲湘含笑走进来，叫道：

"姊姊，昨天晚上你睡得还舒服吗？"

"唉！我简直可说整整的一夜没有睡着哩！"

怀春听他这样问，一时皱了眉尖，没有开口，先深长地叹了一口气。莲湘当然是万分奇怪，这就急急地问道：

"这是为什么缘故？是不是陌生眠床不容易入睡吗？"

"不，倒并非是为了这个缘故。"

莲湘见她吞吞吐吐的样子，好像有难以告人之隐情，因此心中益发感到稀奇，遂拉了她的手，急急又问道：

"那么到底为了什么原因呢？姊姊，你快些明白地告诉我吧！"

"因为……因为……你爸爸昨夜到我这里来过了。"

"哦！我爸爸来望过你吗？不知是谁告诉他的，那也没有关系呀，反正你早晚总要和他见面的。他昨夜一回家就来见你，可见他对你的印象很好啊。"

怀春听他还这样说，一时脸上浮现了苦笑，愁眉不展地沉吟了一会儿，方才徐徐地说道：

"是的，他对我的印象太好了，所以他才会对我说出这几句话来。"

"他对你说些什么呢？"

"唉！不要说了，总而言之，我是没有福气住在你家里的了。"

怀春摇了摇头，泪水又从眼角旁滚了下来。莲湘这就急了起来，紧紧地握住着她的手，说道：

"姊姊，你好歹也给我说出一个缘故来，我爸爸到底跟你说了些什么话？他难道不许你住在我们这家里吗？"

"不。"

"那么又是为了什么？你说，你说，你说呀！我被你快要闷得透不过气来了。你不告诉我，你还告诉什么人去呢？"

"好，我就告诉你，你爸爸要爱我，要娶我，要玷污我的身子！你现在总完全地明白了，你想，这叫我还有什么法子在这里住下去吗？"

莲湘听怀春痛苦地说出了这两句话来，他不由"啊"了一声，顿时脸失色，两眼金星乱冒，冷笑道：

"姊姊，你这话可是真的吗？"

"那可不是开玩笑的事，怎么会不真？难道我会无缘无故地破坏你爸爸的名誉吗？"

怀春一本正经地回答，她眼泪好像泉水一般地涌了上来。显然她在昨夜还受过十分委屈，所以她才会这么伤心。莲湘做梦也想不到爸爸会有这样禽兽的行为，一时又痛愤又怨恨，皱了眉毛，也怔怔地愣住了。良久，方才咬牙切齿地说道：

"姊姊，你不要伤心，你也不要担忧，我们把这情形去告诉祖母知道吧。我爸爸天不怕地不怕，他就怕祖母老人家一个人。只要祖母把他骂一顿，爸爸一定不敢再有这种非分妄想了。"

"这也不好，因为你爸爸被祖母一顿责骂之后，他一定会移恨到我们的身上来，那么对于我俩的婚事，他也许会从中反对的。"

"那么依你之见，预备怎样地来应付他呢？"

莲湘听她这些话倒也很有道理，一时有些六神无主的神情，向她低低地问。怀春雪白的牙齿微咬着殷红的嘴唇皮子，呆呆地沉吟了一会儿，方才附着莲湘的耳朵，低低地说了一阵，问道：

"你看这个办法好不好呢？"

"好是很好，但你又到什么地方去安身好呢？"

"我想最好另外租间房子，让我一个人去住着，或许我可以找一点儿职业做，这样等你大学毕业之后，我们慢慢再结婚吧。"

怀春话虽这样说了出来，但仔细一想到底觉得有些难为情，不免微红了娇靥，默然地垂下头来。莲湘握着她的手，想了良久，坚决地说了一声好，便也向她附耳说了两句，两人方才携手到吴老太的房中来了。

在吴老太房中吃毕早点，莲湘和怀春都告别出来，表示大家到学校里去读书的意思。其实莲湘到了外面，先在一家小烟纸店内打了一个电话给他的好朋友梅晓云，叫他今天迟一点儿到学校去，自己要到他家里来商量一件事情。晓云听了，连说"好的"，于是莲湘和怀春坐了三轮车，匆匆来到晓云的家里。晓云见他和怀春同来，因为认识她是米高美的舞女，所以感到十分惊奇，一面让座，一面忙问有什么事情商量。莲湘遂把自己相救怀春出火坑后的一切情形对晓云诉说了一遍，并且说道：

"晓云兄，我现在要给杨小姐另租房子居住，不过在没有租好房屋之前，杨小姐能否在你家耽搁几天？假使你肯答应，我将来一定重重地叩谢你。"

"那没有关系，只管住在我家好了。反正我家中只有母亲一个人，杨小姐和我母亲做个伴这更好了。"

晓云说到这里，回头向女仆吩咐，说请太太出来，女仆匆匆入内，不多一会儿，梅太太走了出来。莲湘是见过的，向她鞠躬请安。晓云并把怀春介绍，假说是莲湘的表妹，要在我家暂住几天，问母亲意思怎么样。梅太太见怀春生得端庄稳重，而且美丽非凡，心中甚喜，当下点头说好，拉了怀春，还表示十分亲热的样子。怀春和莲湘对梅太太连声道谢，晓云却向他们取笑了一会儿，莲湘和晓云方才到学校里读书去了。

下午放学，莲湘和晓云一同回来，怀春假意说要去拿些随身衣服，便和莲湘一同作别出外，匆匆回到吴家。怀春向吴老太告诉，说今天在学校读书，她后母来找自己，一定要她回家，她没有办法，只好答应了。吴老太听了，十分不服气，说：

"你回家，不是又要遭她虐待了吗？你偏不回去，看她有什么颜色拿出来好了。"

怀春道：

"这样也不好，明儿给她查出我是住在你们家里，她要告你们拐骗我呢。祖母，我想我暂时只管回去，假使她再要虐待我，我也可以告她的。"

"杨小姐这话也很有道理，祖母，我想还是让她回家吧。"

吴老太听莲湘也这样说，一时倒不好强留了，遂叮嘱怀春常来游玩，若受了委屈，只顾告诉我，一定替她出头。怀春心中甚为感动，当下含泪答应，匆匆地到房中去取了小皮箱向吴老太告别而去。莲湘遂到门口，向怀春又安慰了几句，方才回身入内。怀春到了梅家，晓云母子待她很好，怀春自是宽心。不料到了第二天早晨，莲湘怒气冲冲地到来，说他和家庭脱离关系了。怀春和晓云一听这个消息，两人心中都吃了一惊，这就不禁"哎呀"了一声叫起来了。

第八回

得噩耗　红豆相思抱恨痛无穷

莲湘送怀春走后，那时已经黄昏，大龙兴冲冲地从外面回来，他身边带着从首饰公司买来的一枚五克拉的钻戒，是预备送给怀春作为订婚用的。当时他不动声色地走进吴老太的房中，只见莲湘也在里面，他们祖孙两人好像在谈什么事情般的，一见自己进房，他们便不再谈下去。莲湘叫了一声爸爸，大龙应了一声，遂在沙发上坐下，取了一支烟卷，莲湘忙给他点了火。大龙吸着烟卷喷了一口烟，方才望着莲湘，问道：

"莲湘，你不是有一个女同学住在我们家里吗？"

"是的，我向祖母告诉过，是祖母答应她住下来的。不过，她现在又回家去了。"

"啊！怎么又回家去了呢？"

大龙听他这样回答，心中表示万分惊奇，忍不住慌慌张张地追问。莲湘没有开口，吴老太先怔怔地问他说道：

"杨小姐住在我们家里，你怎么知道的呀？因为你并没有和她碰过面呀。"

"哦，哦，昨晚我回家的时候，是阿发这么告诉我的。"

吴老太太听了，点点头，表示方才明白的意思，一面又微微地叹了一口气，似乎很可惜的样子，说道：

"这位杨小姐的容貌生得真不错，性情也温柔，这样一个可爱的

94

姑娘，想不到命会生得这么苦。她没有亲娘，只有一个后母，而且连她的父亲都死了，所以这个后母就把她当作眼中钉那么看待，时常地虐待她。她因为一时的愤怒，便抛家出走，预备自杀，幸而被莲湘救来，所以我就留她住在家里了。"

"那很好呀，人类应该有同情和互助的义务啊。可是，你们怎么又放她回家去了呢？万一她后母又虐待了她，叫她一个弱女子求生不得、求死不能怎么好呢？"

大龙这会子显出很慈祥的态度，急急地说出了这两句话。吴老太喝了一口茶，说道：

"我也这样想，谁知今天她的后母找到她的学校里去，一定要逼她回家。她没有办法，也只好又跟着她后母回去了。"

"杨小姐在什么学校里求学呢？"

"这个我倒没有知道。"

吴老太摇摇头，低低地回答。大龙回头向莲湘望了一眼，问他说道：

"杨小姐在哪里念书？你总知道的啰！"

"我……我也不知道。"

莲湘明白爸爸追根究蒂地问着，他心中必不怀好意的，于是支吾了一会儿，也不肯向他告诉。其实，怀春在校读书，原也是骗骗吴老太而已，就是莲湘要告诉，也无从说起。但大龙心中却另有一种想头，莫非昨夜的事情，杨小姐已向莲湘告诉过了吗？今天杨小姐突然地变了花样，那一定是莲湘设的计谋，否则，他们既然是同学，怎么连她在什么学校读书都会不知道呢？那岂不是太矛盾了吗？这就冷冷地说道：

"你们不是同学吗？怎么会不知道呢？"

"我们是小学校里的同学，现在她也读中学了，我忘记了问她，所以我没有知道。"

莲湘转了转乌圆眸珠，立刻又计上心来地回答。大龙听他明明是花言巧语，但一时里却也不好驳他，遂又问道：

"那么她家住在什么地方？难道你也会不晓得吗？"

"是的，我实在也没有问她。"

大龙听他一味地装腔作势，心中气愤就涌上来了，不由向他瞪了一眼，喝骂道：

"放屁，你是活死人吗？这也不知道，那也不知道，你做人知道不知道？"

"哎呀，这是做什么啦？那也算不了是一件大事情，何必发这么大的脾气呢？莲湘年纪还轻，他懂得什么，你这样喉咙响亮地责骂他，要如把他小魂灵唬掉了，那我可不依，明天问你算账！"

吴老太在旁边听大龙这样凶恶的神气，向莲湘大声喝骂，心中非常生气，遂"啊"了一声，很不满意地说，表示有警告他的意思。大龙慌忙赔了笑脸，说道：

"妈，你老人家何必生气呢？因为这孩子太没有脑筋，既然做了同学，连同学的身世都不问问清楚，你想，这不是也太以糊涂了吗？"

"什么糊涂不糊涂？孩子们在学校里一心读书，不顾闲事，这才正经呢。他又不是警局里的探员，难道叫他丢了书本，东打听西打听地胡闹吗？亏你活了这一把年纪，你才是真正糊涂哩！"

大龙被母亲这一顿责骂，一时弄得哑口无言，回头见莲湘偎在母亲的怀里，好像非常得意的样子，因此满腔愤怒的样子，恨不得把莲湘量上了几个耳刮子。但是在母亲的面前，却又不敢发泄出来，因此也只有暗暗怀恨而已。就在这时，仆妇来请大家到饭厅里用饭去了。

这一餐晚饭，大龙喝了几杯闷酒，此刻一个人坐在房中，心里想着莲湘的可恶，分明是破坏了自己的好事，他不是有意夺我的爱人吗？因此越想越气，越气越恨，仗了几分酒的胆量，立刻吩咐阿发把莲湘悄悄地叫到房中。莲湘见父亲脸色不大好看，心中倒吃了一惊，忙问道：

"爸爸，您叫我有什么事情吗？"

"嗯，有一些事情，我要跟你谈谈。"

大龙沉着脸回答，一面向阿发挥手，是叫他退出的意思。阿发见了，只好退到门外去了。这里大龙去关上了房门，莲湘见爸爸这种举动，那颗心立刻像小鹿般地乱撞起来。大龙回身到沙发旁坐下，一面吸烟，一面说道：

"莲湘，你的生活是全靠着谁呀？"

"爸爸，你这话问得奇怪了，那当然是全靠爸爸啰。"

莲湘不明白他问这句话的用意何在，一时望着他怔怔地愕住了，良久，才徐徐地回答，他的神色感到有些惊讶。大龙听了，却冷笑了一声，瞪着那双三角眼，说道：

"既然你心中明白，那你为什么要跟我作对呢？"

"不，爸爸，我没有呀！而且……我也不敢跟爸爸作对呀！"

"哼！还说没有吗？放你狗屁！他妈的，你知道你破坏了我的好事吗？"

莲湘梦想不到父亲会说出这样寡廉鲜耻的话来，可见昨晚父亲调戏怀春的事情完全是真实的了。这就把脸涨得通红，要想抢白他几句，但他到底是自己的父亲，因此他颇觉左右为难，呆然地站了一会儿，方低低地问道：

"爸爸，你这话真叫孩儿弄得莫名其妙，我……我……破坏了您什么好事呀？"

"他妈的，你还假痴假呆地装腔吗？"

大龙怒不可遏地猛可站起身子，一步一步逼近过去的神气。唬得莲湘一步一步向后退，满额汗冒如雨，急急地答道：

"爸爸，我委实并没有知道呀！"

"啊！你还敢说不知道，我就揍你！"

大龙这时已疯狂的样子，抢上两步，伸手在莲湘的颊上啪啪两记耳光，打得莲湘满面发烧，以手摸颊，泪流如雨般地愣住了。大龙还是恶狠狠的样子，说道：

"你……你为什么故意放走杨小姐呀？"

"我并没有放走她，是她后母逼她回去的。爸爸不相信，可以问祖母老人家的。"

"哼！你花言巧语来戏弄我吗？那么你们既然是同学，岂有连她家住在什么地方都不晓得吗？莲湘，你快从实告诉我，你若再隐瞒着，我警告你，可要向你不客气了！"

大龙说到这里，把衣袖一撩，似乎要把他痛打的神气。莲湘又急又怕，又恨又怨，但口里还问着说道：

"爸爸，这是不和你相关的事，你问明白了又有什么用呢？况且……我实在不知道！"

"不相关？哼！你知道？我老实地告诉你，杨小姐已经答应嫁给我了，莫非你从中作梗，所以叫杨小姐回去的吗？你这不孝的东西！你若不把杨小姐的住址告诉我，我非要你性命不可！"

莲湘听他老实地告诉了这几句话，一时也不免痛愤到了极点，冷冷地笑道：

"爸爸，你要想跟杨小姐结婚吗？可是你忘记了她是我的同学，她是你的小辈，这怎么能够相配呢？"

"啊！你果然要阻拦我的婚事吗？好，我对你明白地说了，你不是我的儿子，你是我领来的一个野种，我可以先赶出了你，那么杨小姐就不是我的小辈了，我可以堂堂正正和杨小姐结婚了！"

大龙这几句话是被怀春的美色而迷住了心，所以把这些秘密都倾吐出来了。莲湘听了，方才恍然有悟，暗想：怪不得他没有做爸爸的身份呢！这就哈哈地发狂般地大笑起来，说道：

"真的吗？原来我不是你亲生的儿子？"

"嗯！你不是我亲生的儿子。"

"好！既然你不是我亲生的爸爸，那么杨小姐当然可以嫁给你了！"

"什么？你现在肯成全我了吗？"

莲湘这两句话听到大龙的耳朵里，倒是有些出乎意料之外的。他不免转怒为喜，立刻抢上一步，握住了莲湘的手，紧紧地摇撼了一阵，嘴角旁倒忍不住露出一丝笑容来了。莲湘转了转眼珠，忽然计上心来，遂也笑嘻嘻地说道：

"爸爸，我一定成全你，我此刻马上给你把杨小姐去叫来好吗？"

"好极了，好极了，假使你有这样真心地对待我，那你才是我的好儿子哪！快去，快去，你马上快去吧！"

"不过，她的后母很势利，你叫我去把杨小姐请来，你非给我带一点儿礼物去送她不可。"

"那没有关系，喏，我这里有五克拉钻戒一枚，原是预备和杨小姐订婚用的，我想你此刻就给我带了去吧。"

大龙一半是为了痴心爱恋美色，一半是酒后糊糊涂涂的缘故，所以听了莲湘的话，觉得很是不错，遂连忙把手指上戴着的那枚钻戒脱下来交给莲湘。莲湘估量这枚钻戒至少也值到几千万元的钱，不由暗暗欢喜，遂也不再向大龙要钱，立刻说道：

"这样很好，爸爸，我马上去了。"

"慢来，你今夜就把她请来吗？"

"爸爸，您放心，一个钟点之内，我就把她请到，今夜就可以陪爸爸睡觉，你说满意不满意？"

"哈哈！哈哈！我的好儿子！你爸爸的心被你说得奇痒难抓，你快去快回，我一定重重地赏你。"

大龙听莲湘这样说，一时乐得心花怒放，忍不住哈哈地狂笑不止。莲湘巴不得大龙有这一句话，这就连声地答应，急匆匆地奔出了吴公馆，跳上了一辆三轮车，把手向前一指，那车夫就向前驶行了。

莲湘坐在车上，暗暗地想着心事。原来我不是他亲生儿子，这就无怪他对我有这样没有人格没有身份的行为了。那么这种家庭，我还有什么滋味再住下去呢？当然是抛家出走，远走高飞，比较幸福得多了。本来我还有一些顾虑，现在有了这枚钻戒，至少可以变换一些钱来派用场，那我还怕什么呢？只是想到了祖母老人家对待自己一番真心的溺爱，如今不别而行地抛弃了她，可怜她老人家知道了之后，心里又不知要如何悲痛呢。想到这里，一时由不得难过起来。一阵阵的夜风扑面，倍觉凄凉悲哀，因此滚滚地倒落下了不少的眼泪。

"先生，你到什么地方去呢？"

忽然车夫回过头来，向莲湘低低地问。莲湘抬头一望，原来车子已到十字路口了，因为转角旁有一家咖啡夜座，室内正有一阵阵的音乐播送出来，因为心中烦恼，遂吩咐车夫停下，付了车资，就匆匆奔进咖啡室内去消遣了。

这也是无意之中的巧遇，在咖啡室内竟会遇见了那夜帮助自己救出怀春的那个七十六号里的朋友张志华。当下两人握了一阵手，合坐一张桌子上。志华见莲湘愁眉苦脸的样子，心中很是奇怪，因问他有什么心事吗，莲湘因为今后自己无处安身，很希望有人来帮忙自己，所以也不隐瞒，就把自己的遭遇向志华详详细细地告诉了一遍，并且说道：

"志华兄，你想，我该不该脱离这个黑暗的家庭呢？"

"应该，应该，我很同情你，因为你这个爸爸太没有人格了。不过，我也为你担忧，你连自己安身之处都发生了问题，怎么还有能力来负担你女朋友的生活呢？"

张志华很关心的样子，向他低低地问。莲湘微蹙了眉尖，沉吟了一会儿，说道：

"我那个女朋友倒没有关系，因为我已把她寄住在我的好朋友家里了。至于她的生活费用，我也可以想法子给她筹备好。就是我自己的问题，我当然不想再读书，最好能够找一些事情做做，那就觉得很安定了。"

"莲湘，事情说来很巧，我明天要调到南京去干工作。假使你也愿意工作的话，那我们就不妨一同去，你看意思怎么样呢？"

"那是再好也没有了，但……"

莲湘说到这里，忽然停住了，支支吾吾地说不下去，似乎有些为难的样子。志华微微地一笑，好像懂得他的意思，说道：

"但什么呢？是不是认为我这项工作太对不住国家、太对不住良心了吗？"

"是的，也许我有这样的感觉……不过，在你们呢，恐怕也是为了环境关系，才不得已而如此的吧？"

莲湘唯恐得罪了朋友，所以顿了一会儿才很圆滑地说。志华哈哈地笑了起来，拍拍他的肩胛，说道：

"莲湘，你倒是一个挺爱国的青年哩！"

"很惭愧，像我们这样碌碌庸才，只可算为是社会上的寄生虫一样，哪里称得上爱国两个字呢？"

"爱国并不是在表面上的，只要他的行动切切实实地爱国，那么他外表的不爱国也就没有什么关系了。"

莲湘听他这么说，一时倒不禁为之愕然，抓了抓头皮，望着他出神，说道：

"志华兄，你这些话是什么意思呢？我真有些听不懂了。"

"你不明白吗？好，让我痛快地告诉了你。"

志华说到这里，遂附了他的耳朵，低低地说了一阵。莲湘的面上浮现了无限的惊喜，猛可握住了他的手，紧紧地摇撼了一阵，说道：

"志华兄，你这话可是真的吗？"

"当然真的，我绝不骗你。"

"好！你是我们的民族英雄，我愿意跟随你一同到南京去工作，希望你不要嫌我知识浅薄，一切望你多多地指教才好。"

"莲湘，这可不是开玩笑的事情，况且我们干这项工作的人，又危险又辛苦，你也能够受得了吗?"

"为什么不能够? 你是人，我也是人，你能够，我就不能够吗? 志华兄，请你不要小觑了，我非跟你一同到南京去不可。"

莲湘一本正经的态度，表示非常有决心地回答。志华微微地一笑，却包含了神秘的口吻，问道:

"你一个人到南京去工作，难道你就舍得下这位杨小姐吗?"

"有什么舍得下舍不下? 要知道在这个时代，国家已到了累卵之危，我们青年人假使再恋恋于儿女之情，那还能算是一个有血肉的人了吗? 志华兄，千万请你成全了我吧!"

"好，那么我们此刻就到秘密办事处去吧。"

志华见他确有坚决的意志，要想为国去出力，这就很欢喜地答应了他，同时站起身子，向侍者招呼。莲湘早已先抢着付去了茶账，方才跟着志华到秘密办事处去了。

第二天早晨，莲湘把钻戒去押当了两千万元钱，匆匆地到晓云家中来找怀春。当时怀春听他说和家庭已脱离关系了，心里不免吃了一惊，和晓云不约而同"哎呀"的一声叫起来，一面又急急地问道:

"这……这……又是为了什么缘故呢?"

"唉! 事情说起来，真是一言难尽。"

莲湘叹了一口气，一面遂把昨夜大龙对自己说的话向他们两人告诉了一遍，并且痛恨地说道:

"你们想，他既然不是我亲生的爸爸，所以他才会做出这样丧失心肝的事情来，那叫我怎么忍受得住? 我没有办法，我只好硬着心肠，脱离这个家庭了。"

"那么你还在求学时代，你往后预备怎么样好呢?"

"晓云，我知道你要为我这样担忧的。不过，事情很巧，我往后已经有了办法了。"

"有了什么办法呢?"

怀春不等他说下去,她在旁边也先急急地问着说,可怜她的芳心是像小鹿一般地撞得很厉害。莲湘很快地说道:

"我预备到南京工作去。"

"呀!难道你把我一个人丢在上海吗?不不,要走大家一同走,我就是死了也甘心。"

怀春惊叫起来,她的眼泪已经夺眶而出了。晓云听了,望着莲湘也奇怪地问道:

"哎,莲湘,你到南京做什么工作去呀?"

"请你把门关起来,我详详细细地告诉你们。"

晓云见他的行动有些神秘,心中益发感到奇怪起来,遂忙把房门掩上,悄悄地说道:

"你现在可以告诉我们了,到南京究竟做什么工作去呢?"

"昨夜我在咖啡馆碰着一个七十六号的朋友,就是那夜援救怀春出火坑的其中一个青年名叫张志华的,他说最近,不,就是今天下午要动身到南京去,叫我一块儿去工作。我想这是一个好机会,所以我就答应他了。"

"啊!你也加入七十六号了吗?"

"什么?你竟把你灵魂都出卖了吗?"

怀春和晓云不约而同地向莲湘怨恨地责备,表示埋怨他不应该去加入这种团体的意思。莲湘听了,却忍不住哈哈地笑了起来,说道:

"你们不要着急呀,我的话还没有说完哩。原来这个张志华不是真正七十六号的团员,实在是重庆派来的地下工作特务员。你想,我不是也应该跟着他为国去出一些力吗?"

"你这话可是真的吗?"

"当然真的,我为什么要骗你?"

莲湘听怀春这样问,遂认真地回答她说。晓云沉吟了一会儿,忽然说道：

"你会不会上人家当的？"

"不会，不会，我昨夜跟他到办事处也去过了，那边都是我们地下工作的同志。"

"弟弟，那么我跟你一块儿去吧，我一个人留在上海还有什么意思呢？"

怀春泪眼盈盈地说完了这几句话，心中一阵悲酸，泪水又扑簌簌地直滚下来了。莲湘虽然有些难过，但却摇摇头，说道：

"你要跟我去，那怎么可以呢？我们干这一项工作的，不但是十分秘密，而且也很危险。所以你是不能跟我去的，我劝你还是住在这儿吧。"

"那是什么话？我总不能一辈子住在梅先生的家里，况且我以后的生活，我怎么地过下去呢？"

怀春涨红了粉脸，又急又羞地回答，秋波瞟了他一眼，似乎有些怨恨他糊涂的意思。莲湘听了，遂在袋内摸出三张即期支票来，说道：

"怀春，你不要着急呀，我这儿一共有二千万的支票，那一千万的，我预备给晓云，是贴补你住在他家里的生活费。还有五百万的支票，我给你做零用。这剩下的五百万，我预备自己旅途上费用。这样我觉得你总可以安安心心地住着了。"

"莲湘，你这是打哪里说起？不是太不够朋友了吗？你的爱人就是我的弟媳妇一样，难道住在我家里，倒要你饭钱不成？那我们知己朋友也未免太显生疏了。"

晓云听莲湘这样说，这就正了脸色，一本正经地回答，说到后面，又望着怀春一笑。怀春低着头，含羞不语。莲湘含笑说道：

"这并不是这样说的，因为我贴补了你一点儿生活费，使怀春住着可以安心一点儿。否则，她似乎有些不好意思呢。"

"这又有什么不好意思呢？你假使一定要付给我钱，我认为你把我家里竟当作旅馆那么看待了。"

莲湘被他这样一说，因此倒为难了，遂望了怀春一眼，说道：

"那么这一千五百万的支票都藏在你的身边吧。将来用得到它的时候，你就可以用它了。"

"弟弟，我想……你何必一定要到南京去呢？我们有了这些钱，不是在上海也可以做一些买卖过生活了吗？"

"不，我觉得身为国民之一，应该替国家做一些事情。况且我们年纪都还很轻，就是结婚也还太早哩。"

怀春听他这么一说，一时倒不好意思再劝留了，遂低头不答。过了一会儿，方把一千万支票交给晓云，悄悄说道：

"梅先生，那么这些钱请你收下吧，我就安心住在你府上了。"

"不，放在杨小姐身边吧，等我明天短少钱用的时候再问你要好不好？"

"姊姊，晓云既然这么说，那么暂时我们就不要和他客气了。"

"莲湘这话才对了，那么你难道决定下午动身吗？"

"是的，我完全已决定了。"

"那么今天中午我请你们到金山酒家吃饭去，上午我不到学校去了。"

"不要客气，我想还是免了吧。"

"这是我应该给你送行的，你若阻拦了我不肯赏光，那你就看不起我的。"

莲湘被晓云这么一说，自然不好意思再推却了，遂只好含笑答应下来，于是三人又谈了一会儿。晓云见他们欲语还止的神气，若有千言万语要诉的样子，遂也很识趣地借故退到外面去了。直到十二时相近的时候，方才又匆匆入内，只见两人眼圈儿都有些红红的，显然大家都哭过了的缘故，于是笑道：

"你们也不要伤心了，常言道，没有别离的痛苦，哪里来重逢的快乐呢？"

"没有没有，我们几时伤心过的？晓云，你又取笑我们了。"

"好了好了，我们不说笑话，想你们话也谈够了，肚子大概有些饿了吧？时候不早，我们到外面吃饭去吧。"

晓云微微地一笑，方才又很正经地回答，于是三个人坐车到金山酒家，特地给莲湘饯行去了。饭毕，时已一点四十分，莲湘因为和志华约定两点钟碰面，所以十分焦急，揩了一下面巾，就要匆匆作别而去。晓云握了他的手，庆祝了一番。怀春的眼角旁，却忍不住已涌上了一颗晶莹莹的泪水。但莲湘这时已顾不得许多地只好硬了心肠，向两人说声再见，便头也不回地坐上车子匆匆地走了。

这里晓云向怀春好好儿安慰了一番，方才送她回家里去。晚上怀春睡在床里，心中想着莲湘的恩情，正是海无其深、天无其高，他临走都给自己安摆舒齐好，这样真心实爱的人，恐怕在这个世界上再也找不到第二个了吧。一会儿又想我们这次分别之后，也不知什么时候再可以碰面呢。但愿他平平安安地到了南京，为国立了功劳，将来最后胜利，我们就可以欢天喜地地结婚，度着蜜月的生活了。怀春这样想着，一颗芳心才感到有些甜蜜的滋味，这就沉沉地入梦乡去了。

第二天早晨，怀春起身，刚梳洗完毕。忽然见晓云手里拿了一张报纸，脸色灰白地奔进房来，口吃了成分，急急地说道：

"杨小姐，不好了，不好了！"

"梅先生，什么事？什么事？什么事呀？"

"昨天下午两点三十分京沪车从上海开往南京，路过无锡，遇飞机轰炸，车身八节均遭炸毁，乘客死伤惨重。报上登有死伤乘客的名单一篇，吴莲湘的名字也有着哩，这可怎么办？这可怎么办？"

怀春猛可听了这个消息，这真仿佛是晴天中起了一声霹雳，把她那颗芳心立刻震得粉碎，顿时粉脸失色，两眼怔住，全身发抖，一阵气急，向上涌塞住了。她"啊呀"一声，这一个"呀"字还没有喊出，身子便仰天跌倒，昏厥在地上了。

　　《红豆相思》在这儿略为告一段落，欲知莲湘和怀春姊弟俩的生死如何，且瞧续集《两全其美》中，自有一个令诸位阅者称心满意的结局。

两全其美

第一回

用情千古独　断肠女竟走断肠路

　　深秋的天气，室内显得相当暗沉。因为秋阳淡淡地老是像怕羞的样子，躲在云堆里不肯出来，所以秋风在宇宙间吹刮，更包含了一点儿凄切的意味。飒飒的风声，吹着落叶飘舞的情景，瞧在床上那个断肠人贾怀春的眼睛内，她的心头又是多少的伤悲和惨痛，暗暗地一阵一阵地细想，觉得自己的命实在是太苦一点儿了。从小死了爹娘，那倒也不要说起了。谁知养父母又会双双地抛弃自己，长辞人世，因此我就像一头可怜的羔羊，便落到屠夫似的沈大妈手里去过牛马样的生活了。

　　在无限孤独之余，我想不到会遇见了这个吴莲湘。彼此一见倾心，承蒙他热心仗义地爱上了我，把我从魔鬼手掌中援救出来。我以为从此可以拨云见天，脱离这个苦海了，万不料这个世界到处都密布着噬人的豺狼，它们要把我这个可怜的弱女子欺压到灭亡的道路上走。唉！人心是多么阴诈啊！吴莲湘在我身上确实已尽了最大的力量，他为了我，和他的养父反目；他为了我，孤零零地抛家出走，受尽千辛万苦长途跋涉之苦，冒了绝大的危险，到异乡客地去流浪了。他完全是为了我，所以才到南京去的。可是老天也太以残忍了，偏偏会在这一班火车的时间上，而遭到敌机的轰炸，难道我的命苦坏，竟连累到莲湘也死于非命吗？这样说来，我不是变成一个白虎星了吗？那叫我怎么能够对得住莲湘？

同时，我还有什么滋味留在这个世态炎凉的世界上做人呢？所以我几次三番地实在想死，想脱离这个苦恼的人生，但我是寄居在别人的家中，我就是要死也不能死在这里，否则岂不是无辜地累害了梅晓云先生了吗？怀春左思右想，觉得实在生死两难，一个人到了无可奈何的情形之下，还有什么办法呢？自然是只好诉诸于眼泪了。

怀春正在暗暗地啜泣，独自伤心的时候，晓云的母亲梅太太悄悄地走进房中来。她听了怀春抽噎的声音，似乎也激起了同情的悲哀。她悄悄地走到床边，微微地叹了一口气，慈祥地劝慰着说道：

"杨小姐，你千万不要伤心了，自己身子保重一些吧。我真恨晓云这个孩子太不知轻重，为什么把这些噩耗来告诉你知道呢？"

"哦，梅伯母，那怎么能怪梅先生不好呢？"

怀春见了梅太太，慌忙在床上靠起身子，一面拭去了泪痕，一面低低地回答，梅太太在床边坐下了，把她纤手温和地抚摸了一会儿，说道：

"吴少爷是个良心很好的青年，我相信他绝不会遭到这样悲惨的不幸，吉人天相，他也许没有死，只受了伤，是一点儿极轻微的伤，那么你们将来不是仍旧有见面的日子吗？"

"能够应了伯母的话，这自然是最好的了，但是在那敌机残酷的猛炸之下，恐怕他的生命总是凶多吉少的了。"

梅太太安慰她的话，在怀春心中觉得这希望是微渺得很，一百分之中也不知道可有一分把握的希望。所以她颓伤地回答了这两句话，眼泪依然扑簌簌地像雨点儿般地滚落下来。梅太太连忙摇摇头，说道：

"不会，不会，你只管放心吧，保在我身上，吴少爷不会遭到意外不测的。杨小姐，你也不要老是躺在床上了，还是起来走动，东西多少也得吃一点儿，尽饿着到底也不是一回事情呀！"

"伯母，其实，我真有些头昏脑涨的，恐怕……会病了。"

"嗯，你额角上真有些热度，我想这都是你悲伤过度的缘故，所以你要保重你自己的身子，应该宽慰着自己才好。"

梅太太伸手在她额角上轻轻地一按，觉得有些烫手，这就微蹙了眉毛，好像十分忧闷的样子，但一面又向她低低地慰劝。怀春点点头，却并不作答，梅太太关心地又说道：

"杨小姐，那么你躺下来休养休养吧。我回头给你煎一块药茶喝下，出一身汗，热度就会退去的。"

"伯母，真是太累忙了你老人家，叫我心中不知如何报答才好。"

梅太太连说不要客气，她便管自走到自己的卧房里去，取了两块午时神曲药茶，交给仆妇拿到厨房去煎了。她取了一支烟卷，一面吸烟，一面暗暗地想着：这位杨小姐的容貌真美丽，性情也十分温柔，可是她的命真也太苦了，听说她在上海是只有孤零零一个人，现在吴少爷又惨遭横死，那么她不是又成了一个没有依靠的小鸟儿一般无家可归吗？虽然我是并不曾多着她这么一个姑娘，但毫无名分地在我家住着，杨小姐恐怕也不大情愿的吧，那么我终要想个办法去留住她才是啊。梅太太这样地想着，只见晓云匆匆地从学校里回家来了，他叫了一声妈，说道：

"杨小姐今天起床来吃饭了没有？"

"没有起床，而且身上有些热度，恐怕她要生着病哩。"

"那可怎么办？早知如此，我悔不该把这个消息告诉她了。妈，你想要不要给她请个大夫来诊治诊治呢？"

晓云很着急的样子，向母亲低低地征求同意。梅太太把烟蒂头在痰盂内丢了，喝了一口茶，说道：

"我已叫张妈煎药茶去，等她喝过了药茶，再作道理，热度退了便好，否则明儿就请个大夫给她瞧瞧。晓云，我有句话要问你，不知道你心里的意思怎么样？"

"妈，你有什么话？你说吧。"

梅太太说到后面，又叫了一声晓云，表示很郑重其事地问他。

晓云口里虽然这样回答，但心头却在忐忑地跳跃，不知道母亲到底说出些什么话来。这时梅太太却微微地一笑，望了晓云一眼，说道：

"杨小姐这个姑娘，我很欢喜她，假使她肯给我做媳妇的话，我当然是一百二十分地愿意，不过我也得问问你，你爱不爱娶她做妻子呢？"

"这个……妈，我觉得事情还需要有个考虑才好。"

晓云红着脸，大有为难的神气，低声地回答。梅太太似乎不了解她儿子心中是什么意思，遂呆呆地望着他，问道：

"这还有什么考虑呢？难道杨小姐这样的好人才，你还看不中意吗？"

"不，倒并非为了这个缘故。"

"那么你的意思是……"

"我的意思，因为杨小姐是我好朋友的爱人，他相信我，才把杨小姐拜托给我照管。我若占了好朋友的爱人，那我不是太没有义气了吗？"

梅太太听儿子一本正经地回答了这两句话，一时也暗暗地赞美儿子有优良的人格，点点头表示有些敬爱的意思。但她立刻又是一个感觉浮上她的脑海，于是忙着解释似的说道：

"你说的虽然很有义气，不过杨小姐和吴少爷的关系，仅仅只是个友谊而已，既没有订过婚，更没有成过亲，那么现在吴少爷死了，难道杨小姐就永远地不结婚了吗？那么她孤零零一个弱女子，以后的生活将怎么办呢？所以我认为你娶杨小姐做妻子，不但不会对不住你的好朋友，而且还可以安慰你好朋友在天之灵呢。否则，一个女孩儿家，无名无分地到底不能一辈子住在我们的家里，若让她流浪到外面去吧，老实说，这个年头儿，社会是这么黑暗，人心是那么险恶，一个年轻而美丽的单身女子，那还不是容易受到人家的欺骗吗？万一因此而丢送了她的终身幸福，我觉得这时候你的良心倒实在是很对不起你的好朋友了。"

"妈，你这话虽然也很有道理，不过……"

"不过什么呀？难道你还有意思发表吗？"

"我想报纸上虽然登载着这个消息，也许莲湘没有死，他只不过受一些伤呢，那么他当然还有回家的日子，万一回来了，见我已娶了杨小姐，那时候我还有脸做人吗？"

晓云这两句话听到梅太太的耳朵里，一时心头也不免踌躇起来，皱了眉毛，沉吟了一会儿，然后低低地说道：

"那么过两天再说吧。假使吴少爷真的没有死，我想过几天他一定会有信来安慰我们的。倘然没有信息到来，这就显见得他已经是死了。"

晓云没有开口回答，只把头点了点。就在这时候，张妈把药茶煎好端进来，说是给谁吃的。梅太太伸手接过，她便亲自拿到楼上房中去了。这里晓云呆呆地想了一会儿心事，觉得杨小姐果然是个美丽的姑娘，假使她肯嫁给我，那当然是我的艳福不浅。不过事情实在还有问题，第一，莲湘的生死未卜，我又怎么能够夺朋友之爱？第二，我和佩文的情感不坏，况且她和我已有了最密切的关系，虽然她并非是个处女，然而她曾经流着眼泪向我诉苦，并且说从今以后，决定守着我一个人，那么我既然已得了她的身子，我也不忍心抛弃她呀。在晓云心中有了这两个问题，所以他是左右为难地不敢答应母亲说的这个主意。这天晚上，他吃过晚饭，假说去瞧场电影，实在他是到米高美舞厅和佩文碰面去了。

佩文已经有人叫去坐台子了，晓云只好无聊地坐着等她下来，两眼望着舞池里对对的舞侣，呆呆地出了一会子神。忽然晓云发现佩文和一个西服少年也在舞池跳舞，两人紧紧地搂着，面孔也紧紧地贴着，这样子因为有些过分亲热，所以不免近乎肉麻。晓云对于这一下子的发现，自然是受了相当的刺激，觉得佩文这个女子未免水性杨花，对自己说的话当然也是口是心非。那么她必定送旧迎新，朝秦暮楚，和青楼妓女又有何异？自己还把真挚的情意去对待她，那我不是成个大傻瓜了吗？想到这里，心中是十分地愤怒，意欲付了茶账便即匆匆离去，但转念一想，我今天既然到来了，那么必定要和她谈几句话不可，就是一刀两断，也得来清去白。否则，被她说起来，总是我没有良心，把她忘记了。晓云打定主意，于是迫不及待地吩咐侍者，叫佩文转台子，侍者点头答应，便匆匆地去叫了。不多一会儿，佩文笑盈盈地走过来了，当她坐到晓云身旁的时候，便显出娇嗔的表情，秋波白了他一眼，埋怨地说道：

"我道是什么人叫我坐台子？原来是梅大少爷。今天是什么好风吹来的？我以为你是出国去留学了呢！"

"当然啰，你有着比我更好的知心人儿了，在你心中也许是希望我最好不要再来麻烦你了，可是今天很不凑巧，我竟发现了你的秘密，真是对不起得很！"

晓云听她还用俏皮的口吻来讽刺自己，这就冷笑了一声，也讥笑似的回答她说。佩文知道自己刚才和舞客跳舞的情形一定被他瞧见了，所以他来跟自己吃醋了，于是淡淡地一笑，逗了他一瞥轻视的媚眼，说道：

"你这话是指点什么人而说呢？"

"这……问你自己好了，何必还来问我？难道你自己心中还不明白吗？"

"真的，我一些也不明白，因为我是一个跳舞的姑娘，舞客来跳我，我是不能不应付人家的。在我根本也没有什么秘密，同时根本也谈不上有什么知心人这三个字。你若跟我来吃醋，我觉得这是你自己想不明白。"

佩文的脸色也很不好看，她说话的语气是包含了十分恼恨的成分。晓云气得两颊有些灰白的颜色，他想暴跳起来和她吵闹，但仔细一想，她既然轻视自己的身份和人格，我又何必一定要抬高她呢？遂冷笑着说道：

"原来你是这么存心，那我未免是多此一举了。"

"这些话省省吧！要如你有真心的爱，你也不会十天八天地不来看望我一次了。老实地说，我们是舞女罢了，要找个知心人恐怕是只有待来生的了。"

佩文说完了这些话，她似乎也有些触动了身世凄凉的感觉，眼皮一红，泪水几乎夺眶流了下来。晓云听了，一时倒又感觉同情地可怜起来，遂低低地说道：

"佩文，你以为我这一星期没有来望你，是把你忘记了吗？其实，这完全是你误会了我，因为我凭良心而说，我实在是没有忘记你。"

"十个舞客倒有九个是这么甜言蜜语的，我假使都相信了的话，那么我永远就在失恋之中过着痛苦的日子了。"

"佩文，难道你把我也当作一班普通的舞客看待吗？"

"假使你真心爱我的话，你应该学吴先生的样子，把我救了出去，那才显得你也是一个有真情实爱的青年了。吴先生把我的怀春妹妹救出了火坑，你们是好朋友，对于这一件事情，你当然也不会不知道吧？"

"是的，我知道，而且怀春还住在我的家里呢。"

晓云情不自禁地把老实的话告诉了她，佩文听了，又惊奇又猜疑，急问这是怎么一回事。晓云遂将经过情形又向她说了一遍，接着叹了一口气，很感伤地说道：

"这真是不幸得很，你知道吗？这天从上海开往南京的火车，在半途上出了毛病。"

"啊！出了什么毛病呢？"

"遭到敌机猛烈的轰炸，车身被炸毁八节，报纸上载有死伤乘客的名单，吴先生的名字也在里面，所以怀春得知了这个消息，可怜她哭得死去活来，竟生了病哩！"

"唉！苦命的人就永远不会有幸福的日子。"

佩文听了，自然也代替怀春伤心，忍不住微微地叹了一口气。晓云没有回答，表示也有些难过的样子。忽然佩文又向晓云神秘地一笑，"哦"了一声，说道：

"怪不得你这么多日子不来了，我今日才明白你原来躲在家中跟怀春妹妹做伴呢。我想吴先生一死，在你倒是一个绝好的机会哩。"

"佩文，请你不要冤枉我，我的心里绝对还是爱着你的！"

晓云涨红了脸，向她急急地辩白。但佩文却淡淡地一笑，显然有不相信的意思，俏皮地说道：

"近水楼台先得月，你们早晚相聚在一处，假使没有发生爱情的话，那你除非是骗骗三岁小孩子罢了，我可不会相信你的。"

"假使我爱了怀春，那我绝没有好死的。"

"何苦来要说死说活的？其实，你若爱上了怀春，我也绝不会来跟你吃醋的。"

"佩文，你说这些话，难道你变了心吗？"

"是的，我也许是变了心。不过，我知道你也未必会专一地爱上我的。"

佩文冷若冰霜的样子回答，显然已没有了丝毫的感情作用。晓云把握紧她的手终于慢慢地放了下来，他全身有些发抖，说道：

"我明白了，你另外爱上刚才那个西服小白脸了是不是？"

"这倒没有一定，不过我希望你不要跟欢场中的女子谈真情实爱，除非你有钱能够把她娶回去。否则，我们假使要跟你来谈真爱情，那我们只有光了身子到马路上去喝西北风了。"

"好！我总算是得到一个教训了！"

晓云听她这样说，明明是讥笑自己没有能力，这就又羞愧又愤怒，恨恨地说了一个好字。他伸手摸出皮匣，买了舞票，在桌子上一放，也不向佩文告别，就匆匆地奔出舞厅，坐车回家去了。因为在佩文身上已经是绝了希望，所以一缕痴情，自不免系念到怀春的身上去了。他见怀春病体没有减轻，遂和梅太太商量之下，给她请了一个大夫来诊治。这天是星期日，晓云不上学校读书，他就在怀春的卧房内，亲自地给她煎药，殷殷地服侍怀春。怀春并非草木，安得无动于衷？所以在万分感激之余，更觉无限的不安。当晓云拿着药碗给她喝药的时候，怀春忍不住暗暗地流起眼泪来了。晓云望着她火炭似的脸颊，同情地说道：

"杨小姐，你喝了这剂药，你的病体就会好起来的。千万再不要胡思乱想地伤心，因为忧愁对于病体是有损无益的。"

"不，梅先生，我不是为了伤心，因为你们待我太好了，我实在感动过分的缘故。唉！也不知道叫我拿什么来报答你们才好。"

怀春含了眼泪，低低地辩白着回答，她的神情是特别使人感到了楚楚可怜。晓云摇摇头，温情地说道：

"不要说这些报答的话，人类不是应该有互助的义务吗？杨小姐，你快些先喝了药吧。"

"哦，谢谢你。"

晓云把药碗凑到她的口边，又向她低低地催促。怀春于是支撑着身子，喝完了药汁，她气喘喘地说了一声谢谢你。晓云连忙拿开水给她漱了口，一面把预先备好的水果糖，拿一块塞到她的嘴里，并且又扶她躺下床来。怀春说不出她芳心中有这一份感激，她是只有把秋波脉脉含情地望着他脸，来表达她内心感谢的意思了。经过晓云母子两人给怀春关怀地延医服药，好好地调养之后，怀春的病体自然也就慢慢地痊愈起来了。

这时晓云一心一意地爱上了怀春，所以对待怀春的情景，真是好到了一百二十分。在一个初冬的晚上，晓云把久藏在心胸里的话，终于忍熬不住地预备向怀春吐露出来了。怀春坐在沙发上，是正替晓云编结着绒线背心，只见晓云胁下挟了一包衣料，笑嘻嘻地走进房来，一时含笑起迎，给他倒了一杯热茶，低低地说道：

"梅先生，你今天晚饭在什么地方吃的呀？"

"我在朋友家里吃的，回家的时候，经过南京路大福绸缎公司，我给你剪了一件衣料来，你瞧瞧这颜色和花纹，不知道你心中喜欢吗？"

晓云一面告诉她，一面把纸包打开，取出一件黑底子满布着红蓝小星星的花纹的织锦缎料子，交到怀春的手里，很得意地问她。怀春在电灯光芒笼映之下，见那块衣料鲜艳夺目，一时把衣料凑在身上，低头看了看，似乎很满意地含了娇笑，秋波逗给他一个媚眼，说道：

"这块衣料真好，闹中取静，又文雅又漂亮，我最喜欢穿这种颜色的衣料。可是，如今生活程度这么高，尤其是衣料，更加涨得有些骇人。你花了很贵的代价去买给我，叫我受了是多么不好意思呢！"

"杨小姐，你何必这么说呢？我瞧你别的衣服都齐备，只是少了一件丝绵旗袍。天气慢慢地冷了，这件丝绵旗袍可再也省不了。好在那块衣料也不贵什么，真所谓价廉物美呢。"

怀春听他这样说，遂向他微微地一笑，口中虽不说什么，但心里却在暗想：晓云对我这样地关切，可见他是不外乎有情。虽然我也很感激他，但我怎么能忘得了莲湘呢？怀春在这样思想之下，她脸上的笑容又平静下来，微蹙了翠眉，大有烦闷的样子，很快地把衣料包好，退到沙发上去坐下，仍旧编结着绒线背心。晓云见她忽儿又不高兴的神气，一时也弄不懂她到底是为了什么缘故，遂低低地说道：

"你已辛苦了一整日，天已夜了，你就休息休息吧。我也不等着要穿，你只管慢慢地编结好了。"

"干些绒线活儿，那是辛苦不了什么的。我住在你家也快近一个月的日子了，再不替你做些事，那我就更不好意思住下去了。"

怀春抬起粉脸，逗了他一瞥报报然的媚眼，低低地说。晓云"呀"了一声，似乎十分焦急的态度，说道：

"你这是什么话呢？老实说，你住在我家里，只有费你的心，给我照管着家务。母亲常对我说，真是少不了像您这样一个人哩。"

"其实我也根本没有照顾着什么。"

晓云说的话，叫怀春芳心感到剧烈地跳跃，她红了粉脸，益发低下了头，轻声地回答。晓云沉吟了一会儿，搓搓手，忍不住说道：

"杨小姐，不，从今夜起，我很冒昧地想叫您一声怀春，但不知道您心中允许我这样叫吗？"

"叫声名字，那也算不得什么。梅先生，你何必这么客气呢？"

怀春很大方地回答，这叫晓云反而怔怔地愕住了。过了良久，他走到怀春坐着的沙发旁来，微红了两颊，说道：

"怀春，这是妈的意思，但也是我的意思。我们都觉得在这个家庭中是永远少不了你这一个姑娘，所以我们的希望，你能永远地和我们做伴，但不知道你会不会讨厌我这个家呢？"

"伯母待我像亲生女儿一般地爱护，您也待我像手足一样。我本是个无家可归的女孩子，所以我除了感激之外，只有表示万分的满意，如何还会讨厌这个家呢？那我除非是没有心肝的了。"

晓云听她这样回答，心中乐得什么似的，情不自禁去握住她的纤手，望着她白里透红妩媚可爱的粉脸，笑嘻嘻地说道：

"怀春，我很感激你，你没有讨厌我这一个家。现在我大胆地跟您求婚，您肯答应嫁给我吗？"

"这个……梅先生！"

怀春虽然有些料到晓云是爱上了自己，不过还没有想到他会这样快地跟自己求起婚来，所以一时又羞又急，血红了粉脸，不知怎么地回答才好。说了这个两字，又叫了一声梅先生，她以后的话却是说不上来了。晓云见她神情，又像害羞，又像为难，这就继续地说道：

"怀春，我没有一些假情假意的表示，我完全是真心地爱你，倘然你也认为我是一个可靠的丈夫，那么我们就可以订一个婚。等我大学毕业，然后结婚，那不是很好吗？"

"梅先生，承蒙你真情真意地爱上了我，我当然一万分地感激你。不过，我想到了莲湘……他……他为我不幸惨死了，我若再另外地嫁人，那叫我在九泉之下，怎么有脸再去见他呢？所以……所以……你的情意，我是只好待来生报答你了。"

怀春含了悲痛的热泪，她低低地说出了这几句话，神情是分外凄惨。但听到晓云的耳朵里，他当然是感到万分的失望，握着怀春的手，颓伤地放松下来，深深地叹了一口气，却默默地呆住了一会儿，方才徐徐地说道：

"死的已经死了，他是再不会活转来了。难道你这么年纪轻的姑娘，要为他孤零零地过着一辈子凄凉的生活吗？那么你往后的终身又靠着什么人好呢？"

"我……这样命苦，我还是到乡村庵堂里去了却这个残生吧。"

晓云后面这一句话，倒是把怀春问住了，暗想：我既然拒绝了人家的婚事，我怎么还能够住在他的家里呢？于是悲切切地只好回答了这句话。晓云听了，忍不住连连摇头，说道：

"怀春，你这话说得太没有意思了，你和莲湘虽然是心心相印，彼此有爱结同心的意思，但你们到底没有结成夫妻，你还是一个姑娘之身，你无缘无故地为他守节，假使莲湘魂兮有知，他心中一定也不忍哩。所以你再嫁人，是为了生活，是为了终身的幸福，这是正大光明的事情，难道有谁会责骂你没有情义吗？"

"莲湘是为我而死的，他若不是为了救我，他绝不会脱离家庭，他更不会到南京去。他不到南京去，他又如何会被敌机轰炸惨死呢？所以他的死，完全是我害了他的。我应该跟随他一同死，那才合情理。现在我既没有从死于地下，而且还另外地嫁人，那我的良心不是时时刻刻会感到痛苦了吗？所以我今生再没有嫁人的意思。梅先生，你是莲湘的好朋友，我想你一定也会原谅我心里的苦衷吧？"

怀春说完了这几句话，她感到无限的悲酸，眼泪会像断线珍珠般地直滚落下来。晓云这就不忍再向她求婚，因为她所以不肯嫁人，也正显得她的用情专一，若和佩文相较，当然是有天壤之分别了，遂感叹地说道：

"怀春，我很抱歉，我不应该冒昧地向你求婚，倒又引起你的伤心来了。现在我明白了，我不再跟你提起婚姻的事情了，你就不要悲伤了。唉，这是我没有福分，所以我才得不到这样一个贤德的好妻子。"

"梅先生，你为什么要这样说呢？想你是个有才貌的青年，将来一定会娶着一个美丽温情的好妻子，你何必恋恋我这个苦命人呢？唉，我是多么不吉祥，倒累梅先生也伤心起来了，我实在太对不住你了。"

晓云听到后面，也忍不住盈盈地泪下了。这看在怀春的眼睛里，她深深地感动起来，一时泪眼模糊地望着晓云，向他低低地劝慰。晓云连忙摇摇头，说道：

"我知道你是一个多情的人，所以你才不肯嫁人的。我并不怨恨你，我只有万分地敬爱你。怀春，我今生虽然不能得你为妻，但我希望你给我做一个妹妹，永远住在我的家里，跟着母亲做一个伴儿。你说要到庵堂去做尼姑，我认为这未免太没有意思了。怀春，我这一个要求，你总可以答应我了。"

"梅先生，你真是太好了，我心里万分地感激你！"

"既然你答应了我，那么你不该叫我梅先生，你就叫我一声哥哥好吗？"

"好的，哥哥。"

怀春低低地叫了一声，她的眼泪又滚滚地落下来了。晓云也不知道心中为什么要这样难过，他呆呆地望着怀春，泪水也从眼眶子里涌出来了。两人相对默然了一会儿，晓云方才说声"妹妹，你早些安睡吧"，他便匆匆地回房去了。

这晚怀春睡在床上，忍不住暗暗地又泣了半夜，心中只管想着，觉得晓云实在也是一个多情的青年，他的爱我之情，也是多么纯洁，多么高尚，他完全是关切我往后的生活问题，所以才向我求婚的。否则，我既然拒绝了他的求婚，他不但不恨我，而且还代为我流了不少的眼泪。这样好的青年，除了莲湘之外，晓云可说是第二个了。不过他虽然叫我安心地住在他的家中，但我终觉得有些不自然。那么我还是离开这儿吧，彼此心里也好减少一些痛苦。不过我又到什么地方去安身好呢？想到这里，自不免呆呆地沉吟了一会儿，觉得苦命之人，还是准定到庵堂里去削发为尼，清清静静度着这个残生也就完了。怀春打定主意，她就赶着编结完成了这件绒线背心。这是第三天的一个晚上，怀春坐在灯下，手里握着笔杆，眼里含着热泪，呆呆地沉思了一会儿之后，方才在一张信笺上簌簌地写着：

晓云吾哥如晤：

　　我真觉得抱歉，竟然忍心地拒绝了你的求婚，使你感到失望的痛苦。唉！我真是一个没有情感的女子，受了你的恩惠，反而使你心中感觉失恋的难过。你想，我是多么不应该啊！

　　虽然你是这样地同情我、可怜我，一切都能谅解我的苦衷，不过，我却觉得没有脸再在你家住下去。因为这在你我的心中，大家都会感到说不出痛苦的。为了避免你的痛苦起见，所以我只好辜负了你待我的好处，抛弃你们走了。

　　本来我在前天就要走的，为的是这件绒线背心还没有完成。假使有始无终地并不完成它，那你一定会更加地怨恨我，同时我也觉得太没有情理了。所以我一定要完成了你这件绒线背心，才能使我安心无恋地走了。

　　我走了之后，你不要难过，希望你努力学业，将来在社会上做一个伟大的人物。俗语说得好，大丈夫只怕事业不成功，何患无妻？所以你不要为我这苦命人而郁郁胸怀，你要为你的前途而奋斗啊！

在你府上住了一个多月的日子，承蒙你们母子俩热情地招待。而尤其在我病中的时候，既花了你们金钱，又费了你们精神，我真是感无可感，只有拿我的眼泪，来算为谢谢你们吧。

莲湘临走的时候，他本来留下了一千五百万元钱，这一千万原是贴补你，作为我的生活费。因为你不肯拿，所以一向放在我的身边，现在我也没有用处，这一千万就留着给你了。尚有五百万，我拿去作为旅费之用。至于我到什么地方去，我可以告诉你，这是一个清静的所在，绝不会像都会中那么繁华污浊的。别了，晓云哥，伯母那儿，代为给我告罪吧，我们来生再会的了。不，我又何必说得那么缥缈呢？我想假使我们有缘的话，或许彼此在意想不到的时候，还有见面的日子吧。临别依依，还希保重为要。专此，即颂康健！

薄命女贾红豆挥泪拜书

怀春写完了这一封信，因为她从养母口中曾经知道自己的真姓名叫贾红豆，所以她就这么地写下了。暗暗地念了一遍，然后折入信封内，在信封上又写了"面呈梅晓云吾兄亲拆"几个字，她又把一千万的存折也套入信封，直竖在台灯的柱子旁。一切舒齐，方才提了一只小挈匣，偷偷地走到楼下。这时晓云母子和仆妇都已睡了，这就鬼不知神不觉地让怀春开了后门，匆匆地又去流浪了。

怀春走出梅家之后，她在黑漆漆的马路上独自行走，芳心里会感到无限的凄凉。这时已经快近十一点了。在寒冬的夜里，马路上行人是多么稀少，连一辆人力车都找不到。怀春的心里不免浮上了一个问题，今天夜里我暂时到什么地方去安身好呢？于是她又自己回答自己说，我还是先去借个旅社的房间住一夜，明天再想办法离开上海吧。不料就在这个时候，忽听后面有人叫道：

"喂！喂！前面的小姑娘！请等一等吧！"

怀春一听是个男子的声音，以为路上的无赖之辈向自己调戏，这就又焦急又害怕，不但不停步，反而匆匆地向前奔逃了。但后面的脚步声比怀春似乎更快速一点儿，早已把怀春身子恶狠狠地拉住了。怀春待欲叫喊，不料一支手枪已在眼前显现了。怀春方知是遇了强盗，一时粉脸失色，全身顿时瑟瑟地乱抖。只见两个衣衫不整的男子，脸上显出凶恶的神情，低低地喝道：

"识相一点儿，把你手中皮箱交给我，还有，你身上的大衣脱下来。"

"他妈的！你没有听见吗？性命要不要？"

另外一个男子见怀春木然的样子，遂把手枪向她扬了一扬，显然是威胁她的意思。这时怀春根本已经吓昏了，她除了发抖之外，哪里还说得出一句话？两个强徒见她这个情景，似乎等不及地立刻自己动手，抢过她的皮箱，还剥下她的大衣，这才扬长而去。

怀春见他们走远，方才如梦初醒般地连连打了两个寒栗。因为身上已没有了大衣，自然是颇觉寒冷了许多。可怜她如醉如痴地呆住了一会儿，她再也想不到失意人偏逢失意事，在这样悲苦的环境之下，老天似乎还嫌我不算苦，一定要把自己苦到了这个地步方为甘心吗？唉！这不是老天也叫我走这一条死的道路吗？既然如此，我就死吧！怀春自言自语地说着，眼泪好像雨点儿似的滚落下来。她拖着沉重的脚步，向那黑漆漆的道路走着。眼前是没有一丝光明的展现，她觉得还是死了，比较清静得多、快乐得多，于是她就急急走向黄浦江头去了。

在黄浦江的铁栏杆旁，怀春徘徊了一会儿，哭泣了一会儿，她正想跳江自杀的时候，忽然被人在后面拉住了。怀春回头去看，原来是个四十多岁的中年男子。他脸上含了怜悯的神色，低低地说道：

"姑娘，我在你身后已偷偷地跟着好多时候了，我听了你暗暗自语的话，我知道你有自杀的念头。但是我不忍你走这条悲惨的路，你有什么痛苦，你告诉我，我也许能够帮助你啊！"

怀春想不到自己连要死的自由都受了拘束，这就悲痛欲绝，忍不住呜呜咽咽地哭泣起来了。

第二回

惨案世无双　伤心人痛述伤心事

这个男子到底是什么人呢？说起来真是凑巧得不得了。原来这个男子就是怀春亲生的爸爸贾怀德。怀德在十七年之前不是被盗婆耿碧莲掳劫上山去的吗？后来怎么又会逃出来脱险了呢？这事情说来话长，现在趁空就得慢慢地补叙出来给诸位读者知道了。

当时怀德被关在盗窟之中，虽然经碧莲百般地勾引调情。但怀德因为老父被害，妻子被劫，生死还不知道，他岂肯任碧莲摆布来干这等无耻的勾当呢？所以向她厉声痛责，破口大骂，骂得耿碧莲满面羞惭，怏怏而退。不料来到外面，齐巧见吴大龙手抱婴孩，从宗英房中匆匆走出。那婴孩还哇哇地啼哭不停，碧莲心中奇怪，急问大龙这孩子从何而来。大龙遂把实情相告，说大王逼奸刚才那个抢上山来的女人，不料那女人已经身怀六甲，哭哭撞撞地一闹，惊动胎气，那女人竟生下孩子来了。大王心中恼怒，所以叫他把婴孩丢到山涧里去了。碧莲听了这话，醋性勃发，当下向大龙挥手，一面怒气冲冲地奔进宗英的房中去了。只见宗英抱着朱淑春，还在连连地亲嘴儿吻香，当他发现碧莲走进房来，心里一急，便把淑春身子轻轻地推开。其实淑春这时候哪里还能站得住，早已跌倒在地，而且是气绝身死了。碧莲却倒竖了柳眉，圆睁了杏眼，冷笑着说道：

"好，好！你这个人也太贪色了，人家已经怀了十月身孕，你还要把她寻欢作乐吗？就说她顺从了你，你又有什么快感？你又有什

128

么趣味呢？况且此刻她的人快要死了，你还抱着她紧紧不放，难道你这一世里就没有见到过女人不成？现在她不会再反抗了，你只管把她抱到床上去亲热吧！"

"什么？她死了吗？"

宗英听了她后面这两句话，心头吃了一惊，慌忙走近淑春身边看了看。见她果然已经身死，于是立刻吩咐小盗们进来，把淑春尸体搬到山脚下去埋了。一面赔了笑脸，一面向碧莲打躬作揖地说道：

"我的好太太，你千万不要生气，我下次再也不敢了。"

"哼！谁要你来赔礼？既然你爱上了死人，那么你跟了死人去吧！"

碧莲恨恨地啐了他一口，秋波逗给他一个娇嗔，兀是显出怒气未消的样子。宗英伸张了猿臂，把碧莲搂在怀内，吻了一个嘴，笑道：

"你叫我跟了死人去，难道你也把我当作死人看待吗？"

"你要跟死人去寻快乐，那你和死人也就差不多了！"

"是，是，这确实是我错了！好太太，时候不早，我们还是睡吧。唉！真倒霉，辛辛苦苦地下山去，满以为可以赚一票回家，谁知道徒劳往返，一无所得，岂不是偷鸡不着蚀一把米吗？"

"哼！怎么说一无所得呢？你不是抢了一个死元宝上山来的吗？"

"好啦，好啦，人家心中气闷，你倒还要来挖苦我呢。"

宗英见碧莲那种薄怒娇嗔的神情，心里又感到了无限的兴趣，一面说，一面便搂她到床上去了。碧莲此刻虽然睡在床上，但她那颗心却系在怀德的身上，所以单等宗英鼻鼾之声像黄牛叹气似的响起来，她便悄悄地跳下床来，又到那间秘密室中来见怀德了。这时怀德被绑在一根木柱上，两眼望着黑漆漆的室内，真是伸手不见五指，只觉阴气森森，令人感到无限的凄惨。一时想到爸爸死得悲伤，淑春大概也是凶多吉少，就是我置身在盗窟之中，早晚也是免不了一死的。虽然这次盗劫，祸由爸爸自己招来，但推其原因，究竟是吴大龙所害。那么大龙可说是我唯一切齿的大仇人，我若在世界上活着一天，我一定非报这个血海大仇不可。怀德一个人自思自忖，越思越恨，越想越痛，长叹了一声，也忍不住眼泪像雨点儿般地滚落下来。不料正在这时，碧莲手中执着一支烛火，悄悄地进来。她一直走到怀德的身旁，拿烛火在他脸上照了照，笑道：

"好一个有勇气的奇男子！刚才狠天狠地地把我骂得狗血喷头，谁知道此刻却一个人在偷偷地流眼泪，真是脸皮都被你羞死了！"

"哼！你们这一班狼心狗肺的强盗，杀了我的爹，劫了我们夫妻俩，顿时之间害得我家破人亡、骨肉分离，就是我顶天立地、盖世英雄，忽然遭到这样的不幸、这样的惨变，也安得不痛哭流涕、伤心欲绝吗？"

怀德听她这样地嘲笑自己，心中不甘受辱，遂冷笑了一声，怒目切齿地怒视碧莲，辩答了这几句话。碧莲点点头，故作同情的样子，说道：

"你这话说得不错，你的遭遇实在是太悲惨了。我非常同情你，而且我也非常地可怜你。"

"算了吧！你们假使有同情心的话，你们也不会做强盗了。"

"这倒难说，人不要以为做强盗的人，个个都是没有心肝，其实好的强盗，心肠比做官的更要软得多哩。"

"放你妈的狗屁！你杀了我爸爸，烧了我房子，抢了我女人，难道还能说你们心肠软心肠好吗？"

怀德气得暴跳如雷，他此刻已没有了一些畏惧的意思，忍不住向她恶狠狠地大骂。碧莲却像没气死人似的，把手抬了他一下下巴，还是眉开眼笑的表情，低低地说道：

"比方说你现在向我这样地辱骂，要如换作了别人的话，早已把你一刀杀死了。但我并不生气，并不恨你，那还不能算我的心肠好吗？"

"哼！哼！谁要你讨什么好？那么我劝你还是把我痛痛快快地杀

了吧!"

"但我怎么舍得了?亲爱的,我真是太爱你了!"

碧莲却凑过小嘴儿去,在他颊上喷喷地吻了两下子香,还显出柔媚的神态,俏眼向他连连地瞟个不停。怀德吐着口沫,大骂着无耻,表示讨厌她的样子。碧莲倒反而哧哧地笑,低声地说道:

"我真弄不明白你,你为什么这样欢喜死呢?既然愿意死,又何必到世界上来做人?我觉得你未免太以矛盾了。"

"你知道什么?我不愿意贪生怕死忍受侮辱地活着,我情愿富贵不能淫、威武不能屈地光光荣荣地死!强盗婆,你要如有天良的,你应该放我们回家。否则,任剐任割,听你们的主张,不必跟我多放什么屁了!"

"放你回家,原也可以,但我有一个条件,你能答应吗?"

"什么条件?快快说吧!"

"你此刻快些服侍我睡觉,我就放你。"

"呸!你这没有廉耻的狗东西!亏你说得出口来,真是太不要脸了!想我是个有妻子的人,君子不犯二色,岂能与你胡调?劝你不要梦想吧!"

怀德见她这样淫荡,心中愈加感到她的可恶,这就铁青了脸,斩钉截铁地拒绝着回答。碧莲把烛火放到桌子上去,冷笑了一声,说道:

"我倒没有做梦,只怕你在梦中吧!"

"我为什么在梦中?"

"哈哈!你的太太早已死了,你现在是个没有太太的人了,你说你有妻子,这不是在做梦吗?"

怀德听了这话,心中一阵惨痛,额角上的汗水会像雨点儿似的滚冒上来,他惨白了两颊,眼睛发射着绿色的光芒,他几乎已有疯狂的样子,咬牙切齿地点着头,说道:

"我明白了,我明白了!你为了要想我来跟你胡调,所以你竟残

131

忍地把我妻子杀了吗？你这个人间的淫魔！你也来杀了我吧！"

"哎！请不要冤枉我，我并没有杀你的太太呀！"

"不是你们杀害了她，她怎么会死的？"

"你不要急呀，我可以详详细细地告诉你。你的太太，是被这儿的大王抢上山来的。大王要想奸污她，她撞撞哭哭地一来，因为她本来怀了十月的胎，所以就生下一个孩子来。同时你的太太在一急一气之下，便厥过去死了。你说是我害死了你的太太，那不是冤枉了我吗？"

碧莲说完了这几句话，怀德的眼泪已像泉水般地涌了上来。他暗暗地叫着：淑春，你死得太惨了！我终得给你报仇啊！但忽然想到了孩子，便又泪眼模糊地望着碧莲，说道：

"那么我的孩子呢？"

"你的孩子吗？哼！也被大王吩咐吴大龙丢到山涧里去了！"

碧莲冷笑着告诉，在她脸上是毫无一点儿同情的表示。怀德"啊"了一声，他连连顿脚，惨痛欲绝地说道：

"我真不相信这还是一个有理智有情感人类的世界。这简直和猛兽一样残酷、凶暴！他杀了我的父亲，又杀了我的爱妻，还杀了我的儿子女儿，他和我是个七世冤家。唉！我今生不能报此大分，我还有什么脸做人呢？"

"贾怀德，你不要灰心，你要报仇，我倒可以帮你的忙。"

怀德低头垂泪，正在伤心万分，忽听碧莲这样说，心中倒是一动，暗想：她若真的肯帮助我，我或许还有一些新生的希望呢。这就故作和颜悦色地说道：

"我还没有请教您贵姓大名？"

"我姓耿，耳朵旁一个火字，名叫碧莲。"

"耿小姐，你是一个女人家，况且年纪这么轻，为什么却也落草为盗呢？要知道为人在世，最要紧的就是光明磊落，岂能忘了廉耻良心干这种犯法的勾当？将来难逃法网的时候，我看你悔之晚矣！"

碧莲听他这样说，遂颦蹙柳眉，暗暗地沉吟了一会儿，望着怀德俊美的两颊，似乎在想心事的模样，低低地说道：

"你的话虽然不错，但我并非欢喜落草为盗，也是出于不得已的办法。假使我有机会可以做好人的话，那我一定重新做人。"

"你这话真是太奇怪了，常言道，放下屠刀，立地成佛，你要做好人，你不是可以脱离盗窟吗？难道后面有什么人强迫你做强盗吗？"

碧莲乌圆眸珠在长睫毛里一转，觉得自己在这时候非撒一个谎话不可了，遂故作为难的样子，微微地叹了一口气，说道：

"贾先生，你不知道，因为这儿的大王就是我的爸爸。"

"啊！是你的爸爸？"

"不过，他不是我亲生的爸爸。"

怀德一听是她的爸爸，心头的希望立刻冰凉了下来，这就慌张了脸色，表示灰心的样子。但听了碧莲后面补充的一句话，他方才又觉得希望在自己心头活跃起来，遂连忙说道：

"那么是你的养父了？唉！"

"咦！你为什么叹气呢？"

"我为你可惜，像你这样一个聪明美丽的女子，竟会认贼作父，真所谓明珠暗投。将来官府知道，派兵来剿，难免玉石俱焚。你想，我安得不为你叹息？"

碧莲知道他的用意，但他不晓得正是中了自己的圈套，所以暗暗欢喜，但表面上故作忧愁的颜色，说道：

"事到如此，还有什么办法呢？"

"怎么没有办法？你不是可以脱离这个盗窟吗？"

"但……我一个弱女子，无亲无友，到哪儿去安身好呢？"

"假使你真有意思改过做好人，那么你就放我一同逃下山去，将来我可以负担你的生活。"

"你的意思，是不是愿意我给你做后妻呢？"

"你若肯受委屈，我当然愿意。"

怀德见她红晕了两颊，大有娇羞万状的意态，一时点了点头，也只好表示情愿地回答。碧莲眉开眼笑，猛可抱住了怀德，在他嘴上连连地亲吻。怀德见她这个样子，心头又颇为鄙视，但为了要脱身盗窟，只好忍耐了怒火，低低地说道：

"耿小姐，我们往后的夫妻日子长哩，你何必这样性急呢？既然承蒙不弃，那么请你快些放了我，一同逃走是正经啊！"

"你也说得好容易呀！这儿可不是别的地方，每一道门都有人把守着，就是要逃走，那也没有这样便当呀。怀德吾爱，你既然愿意娶我做续弦了，那么我们早晚是夫妻了，今夕良辰，我们不妨先来鸳鸯戏水同享温柔啊！"

碧莲一面说，一面给他解了绳索，一面拖着怀德身子向床边走了。怀德被她绑了多时，此刻四肢麻木，哪里还有丝毫气力，因此倒在床边的地上却是站不起来了。碧莲去抱着他，急急地问道：

"我的好宝贝儿，你怎么啦？"

"耿小姐，你要这么地硬干，那我可不答应。"

"干就是干，难道还有硬干软干的分别吗？"

"要干也可以，但是你得依我一个条件。"

"请你吩咐吧。"

"先杀死了你的爸爸，再杀死了这个吴大龙，那么你要怎么样就怎么样，我绝对不再说半句不是了。"

碧莲原是个豺狼成性的女子，她虽然貌艳于花，但心却毒如蛇蝎，当下听了怀德的话，心中便暗暗地盘算了一会儿，觉得怀德可说是个美男子，我若不能和他同享温柔，这岂不是枉为长了我这一副好模样了吗？宗英这个男子，脸若判官，假使不是爱他的身强力壮，我实在连正眼也不愿见一见呢！那么我何不把他杀了，称了怀德的心愿？从此我就做了大王，把怀德做了我的太太，岂不是好吗？以后我若爱上了别人，而且随心所欲地可以纳做小老公，谁敢反对我，谁就把他杀死。我生平最钦佩的是武则天，我就不妨也来做一个现在的武则天，这人生是多么有意思呢！碧莲打定主意，遂含笑点点头，说声我马上去杀死他，她便匆匆地奔出秘密室去了。

怀德待碧莲走后，勉强地挣扎站起，一步一步走到房门口去，他想趁此机会逃走。不料门关得紧紧的，任你用力拉，也拉不开来。他知道碧莲把门倒锁了，使自己竟然有翅难展。他深深地叹了一口气，只好懒洋洋地又坐回到床边来，心中想着父亲妻子的惨死，忍不住又伤心地落了一会儿眼泪。

大约有半个钟点之后，忽然见碧莲满面杀气，匆匆地走进来了，她手里提了一个血淋淋的人头，直走到怀德的面前，说道：

"你瞧，为了爱你，把我的养父都杀死了！"

"啊！这……这……是真的吗？"

在那支暗弱的烛火光芒之下，见了那一颗人头，怀德更加吃了一惊，顿时毛发悚然，身子向后仰了开去，显然有害怕的意思。碧莲却把宗英的头偏拿上一些去，秋波瞟了他一眼，笑道：

"不是真的，难道假的不成？你仔细瞧瞧，终不见得是一个猪头吧！"

"你……你……怎么把他杀死的呢？"

怀德用目细细地一看，认得这脸确实是抢淑春那个盗首，一时心头暗暗地痛快，但还有些颤抖的语气，向她低低地问。碧莲笑道：

"他睡得正浓，我就索性用闷药把他闷倒了，然后拿了一柄锋利的匕首，向他喉间这么一刀杀了下去。他动也不动、响也不响的，两脚一伸，就神不知鬼不觉地死了。我怕你还信不过我，所以我割下他的脑袋来给你看个明白，你现在心中不是可以吐一口怨气了吗？"

"是的，爸爸和淑春在天之灵，大概也可以得到一些安慰了吧！"

怀德点了点头，一面说，一面又流下泪来。碧莲却把人头放下，含了妖媚的妖笑，偎过身子去，低低地说道：

"怀德，你的条件，我不是给你依到了吗？那么我的要求，你也可以给我实行了呀！"

"不，还有一个吴大龙，你也得给我把他杀了呀！"

"吴大龙这是一个起码人物，要他这条狗命，真可以不费吹灰之力，你又何必着急呢？我明天宣布他的罪状，说大王是他谋害的，准定把他杀死，给你报仇是了。我的好心肝，你的事情，我已经给你尽了这么大的力量，难道我的事情，你就一些也不肯给我尽力吗？那你也太不守信用了！"

碧莲一面薄怒娇嗔地说，一面抱住了他的身子，竭力显出骚形怪状的媚态，迷惑着怀德。怀德究竟不是柳下惠再世，况且心中也感激她代自己报了大仇，因此只好屈服了，在情场上就做了一个俘虏。

第二天早晨，碧莲提了人头，悄悄地回到自己卧房，故意大惊小怪地叫喊起来。众盗不知何事，纷纷进来探问，方知大王昨夜被人暗杀身死。碧莲对盗党温如玉说道：

"你给我点点这弟兄们的人数，可少了什么人没有？还把守大门的弟兄去传进来，给我亲自问话。"

"是的，我马上前去调查。"

温如玉和碧莲已经有过一度恩爱之情，此刻听了宗英被人暗杀的消息，他非常地兴奋，因为从此以后，自己就可以和碧莲堂而皇之配成夫妻了，所以立刻点头答应，匆匆地出外去调查了。不多一会儿，如玉带了两个小盗进来，一面报告说道：

"弟兄们人数已经点过，只少一个吴大龙。两个把守大门的弟兄已经带上来了，请大王夫人审问。"

"什么？吴大龙没有在吗？那么大王被人暗杀，他就是一个最重大的嫌疑犯了。把守大门的弟兄我也不必审问，你快带人到大龙家中去，把他抓来见我。"

碧莲为了要博得怀德的欢心起见，所以她趁此机会把杀害宗英的罪名加到大龙的身上，吩咐如玉派人去捉。如玉和大龙平日原有些私仇，所以巴不得碧莲一声令下，他就带了弟兄们匆匆地下山去了。

这里碧莲吩咐小盗们把宗英尸体移到大厅上入殓，就草草地葬在山后大树下。温如玉也匆匆回来，报告大龙已经迁家逃走。碧莲听了，暗暗奇怪，大龙为什么要逃走呢？但也不必加以研究，就吩咐众盗，说大龙谋害大王，叛党在逃，他日遇见，务必捕来治罪。众盗因为大龙无缘无故地逃走，也就深信不疑了。其实大龙的迁家逃避上海，原是为了良心发现，害了怀德一家，这些情形他们又如何地料得到呢？

碧莲把大龙逃走的消息告诉了怀德。怀德听了，也徒唤负负。因为不愿久留盗窟，遂向碧莲劝告，把这盗窟消灭，愿意带了碧莲下山去，同做良善的百姓。但碧莲已经放浪成性，如何还肯再做良家妇女，所以口里答应，而实际上却一味地敷衍他，并不实行。这样地她把怀德玩弄了一个月，心中便渐渐地生厌起来。怀德也知道自己的性命恐怕要丧在她的手里了，所以在一个大雨倾盆的黑夜里，便偷偷地逃下山来了。怀德先到自己的家里，谁知已成一片焦土，再到老朋友杨志飞的家里，可是人去楼空，他们早已搬家了。怀德在这个时候，他几乎要发疯了。家破人亡，骨肉分离，如今只剩下自己孤零零一个人，他心中的痛苦，真不是一支秃笔所能形容其万一的了。

含了沉痛的眼泪，凄惶地离开了故乡，怀了海样深的悲哀，又踏上了繁华的上海。怀德原在一家绸缎公司里做职员的，经理赵子久见他这次回上海神情大变，遂把他悄悄地叫到经理室，问他家中可曾发生过什么变故。怀德被问起家中的惨变，心中一阵痛苦，不免悲从中来，一时也管不得许多竟呜呜咽咽地哭泣起来了。赵子久被他这样失声一哭，心里自然不胜惊奇，遂低低地问道：

"贾先生，你不要悲伤呀，有什么委屈的事情，你不妨告诉我知道。我一向很器重你，你有什么为难，我总可以帮你的忙。"

"赵先生，这次我回乡下去，真是做梦也意想不到的事，竟会发生这样不幸的惨变。唉！我还做什么人呢？我是一切都完的了。"

怀德虽然是停止了哭泣，但他一面说，一面眼泪又像雨点儿般地滚落下来了。赵子久心中好生纳闷，遂又连连地催问到底为了什么。怀德方才把自己回乡的遭遇，从头至尾详详细细地向子久告诉了一遍。

"赵经理，你想，我好好的一个家庭，忽然之间好像天打杀一般的，爸爸死了，妻子死了，我红豆女儿也葬身火窟死了。家更不必说，化了灰尘。就是我自己的性命，险些也死在盗窟之中。唉！我前生作了什么孽，今生要遭到这样悲惨的不幸！赵经理，你代我想想，我怎么不要疯狂起来呢？"

"想不到在这样世界上竟允许如此不法之徒猖獗着，那真是太使人感到心痛了！贾先生，事到如今，你徒然悲痛也没有用处，也只好撇开一些，保养你自己身子要紧。好在你还年轻，将来仍旧可以成家立业，替父母挣一口气。"

赵子久的表情，一忽儿愤怒，一忽儿感叹，但到末了的时候，终于包含了缓和的口吻，向他低低地安慰。怀德点点头，两眼逗了他一瞥感激的目光，却也没有回答什么。赵子久于是又说道：

"贾先生，你不要难受，今天晚上，你到舍间来吃夜饭，我给你散散心吧。"

"赵经理，你待我这样好，那真叫我太不敢当了。"

"别客气，别客气，舍间的地址，你知道吗？"

"我知道的，赵经理，那么回头见吧。"

怀德自然不敢拂他的情意，当下点头答应，遂起身出了经理室，管自到店堂里做买卖去了。到了吃晚饭时候，怀德坐车匆匆来到赵子久家内。只见会客室内，除了子久之外，还有两个女子，一个四十多岁，一个二十左右，经子久介绍，方才知道年老的是子久的太太，还有那个年轻的姑娘，是子久的女儿赵萍英。怀德慌忙恭恭敬敬地向赵太太和萍英鞠躬，虽然他口里是在招呼着，不过因为他不够老练的缘故，招呼的声音固然很轻微，而且他的两颊倒像涂上胭脂地红起来了。赵太太见怀德一表人才，又是少年老成，心里很欢喜，当下殷殷招待，非常地客气。晚饭的时候，也没有别的外客，只有子久夫妇和赵小姐三个人陪伴怀德吃饭，神情都显得十分地亲热。

怀德虽然是个老实的青年，不过他的人自然也很聪明，觉得子久对待自己像上客一样，而且叫太太小姐做陪客，那分明有神秘的作用了。莫非他要看中自己做他的女婿吗？想到这里，不免对萍英偷偷地望了一眼。谁知萍英的秋波也在脉脉含情地偷窥自己。四目相接，大家都觉得十分地难为情，因此红了脸，不免都有些赧赧然的样子。怀德更恐怕子久见怪，所以连头也不敢抬起来了。晚饭毕后，怀德略坐片刻，因为子久夫妇招待得越客气，他倒反而越觉得局促不安，所以不敢久留，就匆匆告别回宿舍去了。

如此过了三天，这天子久又叫怀德到经理室内来谈话。怀德恭恭敬敬地行礼，问他有什么吩咐。子久口衔着雪茄，脸含笑容，叫他先在沙发上坐下，吸了一口烟，慢慢地喷去了之后，望了他一眼，喜滋滋地说道：

"贾先生，我有一件事情跟你商量商量，不知道尊意以为如何？"

"赵经理，你太客气，倒叫我反而不安起来。您有什么吩咐，我若能够得到，一定效劳，哪儿说得上商量呢？"

怀德略欠了身子，表示无限谦和的样子，低低地回答。子久笑了一笑，右腿搁在左膝上摇摆了两下，沉吟了一会儿之后，方才低低地说道：

"我是已经五十岁相近的人了，但却没有一个儿子，膝下只有一个女儿萍英，从小娇生养惯的，把她当作掌上明珠般地看待。所以若把她嫁出去，我们又非常地舍不得。但她的年纪也不小了，今年已经二十一岁了，假使一辈子叫她不嫁人，那当然也不是一个道理。为了这样，我很想给她招一个夫婿。既可以给她缔结良缘，又可以伴在我的身边，这不是两全其美的办法吗？不过招一个女婿，也不是一件容易的事。第一，孩子要人品好；第二，他的家庭又要没有什么牵挂的。所以为了这件事，我是很费了一些心思。对于贾先生的人才，我是一向钦佩。万不料你这次回乡，竟遭到这样惨变，好好的家庭弄得惨不可言，到如今剩了你孤零零一个人，无论在生活上、在精神上那又是多么痛苦呢！我想你是个年轻人，你终得重新地创造家庭，来度过你下半世才好。所以我的目光之中，就看中了你。前天晚上请你到我家吃晚饭，你和小女谅必都也见过，小女的意思，完全没有问题。但不知道您的心中，是否嫌憎小女生得粗俗吗？"

怀德想不到子久会老老实实地向自己直接地说出这些话来，一时绯红了两颊，真有些回答不出什么来才好，因此倒是怔怔地愕住了一会子。子久见他并不作答，心中不免有些怀疑，遂正经地问道：

"怎么，贾先生没有这个意思吗？"

"不，不，赵经理这样看重我，我心中如何还有不喜欢的道理？但……我是一个没有才学的人，只怕委屈了令爱小姐吧？"

怀德在愕住了一会儿的时候，心中少不得已经有了一层考虑，觉得子久既然向自己开口了，他当然是非把这事情办成功了不可。假使我拒绝了他，他一定恼羞成怒，除非我自己辞职，否则这个饭碗也是要被他打碎的。虽然这样人财两得的机遇可说是求之不得，但入赘女婿到底有些不名誉，虽不是为非作歹，说起来总不大好听。再说我入赘了赵家之后，从此就得做赵家儿子一样了，那不是把我贾家的祖宗都忘怀了吗？怀德在这样左右为难的情形之下，所以他只好用这些话来作为推托之词了。可是子久听了，却连连摇头，笑道：

"你何必说这些客气话呢？我是真真心心地对待你，请你也诚诚实实地答复我吧。"

"赵经理，能不能给我考虑考虑呢？"

"这还有什么考虑呢？难道说怕小女高攀了你而使你耻见社会吗？"

"不，请您不要误会，因为我贾家也只有我一个独生子，所以我不能忘了自己祖先的后代。对于这一些，您应该原谅我的苦衷。"

怀德见子久有不高兴的神气，这就急得涨红了两颊，向他慌张地声辩着说。子久方才回过一些笑脸来，"哦"了一声，说道：

"你这话我懂得你的意思了，不过你放心，我也绝不太自私自利的。你们结婚之后，将来第一个儿子生下来，我就给你算作贾家的后代。至于第二个儿子生下来，就给我赵家做后代。你说，我这个办法不是再公平也没有了吗？"

"承蒙您这样抬爱，我还有什么话说，那么小婿就在这拜见岳父大人了！"

"孩子，你不用咬文嚼字地称呼，现在照一般通俗的叫喊，你应该叫我一声爸爸的。"

子久见怀德答应了，而且还跪在地上，向自己拜见，一时心中大乐，连忙把他扶起，一面笑呵呵地笑出声音来，一面又向他低低地关照。怀德在这个时候，也就没有了办法，只好轻轻地又叫了一声爸爸。但既然叫出了口之后，他猛可想起了被害的老父，只觉辛酸十分，他几乎忍不住又要掉下眼泪来了。

经过了他们亲自地商妥之后，于是在一个月圆时节，子久给他们假座了清华酒家举行了一个结婚典礼，怀德就在赵家做入赘女婿了。赵小姐因为是从小娇养的缘故，所以脾气很是不好。结婚之后，起初尚称恩爱，但久而久之，故态复萌，因此怀德吃亏的地方很多。想起淑春在时的温和贤淑，他自然是暗暗地伤心，也只有怨恨自己当初错了主意而已。

岁月如流地过去，不知不觉地已经有着十七个年头了。在这十七年之中，赵子久夫妇早已相继而亡。怀德自己，也已经变成一个四十多岁的中年男子了。但是奇怪得很，萍英却并无生育一个孩子。人到中年，自然会想到没有子女的寂寞，尤其是怀德心中，因为他有过儿女的人，现在孤零零地更感到凄凉。为了这些事，怀德和萍英夫妇俩又不免时常地口角，一个埋怨他不会生，一个埋怨她不会养，因此夫妇间的感情愈加淡漠起来。

这天晚上，怀德在朋友家中吃夜饭。饭后被朋友们拉住着玩了十二圈骨牌，所以回家已经深夜了。事情非常地凑巧，怀德在马路上竟会发现了怀春悲泣的情形，同时听了她暗暗自语的话，知道这个小姑娘一定有自杀的念头，一时动了恻隐之心，所以偷偷地跟随在怀春的身后，看她到底有什么举动。果然，一直跟她走到黄浦江边，只见怀春哭过了一会儿之后，便欲跳江自杀，因此抢步上前将她一把拉住，连喊姑娘死不得，可是在怀德心中，他又怎么能知道这个自杀的姑娘竟是自己十七年之前的亲骨血红豆女儿呢?

第三回

不约而同　夫妇俩居然各收养女

怀春在这个社会上做人，一而再、再而三，甚至于三而四、四而五地遭受到环境的磨折和摧残，可怜她脆弱的心灵如何还能再忍受得了呢？所以她在山穷水尽的情形之下，实在没有第二条路可以走，只好起了厌世之念。一则可以和莲湘做对同命鸳鸯，二则也可以除却终身的烦恼和痛苦，于是她徘徊在黄浦江旁边，低低地哭泣了一会儿之后，正欲投入江心，预备葬身鱼腹的时候，万不料半夜三更之间，却又会被人发觉拉住了自己。当时怀春望着怀德的脸，似乎反而有些埋怨他多管闲事的意思，因此呜呜咽咽地哭泣起来了。怀德见她哭得这样惨然，可见她内心是蕴藏了多少的委屈和悲痛，这就也代为难过地问道：

"姑娘，你不要老是哭泣呀！你心中有什么委屈事情，请你只管告诉我，我一定可以帮你一些忙的！"

"老伯伯，我劝你不要来管我的闲事，你还是走你自己的路吧！"

怀春抽抽噎噎地从哽咽声中挣扎出这两句话来，她别转身子去，面着茫茫的黄浦江，大有乘其不备还要自杀的样子。怀德很着急地跟了上去，紧紧地拉住了她的衣袖，皱了眉尖儿，叹了一口气，说道：

"并非我喜欢多管闲事，实在我不忍心眼瞧着一个年轻的姑娘活活地向死路里走。我要如没有发现这一回事，倒也罢了。既然知道了在今夜这儿要发生一件人间悲惨的事，我若袖手旁观，见死不救，那我的良心何安？我不是等于一个杀人的凶手一样可恶了吗？"

"哼！老伯伯，你这话也未免太奇怪了！我自杀是我自己喜欢这么做，又不是你来逼我自杀的，这要你又有什么良心不安？至于你是个杀人凶手，这更是莫名其妙的话了。老伯伯，你放心，我死了，我绝不怨恨你。你也只当没有瞧见这一回事，何苦来？大冷的天气，不快点儿回家去休息，偏要跟我来多啰唆，我觉得你也太犯不着了！"

怀春听他这样说，心中却大不以为然，一时冷笑了一声，反而用了责问的口气向他恨恨地埋怨着说。怀德被她责问得哑口无言，半晌回答不出一句话来，暗想：大冷的天气，半夜三更，我真有些多管闲事吗？我真应该回家管自地去舒舒服服睡在热被窝儿内安寝吗？但是，明天早晨茫茫的江面上将浮着一个美丽而年轻姑娘的尸体，她是在冰冷的江水里完结了一生，葬送了青春，我忍心吗？我忍心吗？怀德想到这里，他的良心向自己连连地问着。一时在依稀的路灯光芒笼映下瞧着怀春海棠着雨般的娇靥，忽然猛可想起了一个人，这不是像我的淑春吗？难道她就是淑春吗？但立刻又觉得自己真也想痴了，将近二十年后的今日，就是淑春还没有死去，也不见得仍旧是人老而珠不黄呀。怀德拉住了她衣袖，尽管望着她粉脸，呆呆地出神。这给怀春心眼儿上倒又引起了绝大的误会，还以为他是不怀好意，表面上假作热心仗义，而实际恐怕对自己有调戏的存心。所以一时求死之心更切，遂索性圆睁了杏眼，把柳眉一竖，娇怒满面的样子，喝道：

"你这个人太没有礼貌了，为什么牢牢地拉住我呀？我是一个单身女子，尤其在这深更半夜的路上，莫非你存心不良要调戏我吗？"

"笑话，笑话，我活了这么大的年纪了，倒来调戏你一个小姑娘吗？那你也未免太不识好人心了！"

怀德被她这样一喝骂，心中的同情的热度立刻又会降低了不少，暗想：世界上好人真做不得，怨不得人心都学乖了，还是"各人自扫门前雪"比较省却许多麻烦。我真想不到一个聪聪明明的姑娘竟这样地不知好歹。她既然把我当作了歹徒看待，我还多管什么闲账？岂不是自寻烦恼吗？一时很生气地放了手，预备回身走开了，但还没有开步的时候，他脑海里马上又浮上了一个感觉。不对，不对，世界上绝不会有这样不识好歹的人，那么她一定是个计谋，因为她抱了决死之心，所以故意把我气走，她不是又可以实行死的目的了吗？我真糊涂，活了这一把年纪，竟然险些上了姑娘的当哩！怀德想到这里，连忙伸手又把怀春拉住了，急急地说道：

"姑娘，你……你不要冤枉我，我实实在在是真心地要帮助你，要救你！你是个怪年轻的女孩子，你也得想想你父母把你养到这么大，那是费了多少的心血，多少的不容易。你若轻轻地一死了之，我问你的良心可对得住你的父母吗？况且蝼蚁还惜生命，何况人为万物之灵呢？你要知道国家已到了累卵之危，每个国民，不分男女，而尤其年轻的人们，他们的责任是多么重大啊！死有重于泰山和轻于鸿毛的区别，自杀是多么懦弱的举动。你就是要死，也不该死在这混浊的江水里。你难道不晓得千千万万的健儿都在碧血沙场上为国效死吗？死要死得有价值，假使糊糊涂涂地一死了之，这不但对不住父母，而且更对不住你的祖国啊！"

怀德这一大篇话，好像是八百记清亮的晨钟，记记撞在怀春昏迷的心坎里，使她麻木了的心也会感到隐隐地作痛起来。她觉得怀德是个不平凡的老者，他的思想是伟大的，他的言语是崇高的。我从来也没有这样感动过，我实在有些死不下手了。怀春这样想着，她好像是梦中刚醒一样，两颊浮现了羞惭的红晕，因为说不出什么话来回答才好，所以她忍不住又呜呜咽咽地哭泣起来了。怀德知道她这一会儿的哭泣，一定是软化悔恨的意思，于是拍拍她的肩胛，又慈祥地说道：

"姑娘，你现在总可以明白你是不应该自杀的了。我相信天无绝人之路，你又何必要走这一条死路呢？假使你认为我是一番恶意，预备调戏你而来帮助你的，那我敢向你发誓，我存心不良的话，我一定没有好死！"

"不，老伯伯，我错了，很对不起你！"

怀春泪眼盈盈地逗了他一瞥感激的目光，显出十二分抱歉的态度，低低地说。怀德觉得她这意态令人感到楚楚可怜，且又楚楚可爱，遂微微地一笑，很快慰地说道：

"姑娘，你别说这些话，我并不见怪你。因为我了解你心中的苦楚，我知道你一定有万分的委屈和困难，所以你才会走这一条绝路的。不过你遇到了我，你的困难就有解决的办法了。姑娘，你到底为什么要自杀，你就详详细细地告诉我吧。"

"唉！我觉得也没有什么可以告诉你的必要，因为告诉了你，你也没有什么办法可以帮助我的。"

怀春叹了一口气，她低了头，又暗暗地流起眼泪来。怀德皱眉猜疑了一会儿，奇怪地说道：

"我以为世界上没有不能解决的事情，姑娘，你倒不妨说说看。"

"我……我……什么都完了，我觉得这个世界再没有使我可以感到爱恋。我的生命，多活一刻就多痛苦一刻。并非我仍旧不记你的恩典，你救了我，实在是害了我的。"

"奇怪，我觉得一个年轻的人，她的生命真像一棵春天的草，正需要蓬蓬勃勃地生长起来，又真像一支刚点的烛，正预备融融地燃烧起来。她的前途，是那么灿烂光明，是那么美丽甜蜜。我真想不到你会弄得没有办法再生活下去。姑娘，江边的风太冷了，你身上穿了那么单薄的衣服，我怕你会受寒的。我们还是离开了江边慢慢地谈吧。"

怀德有些弄不懂的神气，低低地说。他见怀春的身子在瑟瑟地发抖，于是拉了拉她衣袖，又叫她离开了江边。但怀春不肯就走，尚有迟疑的样子。怀德想了一想，遂正经地又说道：

"姑娘，你放心，你不是担忧着我救了你，反而会害了你吗？不会，不会，回头假使我真没有能力来解救你的困难，那么算是我失败了，我准定领你到江边来，让你痛痛快快地自杀。从此以后，我再也不管任何人的闲事了。你说，我这个意思怎么样呢？"

怀德的话已经是说得至矣尽矣，听到怀春耳朵里，一时也就感无可感，于是不再拒绝，跟了他离开了江边，向南京路上慢慢地走了。怀德见她垂了粉脸，两眼望着她自己的俏脚一步一步地走，却并没有告诉自杀的原因，暗想：还是我一句一句地问她吧。遂开口说道：

"姑娘，你贵姓？芳名叫什么？"

"我姓沈……哦，我姓杨……哦，我叫怀春。"

怀春神思昏昏地回答，她一再地更正，虽然还想更正到姓贾，然而仔细地一想，到底太不好意思，被人家不是要大大地起了疑窦吗？于是后面低低地告诉了名字。怀德听她一会儿姓沈，一会儿姓杨，一个人连自己的姓字都弄不清楚，这个姑娘真也未免有些神秘的了。不过，这也许是她神经受了过分刺激的缘故，一时对她反而更起了无限爱怜之心，遂又低低地问道：

"杨小姐，那么你府上住在什么地方呀？"

"我……没有家的。"

"你没有家？那你一向是住在那儿的呢？"

怀春回答的话使怀德心头感到了惊异，遂望了她一眼，又急急地追问。怀春始终没有抬起头来，凄凉的语气，答道：

"我一向是到处为家的，没有固定的地方。"

"你的爸爸呢？"

"爹妈都……死了。"

怀春的话声是颤抖得厉害，显然她是无限悲痛。怀德代为感到难过，忍不住深长地叹了一口气，低低说道：

"正是怪可怜的女孩子！那么你在上海就没有一个亲戚朋友

147

了吗?"

"我只有一个知心的朋友,他叫吴莲湘。"

"你为什么不去找他?他住在什么地方呢?"

"他为了我,和家庭发生了意见。他为了我,跑到老远的南京去。他为了我,被飞机轰炸之下牺牲了性命。他……一切都是为了我,喔!天哪!你为何这么残忍?我……心里怎么对得住他?"

怀春痴痴地说,她的脸由焦灼的红晕而转变成死灰般的惨白,两行晶莹莹的眼泪便扑簌簌地滚下来了。怀德虽然对她身世还并不十分地清楚,但听了她所说的话,知道她一半是为了生活的压迫,一半是为了恋爱上的打击,因此而起了厌世之念,于是沉吟了一会儿,说道:

"那么你是为了无家可归才自杀的吗?"

"也不完全是为了这样,我因为想到我朋友为我而惨遭横死,所以我不愿意一个人独生在这黑暗的社会上。我想到阴世里跟我的朋友永远地去过一辈子的生活,所以我才自杀的。"

"那我觉得你的用情也未免太痴了,比方说,你的朋友很幸运地倒没有被炸死呢?你今日盲目的自杀,岂不是太以冤枉了吗?"

怀德听她这样说,心中不由暗暗地敬佩,觉得自己到底及不来她万分之一。可怜淑春惨死之后,我不但没有从死于地下,而且还另外娶了续弦。若和她两相比较,岂不是叫我惶恐万分吗?但死者已死,生者若活活地自杀,到底也是一件大悲惨之事,可能避免这悲惨的发生,这当然也是一件好事情。所以他竭力又用这些话,去宽慰她的芳心。怀春呆住了一会儿,含泪又道:

"我也就是为了跟你一样的想法,所以我才偷生到了如今。我的本意,原预备到乡村中庵堂里去过我的残生,不料今夜却会遭到强盗的抢劫,把我的皮箱和身上的大衣都拿走了。你想,在这样到处碰壁的情形之下,我还做什么人?我还做什么人?"

怀春说到后面,又重复地念了两句,表示大有痛心疾首的样子。

怀德这才明白她刚才是曾经遇到过盗劫的，想不到屋漏又碰着连夜雨，这女孩子的命运确实是太悲苦一些了。因为自己没有儿女的缘故，所以对于这个孤苦无依的杨小姐更激动了无限爱怜之情，这就情不自禁地说道：

"杨小姐，你不要太灰心，我知道了你的身世和遭遇之后，我非常地同情你，而且我也非常地可怜你。因为我是一个没有儿女的人，所以我现在很有收你做义女的意思。假使承蒙你看得起我，那么你此刻就跟我回家去。我家中没有外人，只有一个妻子，你从此就在我家跟我太太做伴，岂不是很好吗？"

怀春听他这样说，那也是出乎自己意料之外的事情，一时抬起粉脸，秋波脉脉地望着他倒是愕住了一会儿，芳心暗想：他这话不知真的还是假的？我不相信在这个险恶的世界上竟也有这样热心仗义的好人吗？因为她有些将信将疑，所以她并没有回答。怀德遂继续地说道：

"杨小姐，你假使要入庵堂去做尼姑，我认为你还是到学校去读书比较有意义得多。将来学成之后，可以给社会国家创造事业。至于落发为尼，这四个字既陈旧又消极，且也不大名誉，所以我劝你把这个念头还是打消了为妙。"

"读书？我哪儿来的钱啊？"

"只要你愿意给我做女儿，那当然都是我做爸爸的来给你负担呀。"

"你这话真的吗？"

"当然真的，我绝不会欺骗你。杨小姐，我瞧你的年纪也不会二十出关的，至多还只有十八九岁，现在再继续读书，那也很来得及哩。"

"是的，我还只有十八九岁，我在过去确实也曾受过初中程度，我还可以来得及入校读书。学医科吧，替人群解除痛苦。学法科吧，给人群做保障。好，我就准定拜认老伯伯做爸爸吧！爸爸，那么女儿就在这里拜见您老人家了。"

怀春自言自语地说着，说到后面，她心头似乎感到了新生的希望，一阵子喜欢，把她脸部上的悲哀情绪慢慢地赶跑了。她盈盈地就在人行道上向怀德跪了下去，而且口里还亲亲热热地叫了一声爸爸。可怜怀德在这十七年来，从没有受人呼过一声爸爸，此刻突然听到了这一声叫喊，他心里是多么欢喜，一面急急地把她扶起，一面连叫"好女儿快免礼吧"。怀春这时忽然又想到了似的，遂低声问道：

"我这人真也糊涂得很，已经是认了爸爸，但连爸爸的贵姓还没有请教哩。"

"我姓贾，是西贝的贾。"

怀春心中再也想不到世界上事情竟有这么地凑巧，一时暗想：据我养母告诉，我实在也是姓贾的，那么趁此机会，我何不就这样地要求他，就此恢复了我的真姓字多好呢，于是又含笑叫了一声爸爸，温情地说。怀德听了，哪还有什么不好的吗？一时快乐得呵呵地笑起来，说道：

"这是再好也没有了，明天我在朋友们面前说起来，也就说你本来是我亲生的女儿。从小给我哥哥抚养着，我哥哥在广东做生意，因为现在我兄嫂死了，所以把你又领回来还给我了。你说我这样地编了一个谎，不是无论谁都会相信吗？"

"爸爸，你太好了！"

怀德这两句话，使万分伤心的怀春听了，也不免为之嫣然笑起来。她天真地攀着怀德的肩胛，神情是分外妩媚可爱。怀德拍拍她的肩胛，也得意地笑了。因为时候不早，怀德恐怕戒严，方才跳上一辆三轮车，带着怀春回到家里来了。

怀德的续弦赵氏，今年虽然已经是三十八岁的女人了，但因为她并没有生育过一男半女的缘故，所以人样倒也并不显得过分苍老。徐娘半老，风韵犹存。平日之间，还很爱涂脂抹粉，一股子骚味，大有和十七八岁姑娘们争艳斗妍的样子。其实赵氏所以这样喜爱装饰，在她也有不得已的苦衷。原因是她自己并没有生育孩子，怀德时常地长吁短叹，唯恐他娶小老婆，所以不得不打扮得妖妖娆娆，以博得怀德的欢心。今天晚上，怀德在朋友家中吃饭，赵氏心中原也知道的。不过吃一餐晚饭的工夫，当然不需要五六个钟点的。赵氏坐在房中的桌子旁，两手抹着骨牌打五关消遣，一个人打了两三个钟点，自然也有些厌烦起来。耳听时辰钟当当地已鸣了十一点，但怀德仍旧不见回家，赵氏把骨牌一推，怨恨地叹了一口气，恨恨地说道：

"奇怪！怎么直到这时候还不见回来呢？难道在马路上发生乱子了吗？"

"太太，不会的，老爷又不是三岁小孩子，如何会出乱子呢？我想大概就可以回家的了。"

赵氏的丫头阿梅，今年也有十七岁了，倒还生得头脸清白，手脚干净，此刻坐在房中沙发上编结绒线活针，她是和赵氏做伴的意思，忽听赵氏这么地自言自语，遂抬头望了她一眼，低低地安慰。因为见赵氏脸上大有生气的表情，遂忙着又站起身子，倒了一杯热气腾腾的玫瑰花茶，送到桌子上，又很会奉承地笑道：

"太太，我瞧你还是早些睡吧，反正有我等着门哩。我说老爷这人真也糊涂得很，大冷的天气，累太太呆坐着等门倒也不要说了，他自己身子也该保重呀，万一外面临时戒严了，在马路上站着两三个钟点，喝起西北风来，那可不是闹着玩的事情，对不对？"

"可不是？就是为了这样，我才担着心事哪！你此刻叫我睡，我怎么睡得着呢？现在这个年头，又不是太平的时候，一忽儿闹暗杀了，一忽儿又发生炸案了，提心吊胆，真是急死人哩！"

赵氏点点头，表示她的话很有道理地回答。阿梅微微地一笑，她这个姑娘倒是人小心不小。因为太太认为自己的话说得有道理，她便益发得了意，遂低低地说道：

"太太，我说您可以不用着急的。您在家中干急又有什么用？不要老爷在外面倒舒舒服服地找寻快乐呢，那你就太犯不着了。"

"阿梅，你说老爷在什么地方找寻快乐呢？"

阿梅这两句包含了神秘性的话，听在赵氏的耳朵中，她的心里倒也不免疑心层层地波动起来了，这就微蹙了眉尖儿，故意不明白地问她。阿梅笑了一笑，悄声地说道：

"太太，你也真老实，上海地方，哪一处不是男子找寻快乐的场所呢？"

"嗯！被你这么一提醒，我真的也有些疑心起来了。你老爷这人近来恐怕变了，时常地说朋友请客吃饭，而且又时常地深夜归来。这个月里不是已经有四次了吗？我想他真有些靠不住吧。"

赵氏说到这里，两颊会感到热辣辣地发起烧来，心中一阵酸溜溜，全身都感到有些不自然。阿梅连忙又讨好地说道：

"所以我劝太太不要太放松了老爷，等老爷回家来，你千万劝劝他才好。因为老爷不是常在叹息没有儿女的寂寞吗？我想他早晚终要娶一个姨太太回来的。要如好人家的姑娘倒也罢了，就怕他娶了一个不三不四的女人，那这一份家庭就没有太平的日子了。"

"哼！你这话倒也说得好容易的，没有征求过我的同意，他有胆量娶小老婆吗？这在他恐怕是梦想吧！"

赵氏冷笑了一声，呼起了面孔，表示非常愤恨地说。在她心中的不受用，好像怀德真的已娶了小老婆回家的样子。接着把台子一拍，大声地骂道：

"我越想越可疑起来了，这个老骨头真是太热昏了，居然在外面偷偷摸摸地爱起风流来了，这还当了得吗？哼！他今夜回家来，我非跟他大吵一场不可哩！"

"太太，你吵只管吵，不过千万别说是我阿梅提醒了你，你才跟老爷吵的。否则，老爷不是要骂我搬弄是非了吗？"

阿梅想不到太太连这一点子忍耐功夫都没有，竟大声地独个叫骂起来，一时暗暗地担着虚心，脸上有些吃惊的神色，向她低低地叮嘱。赵氏兀是怒气未消的样子，说道：

"你放心，我绝不会说是你提醒我的，其实我原也早已有些疑心了。哼！他也不想想他自己今日有做经理的日子，是靠谁的神气？就说我不会生育，也是他自己命中无子。他想娶姨太太，这是万万也不能够的事情。阿梅，你以后帮着我要仔细留神老爷的行动，只要你对我忠心，我将来一定不会待亏你的。"

"太太，我一切都知道。就是因为太太平日待我太好了，所以我才代太太这么地关心着。不过……我也得向太太发表一点儿意见，男人家在外面拈花惹草，这都是免不了的事情。太太若一味地和老爷吵闹，我认为这倒也并非是个根本解决的办法。"

阿梅见太太完全信用着自己，芳心不免暗暗地欢喜，遂又竭力地拍着马屁，来向主人献媚。赵氏望了她一眼，怔怔地问道：

"那么照你的意思，要用什么办法才能使老爷不讨小老婆呢？"

"太太，你是聪明人，何必还问我女孩子呢？一个男人家，大多数是吃软不吃硬的。我常常听人家说，隔壁二十三号里王太太，为了她丈夫在外玩女人，因此三头两天地吵呀闹呀，可是又有什么用呢？王老爷不但没有终止胡调，而且还在外面组织小公馆起来。你想，吵吵闹闹有什么效力呢？倒是对过十八号里的张太太，听说她的手段就强得多了，她丈夫本来也是一个胡调客人，不知道被张太太怎么一来呀，现在这位张老爷早出早归，连外面瞧场电影都非要这位张太太陪伴在身边不可哩！所以我的意思，太太倒不妨向张太太去讨教讨教呢。"

赵氏听了阿梅这一番话，口里虽然没有说什么，但心中却在暗想：这种手段何必去向别人讨教？其实我也很会运用的。老实说，我已经是个快近四十岁的人了，所以涂脂抹粉地打扮得还像一朵花似的，其目的又何尝不是在防御丈夫到外面去玩女人呢？但俗语说得好，家花哪有野花香，妻子终是别人家的好。唉！这还有什么话可说呢？赵氏叹了一口气，不过在阿梅的面前，她还要扎一点儿面子，恨恨地说道：

"你的意思我也明白，是要我在老爷面前装些媚态吗？哼！这个我又不是妓女，我可不会这一套。再说老爷是个四十多岁的人了，难道还这么色眯眯吗？那真是老变死了！"

"太太，我想你最好收一个义子或者义女，那么老爷就不能再借口说娶小老婆了。在太太呢，当然是可以多一个帮手了。"

阿梅听太太假装正经地回答，一时也就说不上去了，过了一会儿，方才又贡献着一个意见来怂恿她说。赵氏点头说道：

"你这话虽然不错，但收义子义女也不是一件容易的事情，收得好倒还罢了，收得不好，还要讨闲气哩！"

"太太，我说句笑话，像我这么一个忠心耿耿的姑娘，也不知道可中您的意思吗？"

原来阿梅是个有心计的姑娘，她竭力拍太太马屁，也是有目的的，所以她再也忍熬不住地厚了面皮，终于大了胆子向赵氏问出这一句话来。赵氏方才恍然有悟，一时倒扑哧地笑起来了，白了她一眼，说道：

"你这小丫头，倒想往上爬高了吗？"

"太太，不，我怎么敢这样妄想呢？我不是预先声明比方说句笑话吗？"

阿梅红了脸，有些惶恐的神色，很不好意思急急地回答。赵氏望着她粉脸，细细地打量了一会儿，忽然笑着说道：

"这也算是你的福气。我就认你做一个干女儿怎么样？"

"太太，您不是要跟我开玩笑了。"

赵氏说的这一句话，当然使阿梅感到了无限的惊喜，她睁大了眼睛，望着赵氏，还表示并不相信的样子，急急地问。赵氏好笑道：

"我几时跟你开玩笑的？阿梅，只要你忠心地对待着我，我就准定收你做女儿吧。"

"妈！妈！我亲亲的好妈妈！从此以后，妈只要吩咐女儿一句话，虽然是赴汤蹈火，女儿也万死不辞的了！"

阿梅想不到自己说了一句戏言，竟会成了事实。她心中这一欢乐，不免受宠若惊，连忙跪在地上，抱住了赵氏两只脚，赤胆忠心般地说着。赵氏见她这个样子，心里也非常地欢喜，正欲把她扶起的时候，忽听楼下大门外笃笃地有人敲门。阿梅知道老爷回家了，于是匆匆地爬起身子，三脚两步地走下去开门。一见果然是怀德回来了，因此不免乐而忘形地向怀德也盈盈跪倒在地，而且口里还亲亲热热地叫了一声"爸爸您回家啦"。怀德当然是弄得有些莫名其妙，一时还只道阿梅在发神经病了，因此倒反而怔怔地说不出一句话来了。

第四回

搬弄是非　恶丫头唆主假闹自杀

阿梅实在是喜欢过了度，所以见了怀德，就在大门口跪了下来，而且口里还亲亲热热地叫着爸爸。怀德因为并不知道其中有这样的一回情形，所以在他心中想来，当然认为阿梅这举动至少是近乎疯狂的状态，一时十分地生气，遂瞪着眼睛，恨恨地说道：

"阿梅，你疯了吗？这是什么意思？谁是你的爸爸呀？"

"爸爸，我一些也没有疯，您是我的爸爸呀！"

阿梅虽然是讨了一个没趣，但一面站起身子，一面还笑嘻嘻地回答。怀德听了，好生着恼，连喝了两声胡说，一面拉着怀春进来，一面说道：

"阿梅，你在我面前竟敢这样没有规矩吗？真是太以浑蛋了！我告诉你，这位才是我的女儿，你快来叫声大小姐！"

"这……这……是怎么的一回事？啊呀！太太，不好了，不好了！"

阿梅听怀德这样吩咐，这就向旁边的怀春望了一眼，见是一个年轻的女郎，生得闭月羞花、沉鱼落雁之貌，一时倒也觉得这是出乎意料之外的变化，因为仗了赵氏的威风，所以不肯低声下气地向怀春叫小姐。她一骨碌翻身，向里面直奔，而且惊讶十分的口吻大叫着不好了。怀德见阿梅这个神情，真是又气恼又奇怪，遂一面自己关上了大门，一面对怀春安慰道：

156

"阿梅这丫头疯了！女儿，你不要生气，回头我非责骂她不可！"

"爸爸，你不要为了我责骂她，也许她真有些病态哩。"

怀春心中也弄得不知其所以然，因为自己初次到来，当然不希望为了自己而责骂下人，所以还显出毫不介意的态度，一面说，一面跟着怀德走进会客室里去了。这是一座两幢两下的房子，客堂里全副的红木家具，四壁悬了名人的字画，陈设得古色古香。楼下厢房是怀德的办公室兼书房，有客气的朋友们到来，就在这里会谈的。楼上厢房是赵氏的卧房，客堂楼虽然也陈设了一个房间，但却是空着没人住。亭子间是阿梅和几个老妈子睡的，所以他们住得很是舒服。怀德带领了怀春，匆匆地先到赵氏房中来。只见阿梅在太太身旁，咬着耳朵，不知在说些什么话，见了自己，便悄悄地躲开了。怀德虽然恨她，但事情慢慢地打发，何必急急地发火，所以他先含了笑容，给怀春与赵氏介绍说道：

"太太，这是我外面收留的一个干女儿，名叫杨怀春。女儿，这是你的妈，你快上前拜见吧。"

"母亲在上，女儿这里拜见了！"

怀春听了，连忙抢步上前，盈盈跪倒在地，低低地叫唤。赵氏已经听了阿梅的报告，说老爷在外面真的带着一个妖妖娆娆像狐狸精般的小老婆回家来了。阿梅所以这样地进谗，在她完全是一种妒忌而已。因为老爷在外面收了干女儿，自己的地位难免要发生了动摇，所以在她的心中，也无非要借赵氏的力量，把怀春驱逐出去。赵氏在听了阿梅这一番谎报之后，她本是一个善疑好妒的妇人，当然非常地愤怒，所以铁青了脸，正预备大发雌威，和怀德吵闹。因为假使把她真的是讨回来做小老婆的，那么这个女人绝不肯向自己行这个大礼，而且也绝不会有母亲在上的称呼。赵氏到底还是个顾全情面的妇人，所以她要发出来的火星一时也只好忍住下来，勉勉强强地把怀春扶起，也不回答什么话，管自到椅子上去坐下了。阿梅慌忙送上烟卷去，还给她划了火柴，竭力地奉承着赵氏。怀德见了这个神情，知道阿梅并没有发神经病，可是其中一定有道理了。正欲向她恨恨地责骂，忽听赵氏冷笑了一声，把俏眼逗过来一个白眼，冷冷地问道：

"老爷，你不是在朋友家中吃晚饭吗？怎么深更半夜的，忽然在外面带着一个干女儿回家来了？这到底是怎样的一回事情？我倒要请你详详细细地向我告诉一遍听听哩。"

"太太，你不问我，我也要向你告诉呢。"

怀德见了赵氏的脸色，心中就知道她对于自己收干女儿的事表示并不十分高兴，这大半的原因，当然是为了阿梅搬弄是非的缘故。虽然他要责骂阿梅，但恐怕太太更加要引起误会，倒反而不美，所以微微地一笑，点点头表示可以很坦白样子地回答。接着也取过烟卷，怀春忙也给他划了火柴。阿梅向赵氏努努嘴，赵氏只觉酸气触鼻，几乎又要发作起来，但听怀德接下去说道：

"事情是这样的，我在朋友家中吃毕晚饭，被他们拖住玩打了十二圈骨牌，方才回家。不料在半路上遇见了这位杨小姐，她是边走边泣，而且低低地自语，大有厌世之念。我为了一点子博爱之心，所以我觉得见死不救那是大不义的，因此我偷偷地跟着她，果然见她是走到黄浦江边去了。"

"奇怪，你为什么要自杀呢？"

赵氏听到这里，她向怀春望了一眼，有些将信将疑的样子，也不问怀德，索性向怀春直接地问。怀春听了，遂把刚才告诉怀德对于自己自杀的原因又向赵氏说了一遍，并且又代为怀德辩护着说道：

"妈，爸爸说的完全是真实的情形，你老人家倒不要误会他有什么不规矩的行动吧。"

"这样说来，你果然是个没有爹娘的女孩子吗？唉！你的命真太苦了，那么你就好好地住在我家吧。"

赵氏忽然又显出慈祥的神色，很同情地安慰她说。怀德听了，心中自然十分地欢喜，遂笑嘻嘻地望着怀春，说道：

"时候不早，女儿，你就睡到隔壁客堂楼去吧，我来陪伴你过去。"

"妈，那么你请晚安了。"

怀春很有礼貌地向赵氏道了晚安，遂跟着怀德走到客堂楼去了。阿梅待他们走后，便显出焦急万分的神情，向赵氏低低地说道：

"妈，你怎么能收留她呢？你瞧爸爸待她多么亲热，还亲自陪她去睡觉。老实说，这到底不是亲生的女儿，谁知道他们两人到了房中会偷偷摸摸地亲嘴儿吻脸呢！所以妈千万要打定主意，不能上他们的大当呀！妈若不听女儿的金玉良言，将来被她磨折起来，你就后悔来不及了。"

"傻孩子，你急什么哪？我比你知道得多呢！告诉你，我暂时地收容她一天，这是我的计谋。"

赵氏阴险地笑了笑，似乎胸有成竹般地回答。阿梅听了，望着她倒是怔怔地愕住了一会子，接着又忧虑地说道：

"妈，你今天不把她赶出去，那你就是承认她是你的女儿了，你以后还有什么计谋可以把她赶出去呢？假使真的给妈做女儿倒也罢了，偏偏又是爸爸掉的枪花，名义上是父女关系，暗地里还不是个小老婆吗？第一天进门，瞧爸爸就这样宠爱她，那将来还当了得吗？唉！我真替妈担心哩！"

"好孩子，你瞧着吧！妈自有颜色，会叫这个贱货自己识相地走哩！我想不到这老甲鱼越老越花了，他居然明目张胆地把烂腐货带进门来，口里还说得那么仁义道德，这还不是骗骗三岁小孩子的话吗？我不给他一记阿棍打下去，他也不知道我的厉害哩！"

赵氏的火星本来是竭力地压制着，现在被阿梅好像连连地浇了两桶火油，因此她的怒火再也压制不住地爆发起来了。她恨得咬牙切齿的神情，愤愤地回答，阿梅听了，方才暗暗地安慰。正在这时，怀德喜滋滋地走进房来，当他见到阿梅的人，心中立刻也会冒上火星来，遂气恼地说道：

"阿梅，你刚才到底可是着了魔吗？竟然叫我爸爸了！你到底是什么东西？丫头坯要想做小姐，这是谁给你的福分？哼！只怕你还没有修到哩！"

"这是我给她的福分，你预备怎么样？"

怀德再也想不到赵氏会铁青了脸，猛可站起身子，给阿梅代为地回答，一时觉得事情不妙，心头倒是别别地一跳，遂吃惊地说道：

"太太，你……这……是什么意思？阿梅是我家的丫头，她有什么身份可以做我们的女儿呀？这被外界知道了，岂不是要笑痛了肚皮吗？"

"哼！阿梅虽然是个丫头，但到底是从小跟着我长大的，她是一个清清白白的姑娘。你带来的这个贱货，谁知道她是什么身份？也许是个妓女，也许是个野鸡，你糊里糊涂地把她带回家中来做女儿，这被亲友们知道难道就不会笑痛肚皮了吗？"

"哎哎哎！太太，你轻声些，你轻声些吧！怎的什么话全都嚷出来了？被人家听见了，也得顾全一些颜面哩！"

怀德因为厢房和客堂楼原是近在隔壁，赵氏这种近乎侮辱的话听到杨小姐的耳朵里，叫人家一个女孩儿家怎么下得了面子呢？所以急得连连摇手，劝阻太太说话留些交情的意思，不料赵氏反而越弄越暴跳如雷，指手画脚地更加大喝着说道：

"什么？什么？我怕她？我怕她吗？这倒弄进一个太婆来了！怎么太婆进了门，连我说话都受着拘束了吗？哼！哼！告诉你，你不要老热昏了！被这个烂腐货迷住了心，要来做我的规矩了吗？你真在梦想！"

"太太，你这是什么话？我觉得你说这些话太没有意思了！"

怀德听她越说越不像话，一时也气得两颊发青，全身几乎瑟瑟地发起抖来。赵氏却眼泪鼻涕地哭着道：

"什么太没有意思？我问你，你弄进这么一个贱货来，你心中到底是存的什么意思？"

"咦！我是因为见她孤苦得可怜，所以才收留她做干女儿的，你刚才不是说也很同情她吗？怎么一忽儿又问我是什么意思了？那我真觉得太莫名其妙了！太太，你要想得明白，我是个四十多岁的人了，再过几年就恐怕快进坟墓去了。人家还是个十八岁的女孩子哩，你想，我怎么会存着半分恶意呢？我和你到底也做了快近二十年的夫妻了，难道连我是个怎么的人品都还不知道吗？唉！你也枉为是我的太太了！"

赵氏听他这样地声辩着，一时稍会消去了一些气愤，可是听了他后面这一句话，她立刻又表示反感，遂冷笑着说道：

"我本来不配做你的太太呀！所以你才会又去弄进一个年轻美丽的来呀！告诉你，你要想把她做小老婆，你不要做梦！"

"啊呀呀，我的好太太！你听了谁的话才疑心我到这个头上去呀？老实说，我要如真有这种存心的话，我还会把她带到家中来吗？哼！我知道，我明白，都是阿梅这贱人搬的是非！阿梅，你这该死的贱人！你给我滚出去！"

怀德说到这里，气呼呼地向阿梅瞪着眼睛，把手向门外一指，大声地叱喝。阿梅看看赵氏的脸色，似乎要哭出来的样子。赵氏不肯让阿梅受一些委屈，她认为怀德责骂阿梅，就是跟自己反对的意思，所以她偏把阿梅拉到身旁来，冷笑了一声，说道：

"我已把阿梅收做女儿了，你叫阿梅滚出去，那你就是在讨厌我！我老实地跟你说，你要讨厌我，你要赶我出去，那你简直是香火赶出和尚了！你也不拿面镜子来照照你自己的脸，这是我爸爸遗下来的房子，你靠谁的福气才有这样舒舒服服的生活过呀？哼！哼！真是想你不明白！"

"好！好！我……和你做了二十年的夫妻，到今日为了一个小丫头，你就不顾夫妻的情分，拿这些话来侮辱我。我……确实没有志气，我……是没有能力，我……就决定让你们吧！"

赵氏说的话，明明嘲笑他是个入赘女婿而已。怀德到底也要着一些面子，他听了赵氏这种无情无义的话，他如何不要气得跳起来呢？因此涨红了脸，一面跳脚，一面把身子要向房外直奔了。赵氏到此，也不免有些悔恨自己不该说这一句伤感情的话，遂向阿梅身子推了推。阿梅知道她是叫自己去拉住他的意思，这就急急地抢步上前，拉住怀德的衣袖说道：

"爸爸，你息息怒吧，瞧时钟已经十二点多了，只怕外面早已戒严了，你还到什么地方去呢？"

"放你的臭狗屁！谁是你的爸爸？我打你这个不要脸的贱人！"

这也算是阿梅的倒霉，冷不防被怀德挥手挨了两个耳光，而且还被怀德狠命地一脚，齐巧踢着了膝踝，一时痛得站脚不住，"啊呀"了一声，早已跌倒在地上了。怀德却兀是破口大骂不停，一面管自地直奔到楼下去了。赵氏见怀德动了真怒，心中也暗暗地害怕，因为男人家一变了心，从此真的不回家来，叫我一个人孤零零怎么好呢？所以正在急得了不得的时候，忽见仆妇们也都穿了衣服闻声起来，赵氏遂叫他们快去追老爷回来，仆妇们听了，弄得莫名其妙，也只好急匆匆地奔到楼下去了。赵氏见阿梅还倒在地上不爬起来，这就急急地说道：

"阿梅，你也不要装什么死腔了，还不快快地站起来，老是躺在地上做什么呀？"

"妈，人家被爸爸踢得……"

阿梅一面勉强地挣扎爬起，一面低低地回答，话还没有说完，她的眼泪先扑簌簌地滚下来了。这时王妈又匆匆地进房来，说道：

"太太，老爷没有到外面去，他一个人在楼下书房踱圈子呢！"

"嗯！知道了，你快下去看住了他，不要让他到外面去！"

赵氏听了报告，方才安心了一点儿，遂又向她急急地关照。王妈也不知道到底是为了什么事，只好答应了一声，又匆匆地奔到楼下来了。只见老爷好像热锅上蚂蚁般地打着圈子之外，还连连地猛吸着烟卷，看他神情，好像是怒气冲天的样子。张妈却在倒茶给老爷喝，还低低地劝慰着，于是也说道：

"老爷，什么事情呀？您要发这么大的脾气，太太在楼上急得不得了呢，我劝老爷还是到楼上去吧。"

"不要你们多管什么闲账！你们都给我去睡吧！要你们看守着我做什么？你们走开！走开！都给我走开！"

怀德气得有些疯狂了的样子，睁大了眼睛，向王妈、张妈大声地喝斥着。张妈和王妈都有些害怕，遂不敢声张地退到客厅里去守候了。正在这个时候，忽然怀春也匆匆地走下楼来，她在怀德面前盈盈地跪倒了，眼泪如雨地说道：

"爸爸，我……我……害了你，我……太对不住你们了！"

"好孩子，你……怎么也下来了？你……去睡啊！这不关你的事情，你……别说这些话呀！"

怀春说到后面，已经咽不成声，几乎抽抽噎噎地啜泣起来。怀德见了怀春，也不知道为什么缘故，他一腔的愤怒会变成了悲酸，因此扶着她的身子，忍不住眼泪也夺眶而出了。但怀春却低低地又说下去道：

"爸爸，你和妈吵闹的话，我全都听见了。"

"孩子，你妈说的完全是在放屁，她有神经病，你不用听她。唉！我真觉得惭愧！"

怀德满面显出惶恐的样子，拍着她的肩胛，低低地说。怀春的明眸是充满了无限感激的情意，脉脉地凝望着怀德，垂泪说道：

"不，爸爸，你别说这些话，我觉得我真是一个不祥之人，自己的命已经是苦到这样地步，谁知道还要来累你们和睦的家庭发生了裂痕，那我心中是多么不安。所以我决定地离开这儿，希望你们再不要吵闹了。"

"孩子，你不要走，我已经认你做了女儿，我怎么再能叫你到外面去飘零？你放心，我绝不能让你去走上这条幻灭的道路。"

怀德听她这样说，觉得怀春真是一个好姑娘，他非常地爱怜她，遂用了热诚的口吻，向她坚决地安慰。怀春乌圆眸珠一转，故意含笑说道：

"爸爸，你以为我离开了这儿之后，又会走上这条自杀的路吗？不，不，你放心，我不会再自杀，我一定要在社会上挣扎做人！"

"孩子，你是一个身世可怜的人，但你爸爸也是个身世可怜的人，刚才我们吵闹的话你既然全都听见了，那我也不用瞒着你了。我……我……在十七年之前就在这儿做了入赘女婿，所以到了现在这般年纪，我还让她这么地看轻，可见她对我也没有什么情义。我到底还有着一口气的人，我为什么要受她的侮辱？我愿意带了你一同去漂流，我不相信我们爷俩就会饿死在街头。"

怀德说到这里，心中一阵子悲酸，泪水也涔涔而下了。怀春想不到他会说出这些话来，觉得他的爱自己真仿佛是我亲生的爸爸一样，因此是感动到了极点，这就伏在怀德的肩胛上忍不住哭泣起来了。谁知正在这时，忽见阿梅气急败坏地奔下楼来，哭着说道：

"爸爸，不好了，不好了，妈吞金自杀了！"

"什么？她……吞金了？"

这突然来的消息，自然也分外惊人。怀德虽然心中怨恨着赵氏，但这十七年来的夫妻之情，到底不能一概地抹却，所以他立刻慌张地叫起来，并且三脚两步地直奔到楼上来了。阿梅见怀德走后，遂向怀春望了一眼，忽然恶狠狠地走了上去，向怀春急急地说道：

"杨小姐，你一进门，害得这一家子人天翻地覆了。现在我妈为你而自杀了，回头警局里有人到来，你就难免要犯罪入狱，因为我妈自杀，还不都是为了你吗？我劝你趁此还是逃走了好，不要像白虎星那么地再来害人吧！"

阿梅说完了话，也不等她回答，逗了她一个憎恨的白眼，便管自地也走到楼上去了。怀春被她冷讥热嘲地这一顿责骂，一颗芳心真是又气又怨，觉得这确实没有自己立足之地，我又何必苦苦地要留恋着呢？怀春这样地一想，便欲匆匆向外奔了。但立刻又转念想道，此刻外面已经戒严，要走也只有明天一早走，况且妈又自杀了，我虽不杀伯仁，但伯仁却为我而死。假使我这么一走之后，万一她真的不救而死了，警局里不是要把爸爸捉去治罪了吗？那么霎时之间，我竟害得他家破人亡，那叫我如何地对得住爸爸呢？所以我绝不能走，就是警局里要抓人，我也可以挺身去认罪，免得爸爸为我吃苦。怀春一面想，一面便也急匆匆地走到楼上厢房里来。只见爸爸站在床边，急得跳脚地说道：

"你为什么要自杀？你为什么要吞金？唉！此刻已经戒严了，你……你叫我怎么办才好呢？"

"爸爸，你快打电话到广德医院去吧，他们有救护车会开来的。"

怀春见爸爸急得走投无路的样子，于是连忙想出了这个办法来提醒他。怀德一听这话不错，遂急匆匆地又走到楼下打电话去了。这里怀春见桌子上放着一只剪断的金镯子，此刻只剩了大半只，可见小半只金镯已经被她吞下去了。因为他们本是一份好好的家庭，为了自己一个人，竟然闹出这种不幸的事情，那么这说起来实在都是自己一个人的罪恶。她心中在无限歉疚之余，更有说不出的悲痛，这就走近床边，望了赵氏惨白的脸，泪下如雨地泣道：

"贾太太，你……就是不愿意收留我做女儿，那也没有什么关系，但是你为什么要吞金自杀呢？想不到我自杀没有成功，被老伯伯救回家来，可是却累你倒真的自杀了，那我不是变成一个害人精了吗？唉！我的良心怎么能安？贾太太，我希望你回头到医院里有搭救，你放心，我　定离开你的府上，我绝不害你们夫妻了为了我而发生感情上的裂痕。贾太太，你就原谅我的罪恶吧！"

赵氏想不到怀春会一面哭泣，一面对自己说出这些话来，因为她说得非常认真而且又哭得非常地伤心，一时暗想：莫非她真的是被怀德在黄浦江边救回来的吗？假使她是怀德娶回来做小老婆的，那么她见我自杀了，在她心中当然是只有感到欢喜，哪里还会哭得这样悲伤吗？赵氏在这么地思忖之下，她望着怀春的粉脸，倒又感觉她的楚楚可怜起来。诸位，你道赵氏已经是个自杀的人了，如何忽然又会同情怀春起来呢？这事情说来当然是个道理。原来赵氏的自杀，完全是假装出来的鬼把戏。她听了阿梅的怂恿，所以才假痴假呆地把金镯子剪断，藏过了小半只，谎说是已经吞下腹中去了，这无非是唬唬怀德的意思。在阿梅心中，趁此可以叫怀春畏罪逃跑，但万不料怀春的存心，并不是阿梅的所料。她不但不逃跑，而且还愿意等法律来判决自己呢。赵氏心中虽然懊悔着不该听从阿梅的话而闹出这样假戏文的事情来，但口里当然是说不出什么，因此并不理她，只管暗暗地叹息。这时怀德又匆匆地上来，连连埋怨赵氏不该自杀。怀春听了忙道：

"爸爸，你还只管埋怨做什么？医院里电话可曾打过去了没有呀？"

"电话打去了，救护车马上就来了。"

"我不要去，我不要到医院去！"

"你不要去？你难道存心预备害人吗？况且为的是什么天大的事情，你也值得闹自杀吗？难道你把你的生命竟看得这样轻吗？"

怀德听赵氏此刻倒又嚷着不要到医院去，遂又忍不住怨恨地向她一连串地责问着说。就在这个时候，外面一阵子呜呜的汽车响声，阿梅上来慌张张地报告说救护车已经来了。赵氏想不到假戏真做，因为自己实在没有吞过金子，到了医院，万一被检查出来，那是多么坍台呢！所以虚心地还是不肯到医院里去。怀德哪里还由她做主，遂叫张妈、王妈把赵氏抱着下楼，然后关照怀春好生看守在家，他便亲自带着阿梅一同送赵氏到医院里去了。

可怜怀春一个人留在家中，哪里还能够睡得着？不但没有心思睡觉，连躺在床上休息一会儿的意思都没有。她只管在房中来回地踱步，一会儿叹气，一会儿流泪，从可知她心中是乱得这一份样的程度了。王、张两个仆妇见家中多了一个姑娘，太太又莫名其妙地自杀了，一时还不懂到底是怎么的一回事情，她们低低地问怀春，

166

但怀春却没有回答什么，她的神情似醉似痴地却陷入了麻木的状态了。

直到子夜两点钟敲过以后，怀德在医院里来了电话，起先是王妈接听的，怀德吩咐王妈说叫大小姐听电话，王妈目瞪口呆地问哪个是大小姐。怀德听了，在那边恨恨地骂着饭桶，说就是那个留在家里的姑娘。王妈这才恍然大悟，立刻匆匆到房中来叫怀春听电话。怀春一听医院里来了电话，因为不知道吉凶如何，所以那颗芳心的跳跃真像小鹿般地乱撞，三脚两步到了楼下，拿过听筒，就急促着口吻，问道：

"你是爸爸吗？我是怀春，妈怎么了？有没有危险性呢？"

"孩子，你不要着急，没有危险了……"

"金子设法已经吐出了吗？"

"我告诉你，经医生检视之下，说没有什么多大的关系。大概金子吞服得不多，喝了药水之后，可以由大便中出来的，此刻睡在医院里，她的神色很好。所以我来电话关照你，你不用害怕，只管安安心心地睡觉吧。"

怀春听了，心中方才落了一块大石似的安慰了不少，正欲再说什么，但怀德在那边把电话已经挂断了。怀春遂也只好放下听筒，匆匆到楼上来，向王妈、张妈告诉，说太太已经没有危险了，老爷关照大家安安心心去睡吧。王、张两仆妇巴不得她有这一句话，遂打着呵欠，向怀春道了晚安，管自回亭子间里去睡了。

这里怀春一个人坐在沙发上，手托香腮，呆呆地想了一会儿心事。觉得贾太太能够平平安安地没有发生不幸，这总算是谢天谢地的事情，在我似乎也可以减少不少的罪恶和责任，但她既然已经没有危险了，那当然应该是我脱离此地的时候了。唉！贾老伯虽然待我像亲生女儿一般地好，但贾太太既然不容于我，我又有何必使他们夫妇发生恶感呢？走吧，走吧，我的人生就好像是一片落叶，她是孤独的，她是凄凉的，在她没有堕入污泥中而幻灭之前，此生中当然还是完不了的漂泊。怀春一面想，一面流泪，昏昏沉沉地因为精神疲倦，所以不知不觉地合了一会儿眼。等她感觉一阵子寒冷，从朦胧中抖醒过来，只见时钟已鸣五下，窗外的天空中也已显现了鱼白的颜色。怀春才意识到似的暗暗地念道：

"天亮了，我该走了。"

她一面说着话，一面站起身子，走到桌子旁坐下，在抽屉里找了一张信纸和一支笔，就草草地写了几行字道：

> 爸爸，你太好了，你好像是我亲生的爸爸一样。我除了感激你之外，我只有默默地流泪。我说不出什么抱歉的话，我只有希望你们夫妇和好如初，同时更祈祝你们永远永远地健康并幸福。爸爸，我生成就是一个苦命的女子，所以我不能得到妈的同情和可怜。我含了痛苦的眼泪，我只好不别而行了。但是，你放心，我这次离别你之后，我绝不再去自杀，我要拿出我的力量和勇气来重新做人。也许我们有缘的话，将来我还会来叩谢爸爸黄浦江边相救的大恩。
>
> 再会吧，爸爸！
>
> 你苦命的干女儿贾红豆泣别拜书

怀春写完了这一封信，她在无意中竟把真姓名写出来了。自己暗暗地把信又念了一遍，然后放在梳妆台上的那架意大利石雕刻的时鸣钟旁。她熄灭了房中的电灯，方才悄悄地走到楼下，开出后门走了。

怀春因为深恶上海的黑暗，她预备到内地去流浪，她打算在流浪之中或许可以找到工作做。幸亏她袋内尚留着几个钱，于是她坐车匆匆到火车站去了。怀春坐的是三等车厢，乘客是非常拥挤。好在怀春到得很早，所以她还有个座位。这时她身旁坐的是个土老般的乡下男子，怀春管自地想着心事，所以也并不注意。不多一会儿，火车开了，怀春眼望着上海车站慢慢地消失了，她忍不住深深地叹了一口气。

怀春这次原是到南京去的，她心中的希望，是能够在南京无意之中地碰见了莲湘。但愿莲湘果然还在人间活着，这是她一路上暗暗地祈祷着。不料车到无锡车站，却又出了乱子。原来站上有宪兵到车厢内来检查，不知道怎么的，在怀春座位下却搜抄出一个纸包来，里面却都是鸦片烟。虽然怀春竭口地否认，但是没有用处，一排座位上四五个乘客都被抓下车去，由宪兵移交到无锡警察局，这是怀春做梦也想不到的事情。万不料那个审问自己的局长，不是别人，却就是自己夜夜想念的吴莲湘呢！

第五回

惨遭轰炸　进退维谷幸逢多情女

　　轧隆轧隆一阵火车轮盘在铁轨上摩擦后的声响，虽然是那么令人感到噪嚣，但是这声音的节拍，因为是很调匀的缘故，所以车内的旅客在热闹之中那思虑也会寂静起来。吴莲湘和怀春分别之后，跟着张志华一同动身到南京去干地下工作。他们乘的是二等车厢，所以比较舒服一点儿。莲湘的身子虽然坐在火车上，不过他那颗心却还是系在怀春的身上，他侧着脸，两眼望着田野间的树木，一株一株很快地向后倒退着。虽然车窗外的景物，有青的山、绿的水，有飞鸣的小鸟，有流动的浮云，但他的脑海之中却只有怀春娇媚的脸庞，随了莲湘心中思绪的起伏不停，因此在他想象中怀春的粉脸一会儿浅笑含颦，一会儿愁堆春靥，神情似乎也在刻刻地变化不停。坐在莲湘旁边的张志华，他见莲湘自从跳上火车之后，始终没有开一声口、说一句话，神情是那么忧郁，显然是愁眉不展有着无限心事的样子，这就伸手拍拍他的肩胛，含了微笑说道：

　　"小吴，怎么啦？瞧你一脸孔沉闷的神气，难道你有些懊悔跟我一同到南京去吗？"

　　"不，志华兄，你不要误会我，我哪有这一种意思？"

　　莲湘听他这样问，一时很不好意思地回过头来，望了他一眼，一本正经地否认。志华似乎有些不信任他地笑道：

　　"我觉得你终有些不大高兴，至少是有些舍不得在上海的那个好小姐吧?"

"不，你猜错了，我要如真有舍不得离开她的意思，那我也不会跟着你一同到南京去了。"

"凭你这一句话，那么你多少终还有一些缘故吧?"

"是的，有些缘故，我正在想……"

莲湘说这两句话的时候，他的眼睛又望到天空上去，好像见这灰白的浮云，心头有无限感触的样子。志华有些不解其意，怔怔地望着他，问道：

"你在想什么呢?"

"我在想我自己，我觉得我这个人生长在世界上，真是太神秘一些了。"

志华听他这样说，并又见他黯然神伤的样子，一时更感到有些莫名其妙，笑了一笑，说道：

"奇怪，你这话是什么意思呢?"

"我不是告诉过你，吴大龙他并非是我亲生的爸爸。"

"是呀，这也算不得什么，你大概是他领来的了。"

"为了这样，我觉得自己这个人真有些神秘得可怜。那么我亲生父母到底是什么人呢? 他们叫什么名字? 我实在茫无头绪，于是我联想到我也许不止十七岁，也许还没有到十七岁。唉，一个人连正确的姓字、年纪都不知道，这叫我如何不要感到伤心难过呢?"

莲湘说到这里，深深地叹了一口气，大有凄然泪下的样子。志华方才明白他是为了这个缘故，遂想了一想，毫不介意地劝告他说道：

"这也没有什么大不了呀。在这个年头，你要如为这些小事情而伤心，那么伤心的事情确实是太多了。我告诉你，不管你是什么人的儿子，只要你是中国的国民，那么你终可以算是个光光荣荣的中国人，更可以为祖国痛痛快快地干些事业。"

志华说到这里，猛可想到这是耳目众多的旅途上，于是立刻把话咽住，回头向四下张望了一眼，幸喜没有什么人注意，遂附了莲湘耳朵，继续地又说下去道：

"小吴，你以为我这话可也说得有道理吗？"

"嗯！你说得很对，以后还得请你多多指教，引导小弟步入一条光明的大道，那叫小弟非常感激的了！"

莲湘觉得志华说的，当然是万分地有意义，一时想到自己到底是个平凡的青年，深觉羞惭，遂红了两颊，不住地点头，也低低地回答。志华笑了一笑，深恐引起外界的注目，所以他也不再说什么话了。

火车是没有休息地走着，不知不觉地已经到了日薄西山、暮云四布的黄昏时候了。在山野之间，看到日暮的景致，颇觉令人悠然遐思。尤其见了灰白的浮云、通红的落日，在莲湘多愁善感的心灵里，更会想到"浮云游子意，落日故人情"的感触。正在这个时候，忽然天空中发现了飞机的声音，志华探首向窗外一望，见在云端里面，果然有飞机数架追随而来，一时猛可想到这班火车是特快车，直开南京的。莫非车中有什么辎重的东西吗？那么这数架飞机显然是有目的而来了。志华心中有了这样一个感觉之后，他不免又焦急万分起来。但怕莲湘知道了吃惊，所以又不敢把慌张的神情显露于脸部上来。可是事情的发生当然是非常地快速。就在志华暗暗焦急的当儿，突然隆隆隆隆的一阵猛烈的炸声，这好像是天打雷一般，顿时之间，浓烟弥漫，火光烛天，大哭小号，血肉横飞。志华和莲湘也不知道自己是生还是死，早已随了车身的翻倒，连自己也不知道身子跌到什么地方去了。

等莲湘悠悠醒回来的时候，他已睡在一间病房里了。这一间病房是临时用布篷搭出来的，莲湘睡的并没有床铺，是一块木板上。眼见满地上都是受伤的旅客，耳听着一阵阵痛苦的呻吟。四周是暗沉沉的，略有一些淡弱的灯光从里面屋内透露出来，照着这布篷内断腿折臂的人，景象更为凄惨。莲湘虽然知道自己是已经遇到了搭救，但还不晓得这到底是什么地方，同时更记念着志华的人，他不知道是生是死。心中一急，忽然觉得左手臂上非常地疼痛，他才意识到自己的左臂是受了伤，用右手轻轻地去抚摸，还抹了一手的鲜血。莲湘忍不住叹了一口气，暗想：我们的命运真也太苦了，偏偏在这班火车的时间上出了乱子，那难道是注定的劫数吗？假使我不幸伤重而死，可怜怀春的芳心不知又要悲痛到如何的程度呢。想到这里，只觉一阵悲酸，由不得眼泪滚滚地落下来了。

　　是因为受伤的人太多的缘故，所以直到第二天东方发白的时候，方才有一个医生和一个看护小姐挨到莲湘的铺位旁来。这时的莲湘，固然伤口处血流甚多，兼之一夜没睡，自然是精疲神倦，十分地委顿。医生给他诊视医治，他也有些糊糊涂涂的样子，直到那个看护小姐给他敷药包扎的时候，因为有些疼痛，才使他痛出一点儿知觉来，忍不住皱了眉尖，喔哟喔哟地叫起来。那个看护小姐慌忙放松了一些手脚，因为莲湘满头大汗眼睁睁地望着自己发怔，遂低低地说道：

　　"痛吗？但是你的伤在这许多人之中算最轻微的，不要紧，过几天就完全地好了。"

　　"谢谢你，请你告诉我，这儿是什么地方呢？"

　　莲湘觉得她的话，至少是包含了一点儿讥笑自己熬不住痛苦的成分，一时倒觉得有些羞惭，只好竭力忍受住了，向她点点头，表示感谢她地问着说。那个看护小姐一面包扎，一面说道：

　　"这是无锡县内的中山医院，因为这次火车出乱子的伤人太多了，医院里根本容纳不下这么多的人，所以在这场子上只好搭了一个临时的病房。"

　　"小姐，你贵姓？我要拜托你一件事情。"

　　莲湘方才明白在无锡附近的时候遭到飞机轰炸的，一时想到了志华，遂对她低低地问。那个看护小姐很慈和地说道：

　　"我姓董，你有什么事情要我做呀？"

"我要请董小姐给我找一个朋友……"

"你在无锡有熟人吗?"

"不,我要你找寻我这次同来的朋友,他……他……不知是生是死呢?"

董小姐听她这样说,方知自己误会了他的意思。因为莲湘的话声是颤抖得厉害,大有盈盈泪下的样子,一时那颗善感的芳心倒也激起了同情的悲哀,遂认真地问着说道:

"那么你这个朋友叫什么名字呢?是男的还是女的?"

"是男的,他姓张名叫志华,这次和我原是一同到南京去的。万不料竟会遇到飞机的轰炸,唉,那真是出乎意料之外的横祸。"

"好的,我给你在受伤的人们中打听打听吧。"

"谢谢董小姐,费你的心了。"

莲湘逗了她一瞥感激的目光,低低地道谢。董小姐说声不要客气,方欲匆匆地走开,忽又回头问他姓什么,莲湘遂以吴姓告诉。董小姐点点头,这才走开去了。莲湘暗暗地想道:这位董小姐倒是个怪年轻的姑娘,不但生得美丽,而且生得温柔。这样的姑娘,才可称是解救病家痛苦的白衣天使哩!想了一会儿,天已大亮。医院里院役拿了大桶的稀粥,来给受伤的旅客们充饥。莲湘此刻也觉腹中很饿,于是不管淡粥咸菜,稀里呼噜地吃了两碗。有了这两碗热粥吃下肚子之后,精神似乎也好了许多。但看着有很多伤重而死的人们让看护们默默地抬了出去,莲湘自然激起了同情的悲伤,他忍不住也挥了无数的热泪。不料就在这个当儿,忽见董小姐急匆匆地走过来,说道:

"吴先生,你的朋友张志华我已给你找寻到了。可是他伤得很厉害,你能下床来走吗?快些跟着我去瞧瞧他吧!"

"我能走,我能走,我马上跟你去!"

这消息听到莲湘的耳朵里,真是又欢喜又惊慌。欢喜的是志华已经找到了,但惊慌的,他竟受了很重的伤。一时心头别别地乱跳,他也顾不得自己有伤在身，便很快地跳下铺子来，急得涨红了两颊，快速地回答。于是董小姐在前引领，带着莲湘到另一间的病房里，那边也有无数的床铺。当莲湘走近张志华睡的那张床铺旁的时候，见到满头扎着纱布的志华，他那颗心几乎要从口腔里跳出来了，这就含泪叫道：

"志华，志华，你……你……受了很重的伤吗？"

"啊呀！小吴，你……"

志华猛可见到了莲湘，他也不免惊喜万分地叫起来了。可是只叫了一声小吴，以下的话却说不出什么来才好，他望着莲湘，眼皮也有些润湿了。莲湘伏下身子去，泪水已大颗地滚下了面颊，说道：

"我伤得很轻微，你……竟……唉，志华，我们太不幸了。"

"这也许是我的劫数难逃，所以人力是没有挽回的。我以为我是见不到你的了，谁知道我还能跟你见这最后的一面，那总算也是我们的缘分了。"

"志华，你就这样地丢下了我，叫我孤零零一个人留在异乡客地，那……那可怎么地办呢？"

莲湘听他竟然说出了诀别的话，心中一阵子悲痛，这就忍熬不住呜呜咽咽地哭泣起来了。志华被他一哭，虽然是五脏俱裂，但表面上还含了一丝苦笑，鼓励着安慰他说道：

"小吴，你到底还是一个小孩子哪，别哭，别伤心吧。这是意料之外的事情，谁能知道呢？我死了之后，你应该继续我未了的志愿，在这个环境里奋斗 下。你不要害怕，你不要懦弱，这是我们的国土，不用分什么故乡异乡，我们应该一样地爱护它、保障它。小吴，你懂得我的意思吗？"

"我懂得，我知道，你还有什么话说吗？"

莲湘点点头，泪流如雨地回答。他见志华两眼慢慢地闭了下来，这就哽咽地又向他问出了这一句话。志华勉强地睁开眼睛，望了他一眼，说道：

"我也没有什么话要再跟你说，反正我心中的意思，你已经全都明白了，那我也已经觉得很安慰了。"

"志华，我不是这个意思，我是说你的家庭，你有什么东西要叫我带给他们吗?"

"没有什么可带，没有什么可带，还是让他们不知道我的死比较可以减少他们的痛苦。小吴，最后我叮嘱你，你不要忘记你青年的责任!"

"志华，志华，啊! 你……真的死了!"

志华挣扎着说完了这几句话，他的眼皮完全合上了，一缕不得志的英魂也就永远地脱离这个残忍的世界了。莲湘连叫了两声，不听他再来答应自己，方才知道他真的死了，一时悲从中来，忍不住放声大哭。站在旁边的董小姐拍拍莲湘的肩胛，低低地说道:

"吴先生，人已经死了，你徒然痛哭无益，况且你自己也有着伤哩，我劝你还是保重你自己的身子吧。"

"谢谢你，可是，他死了，他丢下我死了，我没有能力来安葬他的身子，我……怎么能够对得住他?"

莲湘泪眼盈盈地望着她，表示无限焦急而又无限伤心的样子。董小姐沉吟了一会儿，点点头，说道:

"你放心，我有办法给他好好地埋葬起来。吴先生，你此刻跟我去休息一会儿吧。"

"志华，我们……再见吧!"

莲相在无可奈何的情形之下，他挥着悲痛的热泪，只好跟着董小姐离开了志华的尸体。董小姐这会子把莲湘却带到里面另一个清静的头等房间，那边有两张病床，一张床上已有一个老妇人躺着，董小姐便叫莲湘躺在另一张空着的床铺上，一面说道:

"吴先生，你在这儿躺一会儿，我给你收殓张先生的尸体去。"

莲湘听了，自然是千恩万谢地谢个不了。眼望着董小姐走出了病房，他不知怎么的眼泪又会大颗地涌了上来。大约一个钟点之后，董小姐又匆匆地回来了，向他低低地告诉道：

"吴先生，我给你朋友的尸身已派人去安葬了，你心中不要难过吧。"

"谢谢你，董小姐，你太好了！我从小看相的时候，相面的说我命中多劫，但终有贵人帮助，逢凶化吉。照今天的情形看起来，我也有些相信了。"

"这么说起来，吴先生不是把我也当作贵人看待了吗？"

董小姐乌圆眸珠一转，却掀着酒窝儿笑起来问他。莲湘仔细一想，倒觉得很不好意思，因此红了脸，却没有作声。董小姐见他神态竟比女孩家还要怕羞，一时忍不住暗暗好笑，遂低声问道：

"吴先生，你们是从上海到南京去的吗？不知道你们是干什么去的？"

"哦，我们……没有干什么去的，哎，哎，我们是去玩儿的。"

莲湘当然不敢直接告诉他们去南京的目的，所以支支吾吾地回答了这两句话。董小姐是个聪明的人，见他好像有什么隐情般的神态，同时更想起了志华临终时的叮嘱吴先生的几句话，她心中早已有几分明白的把握，遂冷冷地笑道：

"这个年头，你们倒还有这么好兴致去玩吗？那被飞机轰炸了，也就不算怎么冤枉的了。"

"不，不，我们是……是有些事情去的。"

董小姐见他通红了脸，又连连否认着说，遂把秋波斜乜了他一眼，更加有些狐疑的表情，追问下去道：

"你们到底有什么事情去的？望亲戚吗？"

"不是。"

"那么做生意去吗？"

"也不是。"

"奇怪，这不是，那不是，到底干什么去的？"

"董小姐，这事情说起来话长，不是三言两语可以告诉得完的。

所以等我的伤好了之后，我再详详细细地告诉你吧。”

董小姐说了一句也好，她便匆匆地又走出病房外去了。莲湘倒是暗暗地担了一会儿心事，自己把董小姐当作了贵人看待，但她到底是贵人还是歹人，实在还是一个问题。因为她苦苦地追根究底地问我行动，在她当然是有一种目的。万一她是敌人的女间谍，那么我若把实情相告，岂不是糟了吗？莲湘这样想着，自然是十分害怕。不料这时却听对过床上那个老妇人含笑说道：

“董小姐问你的话，你为什么不告诉她呢？”

“老太太，董小姐，她是何等样人呀？”

莲湘见那妇人开口跟自己说话，遂灵机一动，向她低低地打听。那老妇人笑了一笑，说道：

“董小姐的名字叫玉卿，她的爸爸叫董成功，就是这儿的县长哪。”

“啊！她的爸爸就是这里的县长吗？”

“嗯，董小姐平日为人是很骄傲的，她今天对你很亲密的样子，你可不要失却这个好机会啊。”

那老妇人倒是好意地向他关照着说，但听到莲湘的耳朵里，额角头上不免冒出无数的冷汗来，暗想：好险，好险，幸亏我没有老实地告诉她，否则我岂不是上了她的圈套了吗？一时心中的跳跃七上八下，忐忑地不停。忽然他触动了灵机，觉得三十六着走为上着，好在我的伤原很轻微，已经离开医院，也不至于有什么性命之忧了。莲湘打定主意，遂匆匆地跳下床来。那老妇人爱管闲事地问道：

“你到什么地方去呀？”

“我……我小便去，一会儿就来。”

莲湘圆谎着回答，他三脚两步地走出了病房，刚步行到那条走廊上的时候，忽然迎面走来一个姑娘，不是别人，却就是那位董小姐，见她此刻已脱去了看护的制服和帽子，露着一头卷曲而乌亮的美发，更增加了她不少的美丽。但此刻在莲湘的心中，觉得她愈美丽，她的毒素也愈厉害，所以见了她，实在比见了毒蛇猛兽还要害怕。待欲闪身躲避，但是再也来不及，却被董玉卿抢步上前，一把抓住了莲湘，惊奇地问道：

"吴先生，你上哪儿去？"

"哦，我的伤已经全好了，我预备出院了。"

莲湘被她这一把抓住了，他全身会感到一阵冷意地抖了一抖，两颊都变成了灰白的颜色，嗫嚅着回答。玉卿点头说道：

"也好，我和你一同出院去吧，因为我已落班了。"

"董小姐，你……你们做看护的，倒也很辛苦啊！"

在莲湘心中认为玉卿是监视自己的行动，所以随在自己的身旁。他虽然害怕得要哭出来的样子，但表面上却只好显出毫不介意的神气，向她低低地搭讪。玉卿见他说话有些发抖，遂望了他一眼，低低地问道：

"你有些冷吗？"

"不，我没有冷。"

"那你为什么说话有些发抖的样子？"

"嗯，我也许有些寒意。"

莲湘被她问得语塞了，一时只好承认下来。但玉卿却不避嫌地伸手到他额角上去按了按，显出她看护的身份来，皱眉说道：

"你身上恐怕有些热度，我劝你还是回到病房去休养两天吧。"

"不用了，我想急于回上海去。"

玉卿一番好心全都被莲湘恶意猜了，他摇摇头，拒绝着回答。玉卿听他这样说，似乎又感到了奇怪，遂问着说道：

"你不上南京去了吗？"

"嗯。"

"为什么？"

"没有什么，我觉得在路上太危险，还是回上海去的好。"

"你不是说等你伤好了后要详详细细地告诉我吗？你怎么忘

了呢？"

"告诉你什么？我并没有说过呀！"

莲湘显出一本正经的模样，他又竭力地否认。玉卿冷笑了一声，粉脸上浮现了娇嗔的神情，逗了他一个白眼，说道：

"你这个人太不诚实了，我觉得一个青年，是不应该有这种狡猾的态度。吴先生，请你对我诚实一些。"

莲湘被她责骂得哑口无言，因此红晕了两颊，大有无限羞愧的样子。这时两人已走出了医院的大门，在莲湘心中是很想拔腿逃跑的意思，但看到了街上的站岗警士，他又始终鼓不起这个勇气。玉卿见他默不作声，遂又低低地说道：

"吴先生，我的家离此不远，你还是到舍间去坐一会儿吧，因为此刻没有火车的，铁轨昨晚被炸了，修理也没有这么快呀！你在无锡不是没有亲友吗？那你到什么地方去安身好呢？我是一片好心的帮助你，请你不要猜疑才好。"

"董小姐，你爸爸不是这儿的县长吗？"

玉卿这一番温情蜜意的话，莲湘听了，那颗心不免又活动起来。暗想：难道她果然是个热心仗义的好人吗？一时望着她妩媚的粉脸，情不自禁问出了这一句话。玉卿似乎感到意外地惊异，怔怔地愕住了一会儿，问道：

"你怎么知道的？"

"是病房里那个老妇人刚才向我告诉的。"

"哦！我明白了，所以你预备匆匆地离开这儿吗？"

玉卿恍然地"哦"了一声，向他俏皮地问。莲湘那颗心几乎要从口腔里跳出来了，红了脸，虚心地连连摇头，说道：

"不！不！这根本是毫不相关的事。"

"算了吧！我对于你的行动，我已了解得很清楚了，你是不是……"

玉卿微微地一笑，把手指在自己手心上画出四个字来。莲湘原

180

是和她并肩走路的，见她画的却是"地下工作"四个字，他这一吃惊，真是非同小可，两颊立刻灰白起来，汗冒如珠地说道：

"不是，不是，董小姐，你不要开玩笑，这可不是闹着玩的事情。"

"吴先生，你在真人面前就不必说假话了，你朋友张先生对你说的一番话，以及你那种含有难以告人之隐的神态，我可以完全肯定你是这一流人物。请你不必再瞒骗我，但是你也不必害怕，我爸爸和你是个同志，他老人家来此任县长之职，是有当局的手谕。你放心，跟我回家去详细谈吧。"

莲湘听她后面这两句话是说得特别低沉，同时拉了自己的手急急地向前走，一时竟没有挣扎的勇气，跟着她走了一程路，不知不觉到了县政府的门口。莲湘在这个时候，立刻又胆小起来，慌慌张张的神情，好像要哭出来的样子，说道：

"董小姐，你不要自说自话好吗？我……根本是一个老百姓，你……无缘无故地要害我性命，那你也未免太残忍了！"

"唉！你真是一个胆小的孩子，我为什么要害你呢？你只管放心，我的家原在县政府里面那一进房子里，你急什么哪？"

玉卿见他怕得这个样子，倒忍不住望着他娇憨地笑起来了，遂一面用良善的口吻又向他低低地安慰。莲湘听了，疑信参半，一时也不知道她究竟是好心还是恶意，但事到如此，也只好硬着头皮，跟着玉卿匆匆往里面走了。

弯入另一个小院子，那边是两幢楼房的模样。院子内还有花坛和假山点缀着，完全有乡间的风味。莲湘因为玉卿并不拉了自己向办公厅里走，那心头方才安定了许多。玉卿在走上石阶的时候，把暖幔一掀，是请他入内的意思。莲湘始含笑点头，从容步入室内。见是一个客厅的陈设，收拾得窗明几净，十分清洁。这时有一个雏鬟，从里面捧了花瓶出来，一见玉卿，便即含笑叫道：

"小姐，你回来了，昨晚火车被炸，你们医院里一定客满了吧？"

"那还用说吗？喏，这位吴少爷也就是险遭劫难的一个。他是我从前的同学，所以我请他到家里来，你快倒茶吧。"

莲湘听玉卿对小丫头这样介绍着说，方知她完全是一个好人，一时也就放下了一块大石那么地定心起来。小丫头秋菊倒了两杯茶，放在茶几上，俏眼斜乜了莲湘一眼，低低说声吴少爷请用茶，她便管自地退下去了。这里玉卿望着莲湘，含笑说道：

"吴先生，你现在终可以相信我了，我没有要害你吧？"

"是的，这是我太胆小了，董小姐的府上还有什么人吗？"

"除了我爷俩人外，只有小丫头秋菊，并没有什么人了。"

"你的妈呢？"

"死了。"

玉卿很简单地说了两个字，她的神情也有些悲哀的样子。莲湘知道这位小姐的身世也很孤单，不免激起了一些同情之心，因此望着她娇靥，却呆呆地出神。玉卿忽然一撩眼皮，又向他问道：

"吴先生，我现在要请你告诉我关于你的身世，你不是说能够详详细细地说给我听吗？"

"可以，我的朋友张志华他确实是个地下工作者，我不过是受了他的鼓励和激动，才跟着他一同到南京去的。假使你要说我是个基本的地下工作者，那我只有感到万分的羞愧。可是万不料火车没有到达南京，就发生了这个乱子，那叫我一个人真有些进退维谷，不知怎么才好了。"

"你所说的不过是你这次所以会到南京去的动机，但是你还没有说出你的身世来，你在上海有家庭吗？"

"我的爸爸叫吴大龙，但没有妈，只有一个祖母，兄弟姊妹一个也没有。可是吴大龙也不是我亲生的爸，据说我是他领养的儿子，所以我连自己都觉得我的身世近乎有些神秘。说不定我是哪一省哪一县的人，简直连我的年纪月生都感到有些怀疑起来了。唉！我觉得我这个人活在世界上太没有意思了！"

莲湘絮絮地告诉到这里，忍不住深深地叹了一口气，表示有些感伤的样子。玉卿摇摇头，却并不以为然，说道：

"这也算不了什么，我想你只要肯继续张先生未了的志愿，为祖国干一番切切实实的工作，那么我觉得你的人生还是相当有意思的。"

"我这次离开上海，就是希望给祖国干一些工作，但是张先生不幸地死了，叫我的前程不是失却了一盏明灯了吗？"

"张先生虽然死了，但我可以给你介绍给我的爸爸，我爸爸也许需要你给他做一个帮手。"

"你爸爸？"

"是的，怎么啦？你不愿意吗？"

玉卿见他沉着脸，大有考虑的样子，这就向他急急地问。莲湘皱了眉毛，握了拳头，好像有些为难的表情，说道：

"你爸爸不是一个堂堂的县长吗？我没有资格给他做帮手。"

"你这话算是讽刺我？"

莲湘低了头，却并不作答。玉卿微微地笑了起来，走到他的身旁，拍拍他的肩胛，用了温情的语气，说道：

"好孩子，你这样地有志气，张先生倘若魂兮有知的话，他一定也安慰九泉的了。但是，你不要急呀，我爸爸也是一个地下工作者。他在这做县长，真不知救过多少的民族英雄，同时也偷了敌人无数的情报消息，拍送到重庆去。我这些都是真实的话，你是应该相信我的。"

"假使你欺骗我？"

"那我一定没有好死。"

"好，董小姐，那么我一定服从你爸爸的使唤，来替祖国做一些工作。但我怕我的力量太微薄，恐怕有许多地方都会不够资格的。"

"那没有关系，为祖国效劳的人，有一份力量，出一份力量。我们父女俩做事情，就只记牢这八个字：'鞠躬尽瘁，死而后已。'"

莲湘心中感动到了极点，遂猛可站起身子，把玉卿的纤手情不自禁紧紧地握住了。两人经过了这一番谈话之后，莲湘把玉卿当然也认作了患难中的知己了。

　　这天董成功下了办公厅回到寓所来休息，玉卿遂把莲湘给她父亲互相地介绍。董成功见莲湘年少英俊，一表人才，心中倒也暗暗欢喜，遂考试了他一番思想，知道他确实是一个爱国的青年，于是把他留在身边，作为心腹看待了。如此过了半月，齐巧警察局局长因病亡故，董成功觉得这是一个重要的职位，遂向敌人竭力地把莲湘推荐，于是莲湘也就荣任警察局长了。莲湘既任局长之职，自然和董成功彼此更有联络，所以每次被捕之爱国青年均被偷偷释放。从此以后，莲湘一心为国工作，他在终日忙碌之中，也就忘记在上海的怀春了。这当然是莲湘做梦也想不到的事情，这天捕来了四个贩卖烟土的罪犯，其中一个姑娘，竟是自己心上人怀春，一时真弄得目瞪口呆，不觉像泥塑木雕般地竟是一句话也不会审问了。

第六回

含冤莫辩　左右为难险做阶下囚

当时怀春和莲湘见面之下，两人心中都有说不出的惊奇。而尤其是怀春的心里，只道自己在做梦哩。伸手摸摸自己面颊，觉得并非梦中，完全是事实，这就"啊呀"了一声叫起来了。莲湘连忙吩咐警士把其余几个贩卖烟土犯暂时押下，只留怀春一个人。怀春见室内只有他们两个人了，遂流泪如雨地哭泣起来，叫道：

"你……你……是不是我的莲湘弟弟呀？"

"是的，你不是怀春姊吗？"

"我们在做梦吗？"

"不，我们没有做梦。姊姊，你……你……怎么会到无锡来干这一项买卖呢？"

怀春听他问出这个话来，一时又悲痛又焦急，遂猛可扑到莲湘的怀内，忍不住呜呜咽咽地哭泣起来了。莲湘被她一哭，眼皮也有些红润了，遂抱着怀春的身子，拍着她的肩胛，低低地说道：

"姊姊，你不要伤心呀，你快告诉我，你是不是被他们欺骗来的？"

"不是，我因为坐在他们的身旁，日本宪兵不问三七二十一地说我是他们的同党，所以被他们连累在内了。"

莲湘听了，方才明白。就在这时，那警士又走进来侍候，一见这个情形，倒是怔怔地愕住了。莲湘情急智生，遂向警士说道：

"这位是我的姊姊，她特地从上海来望我的，谁知在火车上竟蒙受了这个不白之冤。现在我要和姊姊回家去谈话，这几个罪犯，你叫张警官去审问一下吧。"

"是！"

警士答应了一声是，他便恭恭敬敬地行了礼退到外面去了。这里莲湘披上了大衣，带领了怀春，就匆匆地出了警察局，一面暗暗地想道：我现在是住在玉卿的家里，我若把怀春也带到玉卿家中去，这不但玉卿心中要吃醋，就是怀春心中想来，也以为我是另有新欢，把她忘记了。那么为今之计，还是先带她去开一个旅馆比较妥当。怀春这时心头也是糊里糊涂的，直等到跟了莲湘走进旅馆的时候，方才感到有些奇怪起来，但一时里也不好意思问他，等茶房泡好茶退出房间之后，怀春方才忍熬不住地问道：

"弟弟，你……把我带到这儿来，你是什么意思呀？"

"哦，姊姊，因为我住的是公家宿舍，里面都是男人家，所以女子去了很不方便，还是给你住在这儿比较舒服。"

莲湘没有办法地只好又圆了一个谎。怀春听了，倒也信以为真，遂点点头，秋波哀怨地逗了他一瞥媚眼，说道：

"弟弟，你真狠心，为什么不写一封信给我呢？可怜我为了你，几乎痛不欲生哩！要没有热心仗义的人来相救我，我恐怕早已不在这个世界上做人了！"

怀春说完了这两句话，满腹的委屈和苦楚这一个多月来没有处发泄，今天见了莲湘，自然忍不住又呜呜咽咽地哭泣起来了。莲湘吃惊地说道：

"怎么？你不是好好住在晓云家中吗？难道你又发生什么变故了吗？"

"还不是为了你吗？"

"为了我？这……这到底是怎么的一回事呢？"

莲湘见她泪眼盈盈地望着自己，说出了这一句话，一时甚为惊讶，遂紧紧地握着她的手，慌慌张张地问。怀春趁势把娇躯偎到他的怀内，带着哀怨成分的表情说道：

"你离开上海的第二天，报上就有一段消息，说昨天下午两点三十分京沪车从上海开往南京，路过无锡，遇飞机轰炸，车身八节均遭炸毁，乘客死伤惨重。而且还有死伤乘客名单一篇，你的名字也在里面呢！你想，我得知了这个噩耗之后，我怎不要哭得死去活来？想不到我的命竟苦得这个程度，自己苦命倒也罢了，而且还要连累你为我死于非命，那么换句话说，你的性命就是我杀害一样。我怎么能够对得住你？我如何还能够偷生在这个世界上做人？所以我也起了厌世之念，我想今生不能和你结成夫妇，还是死了到阴间里来找你吧！"

"啊呀！那么你难道也自杀过了吗？"

莲湘听到这里，不让她再往下说，就急急地问，他的眼泪也会忍熬不住滚滚地掉下来了。怀春抽抽噎噎地说下去道：

"不过我要死也不能死在梅先生的家里，否则，岂不是要无辜地连累他吃官司吗？我在悲痛万分之下，我终于生起病来。梅先生和梅伯母真好，害得他们为我请医撮药，忙碌了几天，我的病方始慢慢地痊愈起来。承蒙梅先生殷殷地劝慰我，他说或许你没有死，那么我自杀了，不是太不值得吗？我仔细一想，觉得此话有理，于是我就改变初衷，预备削发为尼。可是万不料梅先生却渐渐地向我吐露爱的意思了，他非常痴心地要我答应嫁给他，我虽然感激他的多情，但我如何肯允许呢？所以在一个夜阑人静的晚上，我留下了一封信，就悄悄地离开他的家庭走了。"

"姊姊，你的爱情真是太专一了，我真不知怎么报答你才好。"

怀春说到这里，略为顿了一顿，眼泪早已又像雨下。莲湘见了她海棠着雨般的娇靥，心头真是感动到了极点，他的眼角旁也不住地涌上大颗的眼泪来。怀春并不回答，依然边泣边说道：

"正是屋漏碰着连夜雨，我在半路上却会又遇到了强徒的抢劫，

187

把我的皮箱和大衣都抢走了。弟弟，我一再地遭受到这重重的打击，试问你我还有什么做人的滋味吗？于是我决心地死了。我走到黄浦江边，望着黑漆漆的江水，这时候我并不以为死是痛苦的，我只觉得死可以解除我终身的烦恼，但是我正要跳江自杀的时候，却又会被一个爱管闲事的人来干涉我了。"

"阿弥陀佛，真是谢天谢地。这个人不但是你的救命恩人，而且也是我的恩人。他姓什么？叫什么？我们不能忘记他，将来我一定要谢谢他不可哩！"

莲湘合十了双手，情不自禁地念了一声佛，他的神情是非常地真挚，向怀春很急促地追问。怀春对于他这一点，芳心中自然表示十分安慰，但是她又叹了一口气，摇摇头，伤心地说道：

"弟弟，世界上好人也真不容易做，这个人管闲事不料竟又管出祸水来，为了我，险些害得他家破人亡哩！唉，我真是再苦命也没有的了！"

"啊！这……这……又是为了什么缘故呢？"

怀春这些话，听到莲湘耳朵里之后，自然又是感到莫名的骇异，他不禁失声地叫起来问。怀春遂把贾老伯收自己做义女，竟被太太猜疑，为了自己，使贾太太吞金自杀，险些丧了性命，我因为不愿伤人家夫妇的感情，所以又不别而行，预备乘火车到南京来找你，万不料在半途上又会出了乱子，含冤被捕，谁知因此反而和弟弟相逢的话，都向莲湘诉说了一遍。莲湘听了她的告诉之后，方才有个完全的明白。一时觉得怀春的遭遇，实在可歌可泣，不但悲惨伤心，而且又是曲折离奇。至于她的用情，真是痴心而专一，这样好的姑娘，实在不可多得，叫我怎么不要疼爱她呢？莲湘在这样思忖之下，他把怀春紧紧地抱住了，流泪说道：

"姊姊，你太可怜了，为了我，叫你受尽了千辛万苦、万苦千难。唉！我真是太对不住你了！假使我老早地先写一封信给你，你又何至于挨受到东漂西荡流浪的苦楚呢？那不全都是我的罪恶吗？

我真该死！我真该死哩！"

莲湘一面说，一面伸手又连连打着自己的额角。但怀春却把他的手拉住了，秋波逗了他一瞥温情的媚眼，低低地说道：

"弟弟，你不要这个样子呀！只要你平平安安地还在世界上做人，我就是再多吃一些苦楚，我心里也感到深深的安慰哩。不过，你当初离开上海，本意是替祖国去干一点儿工作的，可是，你却在这儿做起耀武扬威的大官来，那叫我心中未免是太失望太痛苦的了。"

怀春说到后面的时候，她又紧锁了翠眉，沉默着脸色，慢慢地推开莲湘的身子，很忧郁的样子走到窗口旁去了。莲湘听她这样说，心中暗暗地点头，觉得怀春到底是个不平凡的姑娘，我如何不要敬爱她？遂笑嘻嘻地走了上去，拍着她的肩胛，说道：

"姊姊，你不要难过呀，你以为我只贪富贵，而忘记了廉耻吗？不，不，其实我的行动，是正在替祖国工作着呀！"

"什么？你在伪组织之下做了伪官，难道还能说是为祖国工作吗？"

怀春猛可地回过身子来，有些薄怒娇嗔的神情，显然是责问的口气。莲湘笑了一笑，握住她的手，说道：

"姊姊，你不要生气，我可以详详细细地告诉你，那你就知道我们所作所为，实在是别具一番苦心在里头呢。"

"是的，我也正需要知道你一些经过的情形，请你就告诉我吧。"

怀春的意态方才又缓和了许多，秋波脉脉含情地凝望着他英俊的脸，轻声地回答。莲湘拉了她手，一同到那张长沙发上去坐下了，遂把自己到南京去在半路上被飞机轰炸后的经过事情，向她从头至尾地告诉了一遍。怀春听到张志华的惨遭炸死，因为想起自己当初在沈太太的魔爪之下，是全靠他的力量使自己恢复了自由，所以心中非常地悲伤，眼皮一红，忍不住也落下几点泪来。但当她又听到莲湘被县长女儿的介绍，因而做了警察局长的一回事情，她芳心里不免又暗暗地猜疑起来。觉得县长的女儿，她肯给莲湘热心介绍，那么在她心中多少终有些爱素作用，否则，这次火车被炸，遭劫的人何止万千，她别人都不同情，为什么单单只同情莲湘一个人呢？可见其中一定是有些缘故的了。怪不得莲湘这么许多日子来，竟连一封信都没有寄给我，在他不是也有忘记我的意思吗？怀春在这样猜疑之下，她心里立刻又掺和了悲哀的情绪，含了眼泪，并不作声地慢慢地低下头来。莲湘见她这样沉闷的神气，遂呆了一会儿，方又说道：

"姊姊，你想，我们的工作不是很有意义吗？"

"是的，很有意义。"

莲湘听她凄婉的口吻附和着说，但她的粉脸却始终地低垂着。莲湘这就感到了奇怪，遂伸手抬起她的下巴，万不料她的粉颊却被晶莹莹的泪珠整个地占据了，因此吃惊地问道：

"姊姊，你……你为什么这样伤心呀？"

"不，我没有伤心。"

"你既然不伤心，那你为什么要哭呢？"

"我……我……是因为喜欢过度的缘故。弟弟，你姊姊是个苦命之人，而且也是个不祥之人，谁接近了我，谁就会被我连累蒙受到不幸。弟弟为了我，险些丧了性命，我所以终身感到不安，也就是为了这个缘故。现在天可怜我，总算给我遇到了弟弟，并且知道弟弟已踏上了光明的大道，接近了一盏灿烂的明灯，那么弟弟以后可以步入幸福的乐园，那我是多么安慰呀！"

怀春说这几句话，她内心原有一层深刻的作用，虽然是含了微笑，但她的眼泪却不断地滚了下来。莲湘却去拥抱了她身子，拿手指抹着她粉脸上的眼泪，含笑说道：

"姊姊，我有幸福的乐园，那么姊姊自然也有快乐的日子了。所以你千万不要伤心，在过去，你的遭遇实在是太悲惨了，不过从今以后，我一定不会再叫姊姊受到悲苦的滋味了。"

"谢谢弟弟的多情和美意，但只怕你苦命的姊姊少福分罢了。"

"姊姊，你为什么要这样说呢？那叫我听了，心中不是太难过了吗？"

"你也不用难过，人生本来是空虚的。就是日本人吧，他侵略我们中国，一批一批的军队开到中国来，只有活活地来，却没有活活地回去。唉！仔细想来，争天夺地，又有什么用呢？"

不知怎么的，怀春此刻的思想是非常消极，大有万念俱灰的样子，但莲湘却还温情蜜意地安慰她说道：

"姊姊，你不要这样说吧，我现在有着自立的能力了，什么事情都不怕了。我回头马上给你去租一间宽宽敞敞的房屋来居住，你就安安定定地在无锡住下来吧。嗨，已经四点多了，我想你一定饿了，我叫茶房拿点心来给姊姊吃吧。"

莲湘说到后面，他又瞧了一下手表，一面站起身子，一面走到房门口去揿铃叫茶房了。不多一会儿，茶房进来，问有什么吩咐，莲湘说拿一盘大肉包子来。茶房答应，遂匆匆下去。这儿莲湘又对怀春说道：

"姊姊，你且在这儿住一夜，我此刻就给你找房子去，回头我就给你来听回音。"

"好的，你去吧。"

怀春点点头，轻声回答。莲湘于是开了房门，匆匆走了。忽然怀春又把莲湘叫住了，莲湘连忙回过身子来，问道：

"姊姊，你还有什么事情跟我说吗？"

"哦，没有什么说了，你去吧，我们再见。"

怀春愣住了一会儿，忽然又摇摇头，她的语气有些颤抖，大有哽咽的成分。莲湘倒并不理会什么，遂也点头说声再见，他便匆匆地回警局里去了。在他的意思，是想回警局后叫人去给自己代为找间房子，可是万不料在警察局门口的时候，却会遇到董玉卿刚从里面匆匆地出来。莲湘见了玉卿，心头会别别地一跳，但玉卿先含笑招呼道：

"吴先生，你把你姊姊送到什么地方去了呀？"

"嗯……嗯……"

这是做梦也想不到的事情，玉卿忽然地向莲湘会问出这一句话来。这叫莲湘真是有口开不得，立刻涨红了脸，"嗯嗯"地支吾着，难以回答。玉卿见了，冷笑一声，遂把莲湘一拉，说道：

"你不必到里面去了，我们找个地方谈谈吧！"

"董小姐，我想不到你这时候会来找我，真是太凑巧了。"

莲湘没有勇气拒绝地跟着她走，他低低地回答了这一句话。玉卿的俏眼斜乜了他一眼，噘了噘小嘴儿，怪俏皮地说道：

"我也觉得太凑巧了，想不到因此撞破了你的秘密。"

"这也说不上是秘密，谁告诉你的事？"

"局子里的人都知道，还用得了谁告诉吗？你一向说是没有一个兄弟姊妹的，今儿忽然来了一个姊姊，那还不能算是秘密吗？"

玉卿这两句话，把莲湘说得哑口无言，全身一阵子焦躁，连他耳根子都通红起来了，怔了一怔，才勉强地说道：

"我以前没有告诉你，这是我的表姊姊。"

"嗯！幸亏你有那张灵活的嘴，其实表姊姊也好，亲姊姊也好，倒也没有什么大不了的事情，只不过你为什么要鬼鬼祟祟地瞒着我把她带到别的地方去呢？请问她此刻在哪里？"

玉卿这会子又显出很大方的样子，向他似讥若嘲地问着。莲湘红了脸，额角上汗点儿大颗冒出来，但还强辩着说道：

"我没有瞒着你呀，其实我也正预备告诉你。"

"算了吧！局里人说你是带了姊姊回家的，可是我打电话到家里去一问，秋菊说你根本没有回去过。"

"这……这……因为我怕表姊是个……"

"不用再强辩了，吴先生，我希望你诚实一些，这个女子到底是你什么人呢？"

玉卿阻止他再说下去，向他一本正经地追问。莲湘觉得事到如此，也只好向她明白地告诉出来了，于是低低地说道：

"吴小姐，我老老实实地对你说吧，她是我在上海的一个女朋友。"

"她姓什么，叫什么名字？"

"她姓杨，叫怀春。"

"我听局里说，她是一个贩卖烟土的女犯，怎么你的女朋友是干这一种勾当的吗？"

莲湘听她这样讽刺地问着，一时心里很不受用，遂代为急急地辩护着说道：

"不，她是冤枉的，因为她原是来找寻我的。"

"难道她晓得你在无锡吗？"

"这事情说起来话长，既然承蒙你殷殷下问，我就不得不老实地告诉你了，其实，我这次所以离开上海，就是为了她的缘故……"

莲湘说到这里，遂把自己和怀春在上海的一段事迹，向她一五一十地说了一个详细，然后叹了一口气，望了玉卿一眼，说道：

"董小姐，你想，她的遭遇不是够悲惨了吗？"

"嗯，真是太可怜了，我倒很同情她。但是，你此刻把她又带到什么地方去了呢？"

"在一家旅馆里安身，我预备给她另外找一间房子居住。"

"我家地方虽小，再多住上一两个人，倒也不见得会容纳不下。我真弄不懂你的意思，为什么不肯把她带到我家里来呢？"

玉卿显出博爱的态度来，瞟了他一眼，低低地说。在她这目光之中，多少是包含了一点儿哀怨的成分。莲湘呆住了半晌，方才徐徐说道：

"我怕你见到了她，你心中会生气。"

"啊呀！你这是什么话？我和这位杨小姐也不是七世冤家，怎么会见了她就生气呢？这岂不是笑话吗？"

"我觉得你此刻的神态，已经有了生气的样子了。"

莲湘听她口里虽然是这么大大方方地说着，但面部上的表情却已经是有些气鼓鼓的成分了，这就微微地一笑，瞟了她一眼回答。玉卿觉得他的话是有些俏皮的意思，一时却刺中了自己的心眼儿上，女孩子的心灵到底是脆弱的，玉卿只觉一阵心酸，泪水几乎夺眶而出，这就低下头来，默不作声。莲湘当然也很难过，遂叹了一声，说道：

"董小姐，你恨我吗？"

"我恨你当初为什么不早些告诉我？假使早知道你有着这样一个知心着意女朋友的话，那我也不该对你这样亲近了，现在……唉！不必说了，我觉得你的存心不大好。"

玉卿抬起泪眼盈盈的粉脸，哀怨地望了莲湘一眼，凄凉地回答。莲湘听了，又焦急又难受，泪水也落了下来，忙低低地说道：

"你说我存心不大好，那你未免冤枉了我。董小姐，你待我的好处，我终不会忘记你的。"

"你不会忘记我？那么你难道忘记杨小姐吗？所以你这种好听白话也不用说了，事情终难两全。我和杨小姐之间，终有一个人会受到失败的痛苦。不过，以我和杨小姐的境况同身世而论，我比杨小姐终要好得多，所以我也不忍心去跟一个可怜的姑娘角逐情场。因为我失败了，我还有事业可以安慰我；她若失败了，恐怕就永远会堕入幻灭的苦海了。唉，我是一个看护，我生平最同情可怜的弱者，我怎么能自私自利地去打击一个孤苦无依的弱者呢？"

玉卿听他这样说，知道他对自己确实也有感情存在，不过为他着想，也觉左右两难。所以她不愿使大家感到痛苦，还是牺牲自己比较妥当，于是含了眼泪，低低地回答。莲湘听了她这一番的话，心中的感动真是难以形容，一时紧握着玉卿手，除了流泪之外，却说不出一句话来。玉卿似乎明白他是感激自己的意思，遂收束了眼泪，说道：

"吴先生，事情既然我已谅解了你，那么你也不用再避什么嫌疑了。在你们没有结婚之前，请杨小姐也只管住到我家里去好了。而且我此刻很想见见杨小姐，你就马上带我到旅馆内去吧。"

"董小姐，你真是一个慈爱而多情的姑娘，我真不知道该拿什么来谢谢你才好。唉，也只有待来生报答你了！"

莲湘非常感动地回答，但听在玉卿的耳朵里，倒又害她落了不少的眼泪。两人于是匆匆地赶到旅馆，推进房门，只见桌子上放着一盘大肉包子，却一只也没有吃过。而且房中空洞洞的，也没有了怀春的影子。莲湘四下一找，连叫了两声怀春，也不听她的答应，这就非常着急，自言自语地说着她到什么地方去了。就在这时，玉卿在包子盆旁发现了一张纸条，遂急叫莲湘来看。莲湘到桌旁，遂看着念道：

莲湘弟弟：

　　刚才我听了你的告诉之后，我已经明白你是全靠县长女儿董小姐的互助，所以你才有今天这样的日子。那么董小姐对于你前程的发展，是相当有着利益。换句话说，一个男子，有了这样贤内助，他的将来一定飞黄腾达，不可限量。假使拿我和董小姐相比，真是及不到她一根汗毛。以过去的情形而看，你为了我，还险些被炸弹炸死，可见我这个苦命不祥之人，对你实在有害无益。所以我为了你的幸福着想，我决心地离开你。希望你把爱我之情，去爱到董小姐的身上，同时请你忘记了我，把我们过去的一切，譬如当作一个梦吧。

　　再会吧，我的莲湘弟，祝你们俩安！

你苦命的姊姊贾红豆留字
即日

莲湘和玉卿瞧完了一封信，两人不约而同地叫了一声"啊呀"。玉卿想不到她竟有和自己一样退让的思想，所以芳心中更加无限地同情和怜爱，但忽然又奇怪起来说道：

"咦！咦！吴先生，你……不是说她姓杨名叫怀春吗？为什么这具名却又是贾红豆呢？"

"是的，她的真姓名原叫贾红豆，不过她从小由姓杨的抚养成人，所以贾红豆三字反而十分陌生了。唉！她这一走不知又到什么地方去了，万一发生什么自杀的惨事，那可怎么好呢？"

"吴先生，你不要着急，我们此刻快到火车站去找寻她吧，说不定她乘火车又回上海去了。"

玉卿见莲湘急得好像要哭出来的样子，这就连忙想办法安慰他说。莲湘点头说不错，他和玉卿便急急地赶到火车站去了。

两人赶到火车站的时候，天已入夜，一问站长，知道六点班火车刚刚开往上海去还不到两分钟。莲湘心中这一焦急，真是急得连连跺脚，在莲湘心中的意思，也要预备追踪赶往上海去找寻她。但玉卿却低低地说道：

"吴先生，并非我有妒忌之心，所以劝你不要到上海去。我这里有两点问题，觉得你不能太以鲁莽。第一，贾小姐是否已经动身到上海去了，因为她留条上并无明言，所以我们也不能十分地肯定。第二，你在这里是有着重大责任的人，你怎么能够为了一个女子而忘记了国家大事呢？所以我的意思，一方面派人在本地四处找寻，一方面写信给你在上海的亲友们，叫他们代你登报找寻，我想这样子也一定能够找到她了。吴先生，我完全是为大体而着想，不知道你心中也以为对吗？"

"唉！事到如此，还有什么办法？也只好照你的意思办了。但愿老天可怜，千万不能叫她走上这一条自杀之路才好。"

莲湘颓丧地回答，他的神情显现着无限的凄惨。玉卿没有回答什么，她默默地和莲湘步出了火车站。一阵阵的夜风吹到脸上，全身不自然地抖了两抖，真感到有些说不出的惆怅。

怀春究竟到什么地方去了呢？原来她正是乘了六点班火车动身到上海去的。这次她回上海，心里倒并不觉得十分悲伤，因为她已经知道莲湘还活在世界上，而且还有一个比自己更强的姑娘在和他做伴，那么在自己可说完全放下了一桩心事。至于自己往后的生活问题，反正我还有最后的一点儿跳舞技能，那么到了上海之后，当然还不至于会到饿死的地步。在当初我不肯嫁给晓云，我不肯再做舞女，这都完全是为了我要给莲湘保守清白的意思。现在心爱的人已经属于别人了，我的身子是归我自己所有了，我要怎么样就怎么样，因为我是孤零零的一个女子，我的心中是根本没有一丝挂念的了。怀春在这样思忖之下，她的胆子大了不少，在她脑海里倒反而再不会浮现死的念头了。

长蛇般的火车，把一个可怜的姑娘从无锡又载回到上海。这晚她是宿在上海的小客栈里，想着在这短短十多个小时里面，自己经过的事情仿佛是做了一个春梦。唉！人生是多么不可捉摸啊！怀春自言自语地说，她忍不住又暗暗地流了一夜眼泪。

第二天下午，怀春去找从前在米高美舞厅里那个舞女大班，请他介绍自己到舞厅里去伴舞。舞女大班小王一见怀春十分狼狈的样子，心里很是奇怪，遂说道：

"咦！你从前忽然地不上舞厅里来了，听说你是嫁人了呀，怎么你又弄得这样凄凉的景况呢？"

怀春被他问得倒是怔怔地愕住了一会儿，但事到如此，也只好胡言乱语地向他说了几句谎话。小王说：

"米高美舞厅里恐怕没有位置了，还是介绍你到金国舞厅去吧。"

怀春这时也不计较舞厅的大小，当时便向他连连道谢，从此以后她又在火山顶尖儿上度着供人搂抱的生涯了。

这是怀春入金国舞厅伴舞后的一星期晚上，做梦也想不到竟会和梅晓云遇见在一处。当时晓云见了怀春，如获珍宝，紧紧地一把抓住了她，又喜悦又怨恨的神气，说道：

"杨小姐，你太神秘了，既然在无锡碰见了莲湘，怎么偷偷地又逃回到上海来了？那你到底是什么意思呀？"

怀春万不料晓云连这些事情都知道了，一时弄得目瞪口呆，不胜惊异，因此望着晓云，反而一句话也回答不出来了。

第七回

痛悉个中情　父女别离又相逢

怀春离开怀德家中的时候，那天早晨还只有五点光景，所以连张妈、王妈两人也不知道。怀德在六点钟从医院里回家，他当然更不知道怀春已经是不在家中了，当下向王、张二佣妇问道：

"大小姐昨天晚上几点钟睡的?"

"差不多快近三点钟了，老爷，太太不要紧吗?"

"大概不会有什么生命危险的。你们不要到客堂楼去收拾房间，让大小姐好好睡一会儿吧，可怜她也够累的了。"

怀德一面叮嘱着说，一面伸手在嘴上按了打了一个呵欠，表示一夜未睡，也颇觉疲倦的样子。接着又向她们吩咐道：

"我也要休息一会儿，你们去备好一点儿点心，回头大小姐醒来，你们要好好地侍候她，若有什么怠慢的举动，那我可不依你们的。"

"知道了，老爷。"

怀德方才回到自己的卧房，因为倦得太过分了的缘故，所以身子刚躺进被窝儿里，人就呼呼地睡熟了。等怀德一觉醒来，已经是午饭时分了，于是匆匆地起床，叫王妈端进洗脸水来，一面漱洗，一面问道：

"大小姐起来了没有?"

"还没有起来哩。"

"怎么此刻还没有起来？你们可曾进房去瞧过她吗？"

怀德心中好生奇怪，皱了眉毛，一面坐到沙发上去，一面望着王妈又低低地问。王妈端了面盆水，回答道：

"老爷说不要惊醒了大小姐，所以我们没有进房去过。"

"你这时进去看她，不要她身上有什么不舒服吗？"

王妈答应了一声，便走出房外去了。这里怀德在茶几上烟盒子内取了一支雪茄，划了火柴，连连吸了两口，心中暗想：事情都怪阿梅不好，在太太面前搬弄是非，所以太太会干出这种没有资格的事来。明天传扬开去，若被亲友们知道，真要给人家笑痛肚皮哩！怀德正在暗暗地怨恨，忽然听得王妈在隔壁房中竭声地大叫起来，说道：

"啊呀！不好了，大小姐不见了！"

这一声叫喊，听到怀德的耳朵里，那颗心头的跳跃仿佛小鹿般地乱撞，他也忍不住"啊"了一声，马上站起身子，三脚两步急匆匆地奔到客堂楼来。只见床上的被折得好好的，哪里有怀春的影子？遂向王妈埋怨着说道：

"你们这班饭桶太没有用了，大小姐什么时候走的？你们竟会没有知道，难道你们都死了不成？"

"咦！咦！这……这……真是太奇怪了，我们早晨起来之后，在下面根本一步也没有离开过，大小姐什么时候走的呢？难道她会飞的吗？"

王妈急得涨红了两颊，也有些莫名其妙地回答。怀德连骂了两声胡说，他便大叫张妈。张妈在楼下三脚两步奔上来，急问什么事情。王妈先把大小姐不见了的话，向她告诉。张妈也不免弄得目瞪口呆，怔怔地说不出话来，大家只有连连叫着奇怪。怀德因为心中痛恨，遂索性说她们两人逼走了大小姐。张妈心中一急，忽然被她发现了梳妆台上那架意大利石雕刻的时鸣钟旁放着一封信，这就连忙拿来，交给怀德的手里，急急地说道：

"老爷，你瞧，你瞧这一封信是不是大小姐留下的呢？"

"什么？留着一封信吗？"

怀德慌忙把信拆开，展开信笺，就急急地念了一遍。怀德念一句，心里便赞叹了一下，觉得怀春这样一个有志气有道德的姑娘，真是不可多得。只恨太太有眼无珠，把一个好女儿竟当作外面淫贱女子看待，这实在是太以可惜的了。怀德一面看信，一面惋惜。不料看到末了的时候，见到具名竟是"贾红豆"三个字，这就大叫了一声"啊呀"，把旁边的张妈、王妈都大吃了一惊，遂忍不住急急地问道：

"老爷，这封信是不是大小姐留下的？她信中到底写了些什么话呀？"

"这……这是打哪儿说起？你们给我快追上去！快追上去！"

怀德这时的神情有些如醉如痴，拿了信笺，呆呆地愕住了一会儿。他的两手瑟瑟地发抖得厉害，忽然眼泪也滚滚地掉下来了。张妈、王妈弄得莫名其妙，正欲再问的时候，但怀德猛可地好像要疯狂起来的样子，把手指着门外，向两人急急地吩咐着说。张妈、王妈见他这个样子，大家害怕得有些发抖，遂哭出来似的说道：

"老爷，你……你……叫我们到什么地方去追寻大小姐呀？"

"天涯海角，不论什么地方你们都要给我去找回来！啊！天哪！我这个苦命的女儿！你为什么不早些告诉我你叫贾红豆呢？"

怀德神经失常似的回答，他捧着那张信笺，竟是哭泣起来了。王妈、张妈瞧此情景，不觉面面相觑，大有手足失措的样子。但怀德又立刻停止哭泣，向两人瞪着眼睛，喝问道：

"什么？你们不听我的命令吗？你们黑良心！你们真的要把我女儿逼入死路里去吗？快去找寻，快去找寻啊！"

"老爷，小姐信上可曾说明她是到什么地方去的？要如没有说明的话，那么偌大的一个上海，叫我们又到哪儿去找寻好呀？"

"好！好！你们不肯去找寻，你们都想害死她吗？我自己去找寻，我跑遍了整个的世界，我也要去找寻我这个苦命的女儿！"

怀德一面说，一面跌跌撞撞地夺门而走。王妈、张妈知道老爷的神经有些错乱的缘故，恐怕他走到外面去闯祸，于是急急地追赶出来。不料刚到扶梯口的时候，忽听碰碰蓬蓬的一阵子响声，原来怀德心慌意乱地把脚步一落空，他的身子竟像皮球般地直跌到楼下去了。

等王妈、张妈赶到楼下的时候，只见怀德跌在地上连动也不会动一动了，一时慌得两人把怀德身子连连乱推，口里叫着老爷老爷。怀德闷住了一会儿之后，方才悠悠地醒转来。他眨了眨眼皮，此刻才觉得清楚一点儿，可是浑身疼痛难当，他忽然又想着了什么似的，向两人说道：

"我一封信不知跌到什么地方去了，你们快给我去找了来呀！"

"老爷，你……静一静吧，一时之间，叫我们到什么地方去找寻好呢？"

王妈、张妈因为是急糊涂了的缘故，所以她们也没有听清楚怀德说的话，还以为怀德仍旧要她们去找寻大小姐，所以皱了眉尖，低低地劝告。怀德又生气又焦急，遂"唉"了一声，恨恨地说道：

"你们真是比我还糊涂吗？我叫你们找寻那封信呀！几时要你们去找寻大小姐呢？"

王妈、张妈这才"哦哦"地响了两声，一面在地上给他拾起那封信笺，一面扶着怀德，走到楼上房中来了。怀德勉强地支撑着坐在沙发上，展开信笺，又念了两三遍，心中暗暗地想了一会儿，觉得怀春这个姑娘难道真的就是我亲生女儿吗？但是所奇怪的，她既然就是红豆，为什么在我面前却说姓杨名叫怀春呢？呆住了半晌之后，忽然把手在沙发背上一拍，大叫着对了对了。王妈急问什么对了，但怀德却没有回答她，又管自地想着道：我的老同学不是叫杨志飞吗？这样说来，我家在被强盗火烧的时候，志飞一定把我红豆女儿救着回家去了。不过为什么要把她名字改作怀春呢？那就叫人有些不知其所以的了。假使怀春在着的话，我当然可以详详细细地问她身世。但现在她的人又不知去向了，可怜这叫我到什么地方去找寻她好呢？万一她又去自杀了，岂不是活活地把她害死了吗？怀德想到这里，一阵悲痛，不觉捶胸大哭起来。王妈、张妈见老爷痴然地呆了一会儿之后，忽然又哭了起来，两人非常地害怕，遂悄悄地退到房外，彼此暗暗地商量之下，决定打电话到医院里去告诉太太了。

赵氏在医院里接到王妈的电话，知道大小姐出走了，怀德从扶梯上直跌到楼下，而且此刻神情有些疯痴的样子。这消息是多么惊人，因为赵氏自己的吞金原是假装出来的，所以她人本来也好好的，一点儿没有什么不舒服，这时知道家中发生了这样的变故，你想，她在医院里怎么还能够安安定定地睡得下去？所以立刻通知医务处，结清了账目，就和阿梅出院匆匆回到家中来了。当赵氏走进房中的时候，只听怀德还在自言自语地哭着"苦命女儿啊！你到什么地方去了啊"的话。赵氏因为不知道底细，所以心里还十分地生气，遂冷笑了一声说道：

"老爷，你自己身子也保重些吧，到底不是我们亲生的女儿，走了就完了。你这样地悲伤哭泣，那算什么意思？被人家知道了，还只道你跟这个干女儿真有什么情分哩！"

"好！你来得真好！你快拿去瞧瞧吧！你怎么知道她不是我的亲生女儿呢？你……你……听了阿梅贱人的话，你把我亲生女儿活活地逼死啰！"

怀德听她一进门就冷讥热嘲地拿这些话来讽刺自己，这就气得猛可跳起身子，一面大声地回答，一面把这封信笺掷了过去。但他一阵子腰痛，哪里站立得住，早又倒向沙发上去，还喔哟喔哟地叫了起来。赵氏听他这样说，心头倒也别别地一跳，慌忙把信笺拾起，从头至尾看了一遍，当她看到贾红豆三个字的时候，因为曾经听怀德告诉过以前有这样一个名字的女儿，所以她也由不得"啊呀"一声叫起来了，连忙说道：

"奇怪，奇怪，她……难道真的就是红豆吗？那么她为什么要改名怀春呢？况且……况且……她如何又姓杨了？"

"你哪儿知道？我同村里有个同学叫杨志飞，我想当年红豆说不定是志飞救回家中去的，因为从小是他抚养成人，她当然也姓杨的了。"

"可是，你为什么直到这时候才想起来呢？"

"她当初没有告诉她的真姓名叫贾红豆，我怎么知道呢？唉！现在她是不知走到什么地方去了。我已经遇到了亲生女儿，又会硬生生地放走她，这……这……我还做什么人？我还做什么人？"

赵氏见怀德连连捶胸，大有痛不欲生的样子，一时也不禁悔恨起来，深深地叹了一口气，似乎有认错的意思。阿梅这丫头真也不识相，她假使肯悄悄地溜到下面去倒也罢了，谁知她偏偏还插嘴冷冷地说道：

"其实世界上同名同姓的人也很多，哪里就会是爸爸从前的女儿呢！"

"什么？放你的贱狗屁！亏你不怕羞耻的东西，你还敢叫我爸爸吗？我……恨不得打死了你这个贱人，方消我心头之恨！"

怀德听她还只是一味地像煞有介事要想做自己的女儿，心中这一愤怒，火星在头顶上会像炸药似的爆发出来。这就顾不得全身疼痛，猛可扑了上去，伸手一把抓住她的头发，另一只手在她颊上啪啪地打了一个够。阿梅一面哭，一面连叫"妈救我，妈救我"。不料赵氏这会子的船头却变换方向了，她也走了上去，还帮着怀德把阿梅结结实实地打了两下子。一面扶着怀德又到沙发上坐下，一面也唠唠叨叨地大骂阿梅，说她不该搬弄是非，害得我们家庭不和睦，一面又劝怀德不要生气，也不要悲伤，我们终可以想办法把女儿找寻回来。怀德见太太有些近乎小花脸的神气，知道她的本性原不坏，都是听了别人的话，才跟自己计较的，此刻因为她帮了自己打阿梅，所以心头的气愤倒着实消去了不少。谁知阿梅还像受了无限委屈的样子，呜呜咽咽地哭个不停。怀德气得全身发抖，只会骂着"给我滚出去！滚出去！我不要瞧见你这个惹气的脸，我的眼睛也看得发酸了"。赵氏也恨恨地骂道：

"你这个断命丫头坯！你还哭断命吗？你教我假装自杀，你不是明明要借刀杀人，来满足你做小姐的欲望吗？哼！哼！我此刻才知道你是个诡计多端的狐狸精、白虎星！害得我一家颠三倒四，你还不快给我滚到楼下去，活现世地站在这儿哭寻死吗？是不是骨头痒再要讨打吗？"

"什么？什么？太太，原来你……你听了这贱人的话，假装自杀来唬我吗？好！好！这贱人太可恶了！快叫王妈、张妈上来，是她们介绍来的，还是叫她们退回转去，我花了钱也不要了，快叫她滚，快叫她滚！我若再多见她一分钟，我的肚子快要气破了！"

赵氏这个人真也直心直肚肠的，她连假装自杀的话也都嚷出来了，但听在怀德的耳朵里，心中这一气愤，更是暴跳如雷，当时站起身子，又要挥手责打阿梅。阿梅也知道事情弄僵，她觉得留此无益，便匆匆地奔出房外去了。齐巧王妈走进房来，遂把阿梅拦住，细问什么缘故。当她听了怀德的告诉之后，王妈也十分地怨恨，把阿梅大骂了一顿，就立刻给她整理包袱，送她回家中去了。

该死的阿梅，自以为做了一天的千金小姐，当她回到草棚棚的老家里，才醒了她甜蜜的美梦。方知道世界上的事情，害人害己，这是所谓聪明反被聪明误了。

赵氏见阿梅走后，她又灵巧地想出法子来，说可以登报找寻，或许红豆见了报纸，仍旧会回来的。怀德觉得这个办法，倒也是一个道理，于是支撑着坐到桌子旁来，赵氏连忙给他预备好笔墨纸砚。怀德开了笔套，沉吟了一会儿，就起了一个草稿，写道：

怀春我女入目：

为父见了你的留别书后，方才知道你的真姓名却是贾
红豆，那么你实在是我亲生女儿，因为你爸爸就是贾怀德
呀！现在你母亲也完全明白，把这个阿梅丫头已经赶出去
了。你若见报，快些回来。可怜我为你想念成病，你若不
回来，你老父的性命恐怕就要完了。

汝父贾怀德启

怀德写好了这个登报的草稿之后，又暗暗地念了一遍，忽然提
笔加了两句道：

若有仁人君子知道怀春姑娘下落，亲自陪送至重阳路
新光村四号，当即酬谢法币二千万元，绝不食言。

赵氏在旁边看了，点头说"这样很好，我马上亲自送到报馆里
去"。一面说，一面便携带草稿，匆匆地出外去了。可是这天晚上，
怀德身上有些发烧，不免生起病来。赵氏心中非常地悔恨，只好用
了十分抱歉的口吻，向怀德低低地说道：

"唉！事情说起来，千错万错总是我的错。但事已如此，你伤心
也没有用，好在明天报上已有找寻的启事了，但愿老天可怜，这报
纸会给红豆看见了才好。你也是有了年纪的人，自己身子终得保重，
瞧你全身这样地发热，那叫我怎么好呢？"

"我全身发热，是因为跌一跤的缘故，睡一天就会好的，你放心
好了。"

赵氏口里说着话，神情是大有眼泪汪汪的样子，怀德心中倒又
不忍起来，遂反而向她低低地安慰。这天夜里两人因为都觉疲乏，
所以倒睡得相当安静。第二天早晨，怀德夫妇都醒得很早，第一要
紧便叫张妈去买一份报纸来。翻开寻人栏细阅，见自己的启事，果

然已经登载出来了，不知怎么的，这也许是心理作用的缘故，怀德见到了这个启事之后，好像心中会安慰不少。他低低地祈祷着想，但愿回头怀春便到来了，那我真是要谢天谢地的了。这里赵氏给怀德吃过早点心，她一摸怀德身上热度已经退去了，遂也放宽了心，于是自己梳洗完毕，也吃了早粥。方欲带了王妈到菜市里去买小菜的时候，忽听大门外有人笃笃地敲门。王妈遂把大门开了，只见一个西服青年，手里拿了一张报纸，在问王妈说这可是贾怀德家里吗。赵氏听了，连忙迎出去，接口说道：

"你这位先生贵姓？不知道找贾怀德有什么事情吗？"

"哦，敝姓梅，听说贾先生在报上找寻怀春小姐是不是？"

原来这个姓梅的青年就是晓云，可怜晓云那天自从向怀春求婚之后，万万也料不到怀春会留书出走的，所以心中除了悲伤之外，又感到说不出的抱歉，因此神情也有些如醉如痴，连读书都没有心思了。今天早晨一早地起来，偶然在报纸上翻阅到这则寻人的启事，一时心中真有说不出的稀奇，难道这个怀春就是我家出走的怀春吗？但既然遇到了她亲生的爸爸，怎么又会不别而行了？启事中又一句阿梅丫头已经赶出了，难道又是为了阿梅的缘故吗？晓云胡思乱想地想了一会儿，因为被好奇心所冲动，兼之自己实在也非常地关怀怀春，所以他拿了报纸匆匆到新光村来一探究竟了。当时赵氏听了晓云的话，还以为晓云已经知道了怀春的下落，所以特地来报信的，一时满面含笑地连说不错不错，忙着请晓云到会客室内坐下，急急地问道：

"梅先生，你是不是把我怀春女儿已经找寻到了呢？"

晓云还没有回答，这里王妈已经到楼上去报告怀德知道了。怀德心中这一快乐，连身上的跌伤也忘记了，三脚两步地早又匆匆地奔了下来，边走边嚷着说道：

"我女儿来了吗？我女儿来了吗？"

"这位就是贾老先生吗？"

"在下正是，你先生贵姓呀？是不是知道了我女儿下落了呢？"

"敝姓梅，怀春小姐原来是您的令爱吗？这事情说起来话长，她在前天晚上，原是从我家中出走的，我也正要找寻她的人哩，不知道她和老先生又怎么会遇在一起的呢？"

怀德和赵氏想不到晓云会说出这几句话来，一时真弄得莫名其妙，两人面面相觑，倒是怔怔地愕住了一会子。良久，怀德才急急地说道：

"原来梅先生也是为了找寻她而来的吗？那么你和她到底又是怎样的关系呢？"

"说起我们关系，倒又要说起我的同学吴莲湘来。"

"什么？吴莲湘吗？"

"是的，老先生也认识他吗？"

"不，我倒并非认识他，因为我也曾经听她说起过，她说吴莲湘就是她知心的好朋友，原来还是梅先生同学吗？"

"不错，我同学他到南京去了，所以把怀春小姐寄居在我的家里，谁知第二天就得到火车被炸、莲湘遭难的消息。所以她悲痛万分，便悄悄地留书出走了。"

怀德觉得他所说的话，和怀春说的完全相符，一时非常焦急，遂搓了搓手，颓伤地倒向沙发上去，说道：

"这可怜的孩子，当初我原是在黄浦江边把她救回来的，难道她昨天早晨又去自杀的吗？"

"啊！她曾经自杀过吗？那么她既然被老先生救回家来，如何又会不别而行呢？"

晓云这句话把怀德问得哑口无言，叹了一口气，望着赵氏，却默不作声。赵氏心中也很惭愧，红了脸，遂只好把阿梅进谗的话向他告诉一遍，却把自己假闹自杀的话瞒住了不说。晓云知道阿梅被赶，大概就是为了这个缘故了，一面叹息，一面又问怀春怎么是老先生亲生女儿呢，怀德忙道：

"梅先生，我告诉你，我在十七年之前曾经走失了一个女儿，她的名字叫红豆，但万不料怀春这次留别书信中的具名，竟也写了'贾红豆'三字，那么她还不是我亲生的女儿吗？"

"哦，这个我倒没有知道，但我只晓得她真实是姓沈的，后来听她说实在是姓杨，却并不知她还是姓贾，而且是老先生的亲生女儿，那真是太凑巧了。可惜知道得太迟，现在我们又到什么地方去找寻她好呢？"

"对了，对了，怪不得当时我问她姓什么，她说姓沈，后来又说姓杨，但是她似乎还有更正的意思，然而只哦了一声之后，却没有再说下去。唉！红豆，你太可怜了，你万一有了什么不幸的话，叫我做爸爸的还有什么滋味做人呢？"

怀德想起那夜救她回来一路上和她的谈话，这就连说了两声对了，但说到后面，却是滚滚地落下眼泪来了。晓云见他这样伤心，心头也悲哀了一会儿，因劝他不要难受，我们大家分头地找寻，说不定会有找到的一天。怀德、赵氏见他很是热心，遂向他拜托了一会儿。晓云坐着也觉无味，便怏怏地告别走了。

这是使晓云意想不到的事情，在第三天的下午，忽然接到了莲湘从无锡写来的一封信。内容是说，自己在无锡警局任职，怀春曾经一度在无锡相遇，不料偶一发生误会，她竟又匆匆地留书出走，大概是回上海来的，请晓云在上海留心找寻，若有下落，便即来函告诉，拜托拜托，一切容后面谢等话。晓云接到了这一封信，他心坎儿上好像倒翻了一只五味瓶，只觉甜酸苦辣辛一齐涌了上来。他想到莲湘没有死，那当然是非常庆幸，但想到莲湘、怀春见面之后，一定有共叙衷情，假使莲湘知道了我曾经向怀春求过婚的事情，那我心中又多么惭愧和不安，因此他不免受了一些刺激。这两天里每夜到舞厅里去游玩，一方面固然是解除自己的烦恼，同一方面又借此可以找寻怀春。因为他知道怀春在上海既然无亲无邻，那么她为了要生活，在上海这个社会里女子的出路，恐怕她是只好重做冯妇了。晓云的猜想倒很有一些把握，果然在这天晚上，偶尔到金国舞厅去游玩，却被他发现怀春这个人了。当时在晓云的心中，好像是发现了新大陆一般地快乐，立刻一把抓住了怀春，叫道：

"啊呀！我的好小姐！你真是把我找得好苦呀！你这人也太神秘了，既然在无锡碰见过了莲湘，为什么偷偷地又跑到上海来了？你你……这到底是什么意思呀？"

怀春想不到会遇见了晓云，同时更想不到他连自己到过无锡的事情都会全知道了，因此奇怪得目瞪口呆，倒是怔怔地愕住了。晓云拉她到座桌旁来坐下，急急地又说下去道：

"杨小姐，不，我现在该叫你贾小姐了。贾小姐，我第一得向你恭喜，恭喜你遇到了你亲生的爸爸。"

"梅先生，你……这是打哪儿说起？莫非你在说梦话吗？"

怀春益发奇怪得丈二和尚摸不着头脑了，遂开口向他问出了这两句话。晓云且不作答，把在报上剪下来那则怀德的启事，从日记簿内取出，交到她的手里，说道：

"贾小姐，你且不要问，快先看完了这则启事，你就完全明白了。"

"啊呀！啊呀！想不到他竟是我亲生的爸爸！"

怀春在瞧完了这则启事之后，她的神情更加木然了，似乎还有些将信将疑的样子，痴痴地说。晓云遂说道：

"我和你爸爸已经碰见过了，可怜他为你生了病，为你流着泪，为你痛苦得几乎不要做人了。而且你的后母，她也悔恨得了不得，你不见启事中说，已经把阿梅赶出去了吗？"

"那么……我真的遇到我爸爸了吗？我……我不是在做梦吧？"

"不是做梦，不是做梦，这完全是实实在在的事情。我……我……再告诉你一个快乐的消息，莲湘从无锡写信给我，叫我在上海代为找你，一有了下落，他马上来见你。你到底什么事情和他发生误会了？因为他并没有负心你，他是真真心心还非常地爱你呀！"

晓云说的话，怀春是只听到了前面几句，至于后面的话，她也根本没有听到。所以她知道了爸爸为她生病、流泪，甚至不要做人的消息，她一阵子悲痛，泪水也扑簌簌地落下来了，遂急急地说道：

"梅先生，请你马上陪我到爸爸家里去好吗？我要见我的爸爸，我可怜的爸爸！"

"好，那么我们立刻就走吧！"

晓云一面说，一面匆匆地付了茶账，而且他又要买带怀春出外的舞票，因为舞厅里规矩，在舞场时间之内，舞女是不能随随便便跟舞客出外去的。怀春见了，连忙阻止他，说舞票回头我自己会补给他们的，我现在已知道了他是我亲生的爸爸，我以后不再做舞女了，我如何还能叫你花费金钱吗？晓云听了，也只好由她。当时两人匆匆地出了舞厅，跳上了一辆三轮车，便急急地到新光村去了。

可怜的怀德，因为思女心痛，所以这一星期来茶饭不想，终日以泪洗面，忧忧愁愁地终于真的病倒在床上了。这晚已经十时敲过了，赵氏在床边捧了药碗，正在苦苦地劝他喝药，忽然王妈急匆匆奔上楼来，满面春风，笑嘻嘻地说道：

"老爷，好了，好了，梅先生把我们大小姐寻回来了。"

"什么？你……你……这话可是真的吗？"

"当然真的，你们不信，瞧，这上来的不是大小姐吗？"

怀德虽在病中，但一听到大小姐回来的消息，他顿时会振作精神起来，猛可坐起了身子，急急地问。王妈把手向房门外一指，也很兴奋地回答。怀德和赵氏果然听见一阵脚步的声音，接着红豆和晓云的人就显现在眼前了。怀德伸张了两手，叫了一声我的儿，红豆早已抢步上前，扑倒床边，叫了一声爸爸，父女两人这就相抱一起，大家痛哭起来了。

第八回

两全其美乐　姊弟各成好姻缘

赵氏站在旁边，见他们父女抱头痛哭，知道他们这一哭，完全是悲哀之中带着喜欢的意思，所以也不用相劝，还是让他们痛痛快快地哭一场，使他们心头倒可以舒服一些。赵氏这样想着，遂管自地向晓云招待，请他坐下，还递过一支烟卷，亲自给他划了火柴。晓云微欠了身子，也连说多谢多谢。这时王妈、张妈都在房中，倒茶，拧手巾，显得很是忙碌。赵氏等他们哭过了一会儿之后，方才亲自把红豆扶起，含笑说道：

"我的好女儿！亲女儿！现在你们骨肉重逢，应该快乐才是，怎么老是伤心着呢？起来，起来，妈给你揩了眼泪水吧！"

"妈！"

红豆见赵氏这样疼爱自己的样子，心头一时也感动起来，遂温情地望了她一眼，亲亲热热地也叫了一声妈。赵氏喜欢得什么似的，耸着肩胛，一面拿手巾给她真的拭脸，一面说道：

"女儿啊，你也太糊涂了，为什么不早些说出你的真姓名来呢？否则，你也不用留书出走，同时更不会叫你爸爸想念成病了。"

"爸爸，我真对不起你，可怜你老人家为了我，终日流泪想念，现在累你病在床上，那叫我心中多么不安呢！"

红豆听了赵氏的话，遂又走到床边去坐下了，秋波脉脉地望着怀德的脸，一面说，一面眼泪水又流了下来。怀德伸手摸着红豆的头发，流着眼泪，浮了微笑，低低地说道：

"孩子，你别说这些话吧，爸爸见你回家来了，爸爸的病就没有了。你瞧，我要跳下床来走动走动呢！"

"不，爸爸，你躺着休养吧！况且今夜已经不早了，假使你真的全好了，那么也等明天早晨起来吧。爸爸，你的名字就叫贾怀德吗？"

红豆见他真预备下床的样子，遂连忙按住了他身子，一面向他劝阻，一面又低低地问。在她心中想着，还怕有弄错的意思。怀德连连点头，说道：

"是的，我就叫贾怀德，你祖父叫贾铁民。你母亲姓朱，名叫淑春。那年故乡来了强盗，把你祖父杀死了，把你爸妈抢劫上盗窠里去。可怜你妈在那时候就惨遭不幸死了，我好容易逃出了盗窟，回到家中一看，谁知家园已成焦土。因为你当初还只一周岁，本是睡熟在床上，所以我只道你被火烧死了。唉！好好一份家庭，顿时遭了惨变，可怜我一个人流浪上海，不知不觉地竟有十七个年头，这光阴也不知是怎么过的呢！"

"爸爸，对了，对了，你这些话，跟我义母临死时候告诉我的完全一样。我的义父杨志飞，从前不就是爸爸的要好同学吗？原来火烧我家的时候，幸亏义父把我从火堆里救出来的呢！"

"不错啊，不错！志飞兄是我最知己同学，可怜他们夫妇难道全都死了吗？"

"是的，这都是女儿命苦。爸爸，义父把我所以取名改叫怀春，他说是纪念我亲生父母的意思，因为爸爸叫怀德，母亲叫淑春，所以把父母名字凑合拢来，当作我的名字了。"

父女两人在经过这一番谈话之后，彼此心中方才有了一个恍然大悟。这时怀德拉了红豆的纤手，两眼望着她娇靥，脑海里由不得想起十七年前的朱淑春来，觉得母女两人竟是十分相像，怪不得当初在黄浦江边碰见她的时候，我心中便有这个感觉。但如今淑春是死了，连尸骨都差不多腐烂了，总算留下了一个女儿，也是她给我的纪念物吧。怀德这样呆呆地想，心里又伤悲又欢喜，眼泪又滚滚地落下了两颊，因低低地说道：

"孩子，从今以后，你应该恢复你的姓贾名叫红豆了。"

"是的，爸爸，我在写给你的信中不是早就叫贾红豆了吗？"

红豆含了倾人的娇笑，转了转乌圆眸珠，低低地回答。这时怀德的视线又望到晓云的身上去，方才想到了似的，"喔"了一声，招呼道：

"梅先生，我真感谢你，你到底把我女儿找寻回来了，所以你真是我的救命恩人一样。否则，我这个病恐怕是难以好的了。像你这样热心的好人，我真不知该拿什么来报答你才好呢。"

"老爷，我们报上不是登着有人把女儿陪送回家，当即酬谢法币二千万元吗？那么我们就开一张支票给梅先生吧。"

晓云听赵氏这样地插嘴回答，这就"啊呀"了一声叫起来，连连摇手地说道：

"伯母，你说这些话，未免把我太当作陌生人看待了。难道我把红豆找回来，是为了贪图二千万的赏格吗？老实说，我们也是为了一些友爱的关系，况且当时红豆小姐原寄居在我的家里，她自从在我家出走之后，我的心里是多么抱歉、多么不安哩！如今天可怜的，总算把她找到了，在我自然也可以卸脱了一重责任，而且也很对得起我的朋友吴莲湘了。"

"梅先生忠实可靠，思想博爱，令人可敬，我心里非常地佩服你。刚才你说的吴莲湘，他到底还活在世界上没有呢？"

怀德听晓云这样说，连连点头赞叹，觉得在这个年头，还有这种热心负责的好人，实在是不可多得了。况且生得年纪轻，品貌美，在他所以问莲湘的人，其实原也有深刻的意思。他心中想着，假使莲湘果然死了，那我倒愿意看中晓云做一个女婿哩。但晓云却很高兴地回答道：

"老伯，对于这一点，你还是问红豆自己吧。其实红豆已经在无锡和莲湘碰见过了。他们不知道为了一些什么误会，所以红豆又回上海来了。"

"哦？有这样的一回事情，梅先生怎么知道的？"

"是莲湘在无锡写信给我的，他说红豆完全误会了他，他无论如何还一心爱她的。所以红豆走后，他急得日夜不安，几乎废寝忘餐，所以托我在上海各处找寻，一有下落，便去信告诉。我如今把红豆找到，明儿就得写信给莲湘，叫他马上到上海来一次了。"

"梅先生，不，你还是不要写信去的好。"

红豆听了，却哀怨地逗了他一瞥凄凉的目光，低低地阻拦着说。怀德第一个先不明白地急急问道：

"红豆，好孩子，你快告诉我，你们到底为了什么事故又发生破裂了呢？"

"倒并没有发生什么破裂，因为我不愿意为了自己，丢了他前途的光明和幸福。"

"你这是什么意思？我实在有些听不懂了。难道你嫁给了他，就会使他前途黑暗起来吗？"

怀德益发有些莫名其妙的样子，皱了眉毛不了解地问她。但红豆轻轻地叹了一口气，眼皮有些红润，却是垂首无语。赵氏在旁边点头说道：

"这事情我倒猜着了一点儿。"

"你猜着了，不妨说给我们大家听听。"

"只怕姓吴的孩子，他在无锡另外有了爱人吧？"

赵氏听怀德叫自己说出来，遂低低地回答。大家听说，倒觉得很有道理，因问红豆是否为了这个缘故。红豆却一味地不开口。晓云见她并不否认，知道多少猜着了几分，一时心头不由暗暗欢喜，但愿莲湘真的另有爱人，那么我的相思倒也可以如愿以偿了。他心中虽然这么地想，不过口里还大大方方地说道：

"莲湘既然写信来托我找寻你，这在我就有了责任。所以不管他是否别有爱人，我终得写信告诉他。等他到了上海，还是让老伯细细地问他吧。"

"梅先生这话说得极有道理，我非常赞成，像梅先生这样有人格有作为的青年，我也不敢拿虚伪的话来感谢。我只希望你常到我家来走动走动，大家做一个好朋友，那我就非常地欢喜了。"

"老伯若不讨厌我，那我一定常常会来拜望你们的。今天时已不早，你们大家早些安息吧，我也该回家去了。"

晓云说到这里，因为时候快近十一时半了，于是站起身子，预备告别要走。怀德恐怕路上戒严，所以也不留他。这里红豆亲自送晓云下楼，直到大门口外。晓云回转身子，很爱怜的口吻说道：

"外面风大，当心受凉，你进去吧。"

"梅先生，你几时再来？"

"反正过两天我终要来一次的，红豆，再见。"

晓云见她对自己若有依恋之情，一时心头甚为感触，反觉黯然神伤，低低地回答了这一句话，方才说声再见，便匆匆地走了。在红豆心中，是同样地感到无限的惆怅，觉得莲湘的用情，还不及晓云的痴心。他对自己的情分，实在是非常真挚和尽力，我今生也不知道拿什么报答他才好呢。红豆眼望着晓云消失了的身子，这才连声地叹息，悄悄地回进屋子里去了。

晓云回到家里，便连夜地先写好一封信给莲湘，告诉他红豆已经被自己找到，而且她也相逢了亲生的爸爸，叫他见信后立刻回上海来一次。写毕此信，方才熄灯就寝。在晓云心中，虽然感到有些痛苦，不过在他的精神上却觉得十二分的安慰，所以他在又欢喜又凄凉的情绪中，也就沉沉地睡着了。

过了几天，晓云的信终于送到了莲湘的手中。莲湘看完了这封信之后，他心里的快乐不免雀跃似的跳起来了。但事情被玉卿知道了，可怜在玉卿芳心中，自然相反地感到说不出的悲哀。当莲湘离开无锡的时候，玉卿还亲自赶到火车站来送行，含了眼泪，低低地说道：

"莲湘，你这次到上海去之后，不知道还想得着回无锡来吗？"

"我是有公务的人，我怎么能久待上海呢？所以早晚仍旧要回无锡来的。玉卿，你不要难过吧。"

莲湘见她眼泪汪汪的神情，心中也非常地悲酸，但表面上却不得不握着她手，低低地安慰。玉卿苦笑道：

"我想你明儿回无锡来的时候，你在上海一定是已经结过了婚，说不定会带了你的新夫人到无锡来度蜜月吧？假使你们到来的话，不妨预早地写信给我，我可以给你们布置一间很美丽的新房，你心中喜欢吗？"

"……"

莲湘还有什么话好回答呢？他呆呆地望着对自己苦笑的玉卿，眼泪却忍不住大颗地涌上来了。玉卿见他哭了，知道他心中也未始不是没有爱我的意思，但为了迟早的关系，所以他不敢忘旧罢了。这正是他的美德，我又怎么能怨恨他呢？唉！相见恨晚，复有何言？玉卿暗暗地想着，她的眼泪也像雨点儿般地滚落下来了。一对痴男怨女，站在月台上，只管多情地依依不舍惜着别离之情，但火车却并不像他们一样多情，一声汽笛长鸣，报告着火车就要开了。莲湘在无可奈何的情形之下，只好硬着心肠，匆匆地跳上车厢。因此在月台上就只剩下孤零零玉卿一个人，她的心头空洞洞的，好像掉落了一样什么东西似的难受。唉！情场失意，真是年轻人最最痛苦的事情啊！

莲湘到了上海，急急坐车先到晓云家里。齐巧晓云没有出去，两人见面，大家紧紧地握了一阵手，各道别后情形。晓云问起误会的原因，莲湘只好把玉卿之事略为告诉了一些，并且坚决地表白自己心迹，绝不忘情红豆。晓云听了，也只有苦笑而已，当下两人又急急地赶到怀德家里。怀德的病体早已复原，此刻坐在会客室内，正和赵氏、红豆一同吃点心，忽然见晓云带了一个俊美的少年匆匆到来，这就慌忙含笑起迎。晓云遂也把莲湘给怀德、赵氏介绍，莲湘恭恭敬敬地鞠了躬，叫过了伯父母，然后走到红豆面前，意欲和她握手。不料红豆却别转身子去，似乎不愿理他的样子。莲湘心中这一急，大有要哭出来的神气，急急地说道：

"红豆，你……这是什么意思？难道你仍旧不明白我的心吗？假使我有负心你的意思，我怎么还会急急地赶到上海来呢？"

"我明白你的心是爱我的，不过，我是一苦命之人，处处地方没有帮助你，只有累害你，所以我觉得很惭愧对你罢了。"

"红豆，你何苦来要说这些话呢？叫我听了不是很伤心吗？"

莲湘说完了这两句话，眼泪真的流了下来。怀德在旁边也劝红豆不要再使吴先生难过了，大家生生死死地闹了一场，今日好容易重逢在一处，大家应该欢欢喜喜才是呢！红豆听了父亲的话，也就不再说什么话了。晓云眼见他们和好如初，含情脉脉，自己虽然不是妒忌，却觉得羡慕万分，因此不愿久待，便欲起身告别。但这时赵氏把点心又烧了上来，留晓云吃了点心再走。晓云因为情意难却，遂勉强地坐下稍许吃了一点儿，方才匆匆地走了。这里怀德因问莲湘说道：

"吴先生这次回上海来，预备怎么样打算呢？"

"不瞒老伯说，我是预备跟红豆订婚来的。只要老伯金诺，小侄心中就感激万分了。"

莲湘厚着面皮，明眸望着红豆的粉颊，终于老老实实地说出心中意思来。红豆绯红了两颊，却报报然地垂下头来，默不作声。怀德微微地一笑，点头说道：

"你的用情很专一，我当然很喜欢玉成你。不过，你在上海有没有家庭的？订婚的时候，是否要征求你家长的同意呢？"

"这个……伯父，我坦白地跟您说，我的养父行为很不好，这些红豆也知道的，所以我根本和他脱离关系了。不过，我有一个祖母，她老人家对待我好极了，我心里不忍忘记她，所以我若订婚的时候，我一定要请她来主持我的亲事。"

"那么你祖母还很健康吗？"

"不但健康，而且还很能干，我这个养父见了她也非常害怕的。"

"这样很好，我的意思也预备去望望她，你此刻能带我一同去吗？"

怀德的意思，是想去看看他家庭中的情形，所以向他这么要求着说。莲湘因为心中也很记挂着祖母，当下连说好的。红豆也因为莲湘的祖母对待自己十分慈爱，所以愿意一同去看望她。赵氏叫他们早去早回，并请莲湘仍旧回到她家晚餐。莲湘连忙含笑答应。一行三人，坐车匆匆到吴大龙家中去了。

可怜这个吴老太太，自从莲湘不别而行之后，心里非常地悲伤，日日夜夜地流泪想念，甚至于恹恹地病了好多天，连茶饭都不想吃了。吴大龙的心中，却十二分地痛恨莲湘，所以在这个时候，便对老太太说明白了道：

"母亲，你以为莲湘这个孩子是什么人的儿子？我老实告诉你，他实在是贾怀德的儿子，所以你也不必想念他了，还是让他走了的好。否则，将来倒免不了还是一个祸根呢！"

"什么？他是贾怀德的儿子吗？你……你……当初不是说在地上拾来的人家一个私生子吗？这……到底是怎的一回事情呢？"

吴老太听了儿子这些话，心中自然有说不出的惊异，于是急急地追问他说。大龙遂把朱淑春被劫上山，她原有十月怀胎，所以气愤之下，便生下一孩的话，向吴老太从头说了一遍。吴老太方才恍然大悟，因为怀德一家人，都是大龙所害，现在把他儿子既已抚养成人，总算也可以减少一点儿罪恶了。但莲湘这个孩子到底也没有良心，我待他这样好，他反而悄悄地逃走了，那我还想念他做什么呢？吴老太心中因为有了怨恨的意思，所以病倒慢慢地好起来了。

这当然是吴老太心中所梦想不到的事情，这天莲湘忽然会带了红豆等去看望她。当时她那双老花眼向莲湘望望，又向红豆看看，又对怀德细细打量，含了眼泪惊喜莫名地说道：

"莲湘，我的好孩子！你……好狠心，怎么抛掉我悄悄地逃跑了？你……你……这些日子里到底在什么地方呢？这位不是杨小姐吗？我还有些记得，但这位又是什么人呀？"

"祖母，我不姓杨了，我实在是姓贾的，我的名字叫红豆。这个就是我的爸爸贾怀德，他特地来望望您老人家的。"

红豆见吴老太还认得自己，心中十分欢喜，便偎过身子去，表示很亲热的样子，笑盈盈地回答。怀德遂叫声"老太太，您好"。不料吴老太太一听"贾怀德"三个字，她的神色立刻大变，全身有些瑟瑟地发抖，惊慌地说道：

"什么？你……你就是贾怀德吗？"

"不错，我……我是贾怀德。老太太，你为什么这样吃惊呀？哦！哦！我想起来了，老太太非常面熟，你……莫非是吴大龙的母亲吗？嘿！我们整整有十七个年头不见了，原来你们在上海倒好逍遥自在啊！"

怀德本来还有些模模糊糊地记不大清楚，如今被吴老太这样惊慌的神情一来，于是向她细细地一打量，这就猛可地想了起来，不由立刻板起了面孔，怒气冲冲地说出了这两句话。吴老太被他一语道破，年老之人，哪里受得住过分的焦急，因此身子向后一仰，便跌倒在地上了。莲湘慌忙把她抱起，弄得莫名其妙地连叫祖母醒来。但怀德却拉了红豆，兀是怒不可遏地说道：

"女儿，我们快快回去吧，这头婚姻是万万也不能成功的了！"

"爸爸，你不要愤怒得这个样子呀！到底为了什么事情？你好歹也向我说一个明白呀！"

"红豆，你哪里知道？当年我家被强盗抢劫，你祖父和母亲不幸惨死，都是莲湘的爸爸吴大龙所害。因为大龙勾结盗匪，前来打劫我家的，害得我家破人亡，都是大龙一人之罪恶。他是我的仇人，你怎么能嫁给仇人的儿子做妻房呢？所以这是万万不能，我们快快回去，我还要跟他打官司不可哩！"

红豆做梦也想不到其中还有这一层曲折的缘故，一时也气得柳眉倒竖，凤目圆睁，灰白了粉脸，恨恨地连说"我们走，我们走"。莲湘心中一急，也顾不得吴老太，便奔上来拉住了红豆，急急地说道：

"贾老伯、红豆，你们难道忘记了吴大龙不是我亲生的爸爸吗？那么我如何可算是你们仇人的儿子呢？"

怀德和红豆被莲湘这样地一辩白，果然把他们心中的愤怒倒又平静了不少，但是怔怔地愕住着，却不知怎么地回答才好。这时吴老太又万分惊奇地走上来，望着莲湘急急地问道：

"莲湘，你……你……怎么知道大龙不是你亲生的爸爸呀？"

"是他自己告诉我的，为了红豆，他把我忍心地赶出去。祖母，当初也并不是我自己抛弃你们悄悄地逃跑的呀！"

"你……这话是打哪儿说起的？"

吴老太听了莲湘的话，更加丈二和尚摸不着头脑了，遂向他急急地追问。莲湘于是把大龙调戏红豆的事情，向她告诉了一遍，并且说道：

"所以我把红豆又寄居到朋友家中去，我为了爸爸面子关系，并不告诉祖母。谁知他却起个狠心，把我恨恨地骂了一顿，并且说明我不是他的儿子，叫我滚出去。我心中一气愤，遂顾不得祖母老人家，抛家出走了。"

"啊呀！这个逆子，这个畜生！太不是人了！我恨不得把这个没有天良的奴才活活地打死，方消我心头之恨！贾先生，事到如此，我也只好向你老实地告诉了。你以为莲湘是谁？他……他原来就是你亲生的儿子呀！"

吴老太觉得大龙的行为实在太无耻了，所以心里只觉无限的悲痛，因为良心被正义的谴责，所以她终于透露了这个惊人的消息。但听到怀德、红豆、莲湘三人的耳朵里，顿时使大家不约而同地叫了一声"啊呀"，面面相觑，弄得不知如何是好。怀德第一个先急急问道：

"老太太，你这话可是真的吗？"

"当然真的，贾先生，你假使不相信，我可以详详细细地告诉你。"

吴老太气喘喘地回答，一面遂把大龙告诉自己的话这时又向怀德说了一遍，并且流泪说道：

"贾先生，大龙这不孝的逆子，虽然是太可杀了，但总算给你儿子抚养得这么大了，你……你……也可以减少一些气愤了吧？"

"啊！这么说来，莲湘，你……你……竟然真是我的亲儿子啊！"

"喔！爸爸！"

怀德望着莲湘，又欢喜又伤心，遂颤抖地说出了这两句话，莲湘也早已扑奔上前，跪倒怀德的身旁，叫了一声爸爸，竟是呜呜咽咽地大哭起来。这时站在旁边的红豆，那颗芳心里也不知道是充满了什么滋味，只觉甜酸苦辣一齐涌上心头。她流着眼泪，暗暗地叫着好险好险，幸亏我们的爱情是纯洁的，是坦白无愧的，否则我们亲姊弟之间，真不知怎么才好呢。所以红豆实在弄得有些啼笑皆非了。怀德父子哭了一会儿，方才把莲湘扶起身子，指着红豆说道：

"莲湘，那么红豆是你的亲姊姊呀，你们……怎么好结成夫妻呢？"

"姊姊！"

"弟弟！"

莲湘奔到红豆面前，两人紧紧地握住了手，大家互相地叫了一声，四行眼泪忍不住像雨点儿般地滚落下来了。正在不知说些什么话好的时候，忽然仆童阿发急匆匆地奔进来，气急败坏的神情说道：

"老太太！不好了，不好了！克伦医院里来了电话，说我家老爷在舞厅里跳舞，为了一个舞女，竟和别个舞客争风吃醋起来。不料那个舞客是现在最最出风头的七十六号里人物，所以拔出手枪，把我家老爷砰的一枪打死了！"

"真的吗？死得好，死得好！这不孝的逆子，总算自己识相，他在外面先自作孽地死了，那不是恶贯满盈、死有余辜吗？"

大家冷不防地得知了这个消息，心中自不免也吃了一惊。但吴老太却反而显出痛快的神情，大叫死得好，一面痛心疾首地说，一面究竟也忍不住老泪纵横了。阿发听了，倒是弄得莫名其妙，不禁呆呆地愣住了。怀德到底是个仁厚的人，觉得大龙既然已经死了，那么我也不必再记前恨，况且他给我养大了儿子，总算也可以将功赎罪了，于是说道：

"大龙生死如何，我们还不知道，不过既然得此消息，也理应到医院里去望望他。老太太，我们一块儿走吧。"

"唉！这种人死了就死了，何必还去望他呢？在这个国难当头的时期中，死了一个社会的蠹虫，对于国家毫无损害，有什么可惜呢？"

吴老太很明大义地回答，她说的言语是多么慷慨激昂。怀德听了，不免肃然起敬，因此心里倒反而很同情她孤苦的可怜了。四个人坐了三轮车，匆匆来到医院，见吴大龙果然伤重而死，血肉模糊得一瞑不视了。吴老太向怀德流泪说道：

"大龙醉生梦死地死于非命，可说罪有应得，我绝不预备从事铺张，只给他草草入殓算了。至于大龙遗下的产业，由我做主，一半送给莲湘，一半捐助慈善机关，作为公益事业。可怜我年老之人，不会办事，贾先生倘然肯热心相助，则老身感铭肺腑，永永不忘你的恩德了。"

"老太太贤明过人，使晚生不胜敬佩之至，承蒙相托，敢不遵命。但对于送给莲湘遗产一事，我们心领谢谢，还是全数捐给慈善

223

机关，或者创办一个义务学校，这倒是替社会造福不浅了。"

"那么一切请贾先生鼎力办理，使老身十分安慰。我预备回到乡下，在庵堂里去度过我的残生吧。"

"老太太，你不要这样说，莲湘全靠你十分疼爱地抚养成人，所以此恩此德，我怀德一定也要补报于你，绝不使你过着凄凉的生活。"

怀德听吴老太这样说，倒反而低低地安慰着她。这儿看护们把大龙移尸太平间，怀德遂打电话给乐园殡仪馆，叫他们来车大龙的尸体了。当夜就把大龙草草地入殓，灵柩便寄放在殡仪馆内的寄柩所。怀德一面送吴老太回家，一面带了红豆和莲湘也欢天喜地地回到自己的家里来。赵氏此刻等在家中，正咕噜地怨恨他们不知到什么地方去了，忽然见怀德拉开嘴，笑嘻嘻地回家，遂忙问他们在什么地方玩，为何去了这么多的时候？莲湘不等怀德回话，便向赵氏亲亲热热地叫了一声妈。赵氏目瞪口呆，倒弄得莫名其妙，怀德方才把莲湘原是自己亲生儿子的话，向赵氏告诉了一遍。赵氏听了，也乐得笑出声音来，说道：

"哈哈！这真是做梦也想不到的事情，一忽儿我们儿子女儿全都有了呢！老爷，我问你现在还要讨小老婆吗？"

"太太，你真也乐而忘形了，我几时要讨过小老婆呢？被我们的儿子女儿听了，岂不是笑话吗？"

红豆和莲湘见父母这样高兴的神情，一时大家也忍不住抿着嘴笑起来了。这时王妈、张妈开上了饭茶，他们父母子女四个人坐在桌子旁，也就团团圆圆地吃饭了。怀德望了这一对可爱的儿女，他脸上的笑容真是没有平复过，忽然又说着道：

"我无意之中得了一个儿子，但是却失了一个女婿，所以我一定要想一个补救的办法，使我女儿仍旧有一个如意的郎君。"

"爸爸，你这个补救的办法，我已经完全地知道了。"

"你知道什么呢？"

莲湘一面望着红豆哧哧地笑，一面叫了一声爸爸，显出很神秘的样子回答。怀德也笑嘻嘻地喝着酒，连忙向他低低地追问。莲湘说道：

"爸爸是不是看中我的好朋友梅晓云做女婿了吗？"

"对啊！对啊！你想，他们两人也是一对很美满的姻缘吗？太太，你也赞成这个梅先生吗？"

"我赞成极了，梅先生也是一个好人才。况且他这样热心仗义，为了友爱，费尽心血，代替我们找寻红豆。其实我心中猜想，梅先生至少也有些爱着红豆哩。"

"姊姊，你说妈这句话可曾说到你们心眼儿上去吗？"

红豆听他们你一句我一句地说着，一颗芳心已经是感到万分的羞涩，此刻又听弟弟怪俏皮地问自己，这就啐了他一口，恨恨地逗给他一个白眼，很快地吃完了饭，便匆匆地逃到楼上去了。因了红豆这么一来，倒叫他们父子三个人忍不住又笑了一阵。

红豆一个人逃到楼上房中，一面对镜洗脸，一面暗暗地想着心事，觉得一个人的婚姻，真可说是前生的注定了。我和莲湘生生死死地缠了一场，满以为事到今日，终可以太太平平结成一对夫妻了，谁料到夫妻又会变成了亲姊弟，这人生的变幻也不是太难捉摸了吗？说到晓云这个人，他对我确实也很痴心。在他无非是为了朋友关系，只好忍痛地死了这条追求我的心，其实我知道他内心一定也是够痛苦的。不过明儿若给他知道我又可以投入他的怀抱，那时候他心中的惊喜不知道又将到哪　种程度吗？红豆坐在沙发上，一个人手托香腮，尽管呆呆地思忖着，她也不知道已经过去了多少时候，忽然一阵皮鞋响进房中来，红豆抬头望去，万不料站在房中的不是别人，却就是自己正在想念的梅晓云。一时无限惊奇，还只道自己在做梦了，连忙揉揉眼皮，仔细地望去。却听晓云早已含笑说道：

"红豆，你这时候想不到我会到你房中来吧？"

红豆慌忙站起身来，绯红了粉脸，却赧赧然地背转身子去了。晓云跟到她的背后，拍拍她的肩胛，低低地说道：

"红豆，怎么？你讨厌我吗？"

"不！"

红豆心中一急，情不自禁地回答了一个不字，但仔细想想，却越想越觉得难为情，因此垂了粉脸，便再也抬不起头来了。晓云心头甜蜜蜜的，含了笑容，接着又说道：

"那么你是怕难为情吗？红豆，其实此刻原是你爸爸叫我来的，他已经完全地跟我说明白了，他老人家已把你嫁给我了。我真想不到莲湘竟会是你的同胞手足。啊！这不是老天可怜我所以才这么地成全我吗？我真要深深地感谢老天，同时我也要深深地感谢着你哩！"

"可是，你没有想到你应该感谢我的爸爸。"

晓云这一番话听到红豆的耳朵里，方才明白是爸爸叫他到来的。因为这已经是成为堂而皇之的事情，所以她才慢慢地回过身子，秋波逗给他一个媚眼，不胜娇羞地回答。晓云点头笑道：

"感谢你爸爸这是更应该的道理，所以根本不用再说的了。红豆，我自从你留书出走之后，我天天有些失魂落魄的样子，我觉得你真是我的灵魂。从今以后，我的前途一定有光明的希望了。"

"你不要说这些痴话了，时候不早，你还是早些回去吧。"

红豆见他一面说，一面嬉皮笑脸的神情，大有要和自己亲热的样子，因为恐怕被人看见不雅，遂向他挥手，低低地回答。晓云因为已经吃下了定心丸，所以不敢违拗她的意思，和她握握手，含笑说声再见，便悄悄地退出房外去了。这夜红豆睡在床上，她的脸始终是含了笑容，拥抱着红绸的被，自然是还做了一个甜蜜的梦。

匆匆地过了几天，怀德给红豆、晓云假座红棉酒家订了一个婚。届时贺客如云，十分地热闹。莲湘见晓云和姊姊已缔结了百年良缘，他当然非常地眼痒，心中不由想起了玉卿，觉得玉卿也真是自己一个贤内助，虽然很想对怀德说明自己的意思，但又怕着难为情，没有说出来。不过红豆是很了解莲湘的心，当下向怀德代为说明弟弟在无锡有个心爱的女朋友，最好给弟弟也结成了这一头好姻缘。怀德十分赞成，连连答应。莲湘因为自己在无锡原是请假而来，现在在上海一住半月，原该回无锡去销假了。怀德的意思，是希望莲湘不要离开他，最好把玉卿小姐接到上海来，大家快快活活地同享天伦之乐。但莲湘却认为国难当头，自己责任重大，还需要替祖国效劳。怀德没有办法，也只好由他。不过再三叮嘱他，终要小心才是。莲湘点头答应，当夜就写封信给玉卿，却写得非常刁滑，说自己在上海已和红豆结婚，准于星期四下午二时动身来无锡，嘱玉卿届时在车站相候。

玉卿在无锡接到了莲湘这封信，可怜她心是片片碎了，肠是寸寸断了，倒在沙发上，整整地哭泣了两个钟点。因为莲湘动身到上海去的时候，自己曾经答应给他布置一间新房来接待他们夫妻的，所以她觉得不能有失信用，也只好收束眼泪，停止悲泣，勉勉强强地给他布置了一间新房。到了星期四傍晚的时候，她竭力地把自己化妆了一番，掩饰着脸部上悲痛的神色，懒洋洋地到火车站上去迎接他们了。

火车由远而近，终于抵达了无锡车站。玉卿这时的心头，好像有刀在割一般地疼痛。在人丛里面，到底发现了莲湘在头等车厢中跳下来。玉卿原是个好胜的姑娘，她要表示自己并没有感到一些失恋的悲痛，所以仍旧笑盈盈地迎了上去，口里还叫着莲湘的名字。莲湘一见到玉卿，他就放掉了手中的小皮箱，竟把玉卿紧紧地抱住了。玉卿对于他这个突然的举动，当然感到不胜惊异，连忙急急地推开他，问道：

"你的新夫人呢？"

"喏，这不是吗？"

"谁？"

"你呀!"

玉卿做梦也想不到莲湘会显出贼秃嘻嘻的神情,拿手指了指自己的胸口,回答了这两个字,一时倒怔怔地愕住了,涨红了脸,有些娇嗔的样子,问他这是什么意思。莲湘却并不说话,连忙在大衣袋内取出一张报纸,交到玉卿手里,含笑说"你快看了报纸,就知道了"。玉卿遂把报纸展开,见有一则用红墨水圈着的订婚启事,遂急急念道:

贾红豆
　　　订婚启事
梅晓云
　　我俩承贾莲湘与史玉书两先生介绍,并征求双方家长同意,兹定于本月十五日假座红棉酒家举行订婚典礼,特此敬告亲友。

玉卿看完了这则订婚启事,虽然是明白了一半,但还有一些摸不着头脑,拉了莲湘的手,惊喜万分地含了笑容,急急地问道:

"莲湘,这……这……到底是怎么的一回事呀?贾莲湘是谁呀?你快些告诉我吧!"

"贾莲湘就是我,贾红豆却是我嫡亲的同胞姊姊,你想,我们亲姊弟怎么能结婚?所以我的新夫人除了你,还有谁呢?"

"我真弄不懂这到底是怎么搅的,一忽儿她却变成了你的姊姊?难道你们在上海遇到亲生的父母了吗?"

"对啦对啦!这个事情不是三言两语说得完的,我们还是回家去详细地谈吧。啊呀!你瞧,四周的旅客们都走完了,整个的月台上却只剩下我们一对小夫妻哩!"

莲湘十二分兴奋地说着,说到后面,不免有些乐而忘形,连小夫妻三字也都嚷出来了。玉卿又羞涩又喜悦,秋波逗给他一个妩媚的娇嗔,也不禁嫣然地笑起来了,于是给他提了小皮箱,两人挽了手臂，一同步出了火车站。玉卿到车站来迎接的时候，她是含了眼泪，忍了痛苦，但此刻回家的时候，她脸上的眼泪已化成了笑容，心中的痛苦已变成了甜蜜。眼望着前面广阔的道路，踏着轻松的步伐，好像是将要跨入这幸福的乐园！

附　　录

从鸳鸯蝴蝶派谈到冯玉奇小说

裴效维

《民国通俗小说典藏文库·冯玉奇卷》将收录冯玉奇的百余种小说作品，此举极其不易。现在，我愿以这篇文章给出版者呐喊助威。尽管我人微言轻，但我毕竟是一个中国文学的研究者，为鸳鸯蝴蝶派说些公道话是我的责任。

冯玉奇是一位鸳鸯蝴蝶派作家，因此我们要想了解冯玉奇，必须首先厘清有关鸳鸯蝴蝶派的一些问题。

一、何谓鸳鸯蝴蝶派

鸳鸯蝴蝶派作家平襟亚在《关于鸳鸯蝴蝶派》（署名宁远）一文中对鸳鸯蝴蝶派的来历说得很清楚：

> 鸳鸯蝴蝶派的名称是由群众起出来的，因为那些作品中常写爱情故事，离不开"卅六鸳鸯同命鸟，一双蝴蝶可怜虫"的范围，因而公赠了这个佳名。

> ——载香港《大公报》1960 年 7 月 20 日

可见鸳鸯蝴蝶派并不是一个有组织有宗旨的小说流派，而是因为当时流行的言情小说多写一对对恋人或夫妻如同鸳鸯蝴蝶般相亲相爱，形影不离，因而民间用鸳鸯蝴蝶小说来比喻这种言情小说，那么这种言情小说的作家群当然也就是鸳鸯蝴蝶派了。这种说法应该是可信的，因为民间常用鸳鸯和蝴蝶来比喻恋人或夫妻，很多民间文学作品中不乏其例。这一比喻非常形象生动，但并无褒贬之意，因此不胫而走。

传到新文学家那里，便加以利用，并赋予贬义，作为贬低对手的武器。但新文学家对鸳鸯蝴蝶派的界定并不一致，大致有两种看法。

一种看法认同民间的比喻说法，即将鸳鸯蝴蝶派小说局限为通俗小说中的言情小说，将鸳鸯蝴蝶派局限为言情小说作家群。鲁迅是这种看法的代表，他在1922年所写的《所谓"国学"》一文中说："洋场上的文豪又作了几篇鸳鸯蝴蝶派体小说出版"，其内容无非是"'卿卿我我''蝴蝶鸳鸯'"（载《晨报副刊》1922年10月4日）。又于1931年8月12日在社会科学研究会做了《上海文艺之一瞥》的长篇演讲，其中对鸳鸯蝴蝶派小说更做了形象而精辟的概括：

> 这时新的才子＋佳人小说便又流行起来，但佳人已是良家女子了，和才子相悦相恋，分拆不开，柳阴花下，像一对蝴蝶、一双鸳鸯一样。

——连载于《文艺新闻》第20、21期

此外，周作人、钱玄同也持这种看法。周作人于1918年4月19日在北京大学文科研究所小说研究会做《日本近三十年小说之发达》的演讲中，就说现代中国小说"还有《玉梨魂》派的鸳鸯蝴蝶体"（载《新青年》第5卷第1号）。次年2月，周作人又发表《中国小说里的男女问题》（署名仲密）一文，认为"近时流行的《玉梨

234

魂》，虽文章很是肉麻，（却）为鸳鸯蝴蝶派小说的鼻祖"（载《每周评论》第5卷第7号）。与周作人差不多同时，钱玄同在1919年1月9日所写的《"黑幕"书》一文中也说："人人皆知'黑幕'书为一种不正当之书籍，其实与'黑幕'同类之书籍正复不少，如《艳情尺牍》《香闺韵语》及'鸳鸯蝴蝶派小说'等等皆是。"（载《新青年》第6卷第1号）这种看法后来被人称之为"狭义的鸳鸯蝴蝶派"看法。

另一种看法却将鸳鸯蝴蝶派无限扩大，认为民国年间新文学派之外的所有通俗小说作家都是鸳鸯蝴蝶派，他们的所有通俗小说都是鸳鸯蝴蝶派小说。这种看法的代表人物是瞿秋白和茅盾。瞿秋白从小说的内容方面来扩大鸳鸯蝴蝶派小说的范围，他在《财神还是反财神》一文中说，"什么武侠，什么神怪，什么侦探，什么言情，什么历史，什么家庭"小说，都是鸳鸯蝴蝶派小说（见人民文学出版社1953年10月版《瞿秋白文集》）。茅盾则从小说的形式方面来扩大鸳鸯蝴蝶派小说的范围，他在《自然主义与中国现代小说》一文中认定鸳鸯蝴蝶派小说包括"旧式章回体的长篇小说""不分章回的旧式小说""中西合璧的旧式小说""文言白话都有"的短篇小说（载1922年7月《小说月报》第13卷第7号）。这种看法后来被人称之为"广义的鸳鸯蝴蝶派"看法，而且逐渐成为主流看法，以致后来的文学研究者都接受了这种看法。

新文学家不仅在鸳鸯蝴蝶派的界定问题上分成了两派，而且在鸳鸯蝴蝶派的名称上也花样百出。如罗家伦因为徐枕亚等人好用四六句的文言写小说，便称其为"滥调四六派"（见署名志希的《今日中国之小说界》，载1919年《新潮》第1卷第1号），但无人响应。郑振铎因为《礼拜六》杂志为鸳鸯蝴蝶派的主要刊物之一，便称其为"礼拜六派"（见署名西谛的《新文学观的建设》一文，载1922年5月21日《文学旬刊》第38号）。这一说法得到了周作人、茅盾、瞿秋白、朱自清、阿英、冯至、楼适夷等人的响应，纷纷采用，以致使用频率越来越高，知名度越来越大，终于成为鸳鸯蝴蝶派的别称了。于是"鸳鸯蝴蝶派"和"礼拜六派"两个名称便被新文学家所滥用。如郑振铎在《新文学观的建设》一文中称"礼拜六派"，而在《〈文学论争集〉导言》一文中却称"鸳鸯蝴蝶派"（见上海良友图书公司1935年10月出版的《新文学大系·文学论争集》卷首）。还有人在同一篇文章里既称鸳鸯蝴蝶派，又称礼拜六派。如阿英在1932年所写的《上海事变与鸳鸯蝴蝶派文艺》一文中说：张恨水的所谓"国难小说"，与"礼拜六派的作品一样，是鸳鸯蝴蝶派的一体"，"充分地说明了鸳鸯蝴蝶派的作家的本色而已"（见上海合众书店1933年6月出版的《现代中国文学论》）。

茅盾在20世纪70年代觉得统称鸳鸯蝴蝶派或礼拜六派都不合适，于是提出了一个折中的看法，他在《紧张而复杂的生活、学习与斗争（上）——回忆录（四）》中说：

> 我以为在"五四"以前，"鸳鸯蝴蝶派"这名称对这一派人是适用的。……但在"五四"以后，这一派中有不少人也来"赶潮流"了，他们不再老是某生某女，而居然写家庭冲突，甚至写劳动人民的悲惨生活了，因此，如果用他们那一派最老的刊物《礼拜六》来称呼他们，较为合式。

——载1979年8月《新文学史料》第4辑

事实是该派在"五四"前后没有根本变化，都是既写言情小说，又写其他小说，将其人为地腰斩为两段，既显得武断，又无法掩盖当时的混乱看法。

这些混乱的看法导致后来的文学研究者无所适从：或沿用"鸳鸯蝴蝶派"的说法（如北大本《中国文学史》和《中国小说史稿》、

复旦本《中国文学史》和《中国近代文学史稿》等）；或沿用"礼拜六派"的说法（如山东师院本《中国现代文学史》等）；或干脆别出心裁地称之为"鸳鸯蝴蝶—礼拜六派"（见汤哲声《鸳鸯蝴蝶—礼拜六小说观念的价值取向及其评价》，载《苏州大学学报》1992年第2期）。这可真算是中国小说史上的一出有趣的滑稽戏了。

二、如何评价鸳鸯蝴蝶派

鸳鸯蝴蝶派的开山作品是1900年陈蝶仙的言情小说《泪珠缘》，因此鸳鸯蝴蝶派应该是指言情小说派，这也就是后来的所谓"狭义的鸳鸯蝴蝶派"，但被新文学家扩大为"广义的鸳鸯蝴蝶派"，实际上也就是民国通俗小说派。

鸳鸯蝴蝶派与同时期的"南社"不同，既没有组织，也没有纲领，而是一个在思想倾向和艺术风格上大体相同或相近的小说流派，连"鸳鸯蝴蝶派"这一招牌也是别人强加给它的。然而客观地说，鸳鸯蝴蝶派确实是一个产生过巨大影响的小说流派。在"五四"以前的近二十年间，它几乎独占了中国文坛；在"五四"以后的三十年间，虽然产生了新文学，但新文学只是表面上风光，而鸳鸯蝴蝶派却一派兴旺发达景象。我对"广义的鸳鸯蝴蝶派"做过不完全的统计：该派作家达数百人，较著名者有一百余人，所办刊物、小报和大报副刊仅在上海就有三百四十种，所著中长篇小说两千多种，至于短篇小说、笔记等更难以计数。在此前的中国文学史上，还没有哪个文学流派有过如此宏大的规模，产生过如此巨大的影响。

鸳鸯蝴蝶派由于规模宏大，又处在历史的一个巨变时期，其成员的确鱼龙混杂，其作品也良莠不齐，但总体来说，它形象地记录了中国二十世纪前五十年的历史，为中国读者提供了丰富的精神食粮，对中国小说的传承起过积极作用，因此应该给予充分的肯定。

鸳鸯蝴蝶派小说已经不是中国传统通俗小说的复制，而是一种改良的通俗小说。在形式方面，它既采用章回体，也采用非章回体，甚至采用了西洋小说的日记体、书信体等，至于侦探小说则更是完全模仿自西洋小说。在艺术手法方面，受西洋小说的影响非常明显，如增加了人物形象和景物描写，结构与叙事方式也趋于多样化，单线和复线结构并用，第三人称和第一人称叙述法兼施，还采用了倒叙法和补叙法。在内容方面，鸳鸯蝴蝶派小说已经扩大了描写范围，反映了当时社会生活的各个方面，甚至已经紧跟时事，及时反映当前的社会现实，被称为"时事小说"。如李涵秋的《广陵潮》描写辛亥革命，而他的《战地莺花录》则描写五四运动，这种及时反映当时发生的重大政治事件的小说，与多写历史故事的古代小说完全不同，显然是一大进步。鸳鸯蝴蝶派的言情小说，也不同于古代的才子佳人小说，而是一种新才子佳人小说。古代的才子佳人小说因面对森严的封建礼教，只能写才子与佳人偶尔一见钟情，以眉目传情或诗书传情的方式进行交流，最后皆是有情人终成眷属的大团圆结局。而这种大团圆结局完全是人为的：或出于巧合，或由于才子金榜题名，皇帝御赐完婚，这就完全回避了封建包办婚姻的问题。而民国年间的封建礼教已经在一定程度上松绑，尤其像上海、北京等大城市得风气之先，恋爱自由和婚姻自主思想已经渐入人心。因此有些鸳鸯蝴蝶派的言情小说也突破了古代才子佳人小说的窠臼，才子佳人已经敢于"相悦相恋，分拆不开，柳阴花下，像一对蝴蝶、一双鸳鸯一样"。其结局也不再全是有情人终成眷属的大团圆，而是"有时因为严亲，或者因为薄命，也竟至于偶见悲剧的结局……这实在不能不说是一个大进步"（鲁迅《上海文艺之一瞥》，连载于1931年7月27日、8月3日《文艺新闻》第20、21期）。言情小说由大团圆结局到悲剧结局的确是一个大进步，因为前者是回避封建包办婚姻礼制，而后者是控诉封建包办婚姻礼制。而这一进步的开创者是曹雪芹和高鹗，他们在《红楼梦》里所写的婚姻差不多都是悲剧。因此胡适称赞《红楼梦》不仅把一个个人物"都写作悲剧的下场"，而且最后"作一个大悲剧的结束，打破了中国小说的团圆迷信"（《〈红楼梦〉考证》，见 1923 年亚东图书馆版《胡适文存》）。可见鸳鸯蝴蝶派的言情小说在一定程度上继承了《红楼梦》开创的爱情婚姻悲剧模式，因而具有相当的反封建意义。我们可以徐枕亚的《玉梨魂》为例加以说明，因为该小说被新文学家指为鸳鸯蝴蝶派的代表性作品。

《玉梨魂》的故事很简单——清末宣统年间，小学教员何梦霞与年轻寡妇白梨影相爱，但两人均认为他们的这种行为是不道德的。为了得到感情的解脱，白梨影想出个"移花接木"的办法，即撮合何梦霞与自己的小姑崔筠倩订了婚。然而何梦霞既不能移情于崔筠倩，白梨影也无法忘情于何梦霞，结果造成了一连串的悲剧——白梨影在爱情与道德的激烈冲突下郁郁而死；崔筠倩因得不到何梦霞之爱而离开了人世；白梨影的公公因感伤女儿、儿媳之死而一病身亡；白梨影的十岁儿子鹏郎成了孤儿。何梦霞为排遣苦闷，先赴日本留学，继又回国参加了辛亥武昌起义（即辛亥革命），壮烈牺牲。

《玉梨魂》不仅描写了一个爱情婚姻悲剧，而且不同于一般的爱情婚姻悲剧。一般的爱情婚姻悲剧都是由封建势力造成的，即由包办婚姻造成的；而《玉梨魂》所写的爱情婚姻悲剧，其原因却是何梦霞和白梨影自身的封建道德。他们既渴望获得恋爱自由和婚姻自主的权利，又不能摆脱封建道德和封建礼教的束缚，两者激烈冲突，造成三死一孤的惨剧。从而揭露了封建道德和封建礼教的影响力是多么巨大，它已深入人们的骨髓，使其不能自拔。因此，它的反封建意义比一般的爱情婚姻悲剧更为深刻。

其实，新文学阵营也不是铁板一块，虽然大多数新文学家对鸳鸯蝴蝶派全盘否定，但也有少数新文学家态度比较客观，他们对鸳鸯蝴蝶派也给予一定的肯定。鲁迅是其中最突出的一位，他不仅认为某些鸳鸯蝴蝶派的悲剧言情小说是"一大进步"，而且不同意某些新文学家对鸳鸯蝴蝶派消极影响的夸大其词。他说：

至于说他流毒中国的青年，那似乎是过虑。倘有人能为这类小说所害，则即使没有这类东西也还是废物，无从挽救的。与社会，尤其不相干，气类相同的鼓词和唱本，国内非常多，品格也相像，所以这些作品也再不能"火上添油"，使中国人堕落得更厉害了。

——《关于〈小说世界〉》，载《晨报副刊》
1923 年 1 月 15 日

这种客观的观点与前述周作人无限夸大鸳鸯蝴蝶派作品能使国民生活陷入"完全动物的状态"乃至"非动物的状态"的观点形成了鲜明对比。当抗日战争爆发后，鲁迅更提倡文学界的抗日统一战线，主张团结鸳鸯蝴蝶派一起抗日。他说：

我以为文艺家在抗日问题上的联合是无条件的，只要他不是汉奸，愿意或赞成抗日，则不论叫哥哥妹妹，之乎者也，或鸳鸯蝴蝶都无妨。但在文学问题上我们仍可以互相批判。

——《答徐懋庸并关于抗日统一战线问题》，
载《作家》月刊第 1 卷第 5 期

鲁迅不仅提倡团结鸳鸯蝴蝶派一起抗日，而且主张新文学派与鸳鸯蝴蝶派在文学问题上"互相批判"，这种平等对待鸳鸯蝴蝶派的度量，也与那些视鸳鸯蝴蝶派如寇仇，必欲置诸死地而后快的新文学家形成了鲜明对比。

对鸳鸯蝴蝶派给予肯定的不只鲁迅，还有朱自清和茅盾。朱自清认为供人娱乐是中国传统小说的特点，因此不赞成将"消遣"作为罪状来批判鸳鸯蝴蝶派小说。他说：

> 在中国文学的传统里，小说……更是小道中的小道，就因为是消遣的，不严肃。不严肃也就是不正经，小说通常称为"闲书"，不是正经书。……鸳鸯蝴蝶派的小说意在供人们茶余酒后的消遣，倒是中国小说的正宗。
>
> ——《论严肃》，载《中国作家》创刊号

茅盾也承认鸳鸯蝴蝶派小说也"写家庭冲突，甚至写劳动人民的悲惨生活"。他还从艺术性方面对鸳鸯蝴蝶派小说给予一定肯定。他认为鸳鸯蝴蝶派的有些长篇小说"采用西洋小说的布局法"，如倒叙法、补叙法，以及人物出场免去套语、故事叙述"戛然收住"等等，这一切是对"旧章回体小说布局法的革命"。还认为鸳鸯蝴蝶派的有些短篇小说学习了西洋短篇小说"截取一段人生来描写，而人生的全体因之以见"的方法："叙述一段人事，可以无头无尾；出场一个人物，可以不细叙家世；书中人物可以只有一人；书中情节可以简至只是一段回忆。……能够学到这一层的，比起一头死钻在旧章回体小说的圈子里的人，自然要高出几倍。"（《自然主义与中国现代小说》，载1922年7月10日《小说月报》第13卷第7号）

鲁迅、朱自清、茅盾毕竟属于新文学派，因此他们对鸳鸯蝴蝶派的肯定是有限的。我们应该摆脱成见与束缚，从中国文学史的角度，对鸳鸯蝴蝶派做出客观公正的评价。

三、如何看待冯玉奇的小说

我们澄清了以上有关鸳鸯蝴蝶派的三个问题，等于为介绍冯玉

奇的小说提供了一个坐标，也等于为读者提供了一把参照标尺。读者用这把标尺，就可自行评判冯玉奇的小说了。

　　冯玉奇于 1918 年左右生于浙江慈溪，笔名左明生、海上先觉楼、先觉楼，曾署名慈水冯玉奇、四明冯玉奇、海上冯玉奇。据说他毕业于浙江大学（一说复旦大学）。1937 年九一八事变后寄居上海，感山河破碎，国事蜩螗，开始写作小说以抒怀。其处女作为《解语花》，由上海春明书店出版。出版后旋即由东方书场改编为同名话剧，演出后轰动一时。那时他才十九岁。由此一发而不可收，至 1949 年 7 月《花落谁家》出版，在短短十来年时间里，他创作的小说竟达一百九十多种，平均每年近二十种，总篇幅应该不少于三千万字，只能用"神速"来形容。这时他只有三十一岁。近现代文学史料专家魏绍昌先生（已去世）所编《鸳鸯蝴蝶派研究资料（史料部分)》（上海文艺出版社 1962 年 10 月出版）开列的《冯玉奇作品》目录只有一百七十二种，也有遗珠之憾。不过我们从这一目录中仍可确定冯玉奇是一位以写言情小说为主的通俗小说作家，因为在一百七十二种小说中，言情小说占有一百二十二种，其他小说只有五十种：社会小说三十四种、武侠小说十四种、侦探小说两种。

　　冯玉奇不仅是一位写作神速且极为多产的通俗小说作家，还是一位热心的剧作家和剧务工作者。早在他二十六岁（1944 年）时，就担任了越剧名伶袁雪芬的雪声剧团的剧务，并为之创作了《雁南归》《红粉金戈》《太平天国》《有情人》《孝女复仇》五大剧本，演出效果全都甚佳。在他二十七到二十八岁（1945～1946）时，又与他人合作，前后为全香剧团和天红剧团编导了《小妹妹》《遗产恨》《飘零泪》《义薄云天》《流亡曲》等二十多个剧本，演出效果同样甚佳。可见冯玉奇至少写过十几个剧本。

　　冯玉奇一生所写的小说和剧本总计不下两百五十种，总篇幅可能达到四千万字以上，是名副其实的"著作等身"，是当之无愧的中国最多产的作家，号称多产的同派小说家张恨水也难望其项背。当时的文学作品已是一种特殊商品，冯玉奇的小说如此畅销，其剧本演出又如此轰动，这足可以证明其受人欢迎，这就是读者和观众对冯玉奇的评价，它比专家的评价更为准确，也更为重要。遗憾的是，我们无法看到他的剧作和三十岁以后的作品，也不知其晚景如何，卒于何年。

从冯玉奇的生活年代和创作时段来看，他显然是鸳鸯蝴蝶派的后起之秀，所以尽管他作品如此之多，影响如此之大，而同派的老前辈却很少提到他，这也是"文人相轻"的表现之一。

按说要介绍冯玉奇的小说，应该将其全部小说阅读一遍，但我没有这么多时间，也没有这么大精力，因而只向中国文史出版社借阅了《舞宫春艳》《小红楼》《百合花开》三种，全都是言情小说。因此我只能以这三种言情小说为例加以介绍，这可能会犯以偏概全的错误，因此只能供读者参考。

《舞宫春艳》写了两个纠缠在一起的爱情婚姻悲剧故事：苏州富家子秦可玉自幼与邻居豆腐坊之女李慧娟相恋，由于门第悬殊，秦可玉被其父禁锢，二人难圆成婚之梦。不幸李慧娟生下了一个私生女鹃儿，只好遗弃，自己则郁郁而死。鹃儿被无赖李三子收养，长大后卖到上海做伴舞女郎，改名卷耳。中学生唐小棣先是爱上了姑夫秦可玉家的婢女叶小红，不料叶小红失踪，于是移情于卷耳，但无钱为卷耳赎身，两人感到婚姻无望，于是双双吞鸦片自尽。

《小红楼》的故事紧接《舞宫春艳》：曾经被唐小棣爱过的叶小红的失踪，原来也是被无赖李三子拐卖为伴舞女郎，小棣、卷耳自杀后，小红才被救了回来，并被秦可玉认为义女。经苏雨田介绍，与辛石秋相识相恋而订婚。同时石秋的姨表妹巢爱吾也爱石秋，但石秋既与小红订婚在先，便毅然与小红结婚。爱吾为了摆脱难堪的地位，离家出走，下落不明。石秋奉父命赴北平探望二哥雁秋，在火车站被人诬陷私带军火，被军人押到司令部。可巧爱吾此时已成为张司令的干女儿兼秘书，便设法救了石秋一命。但张司令强迫石秋与爱吾结婚，二人既不敢违命，又固守道德，便以假夫妻应付。后来石秋回到家里，终于与小红团聚。

《百合花开》写了两个紧密相关的爱情婚姻故事：二十岁的寡妇花如兰同时被四十二岁的教育家盖季常和十八岁的革命青年盖雨龙叔侄俩所爱，而盖季常的十六岁侄女盖云仙又同时被三十六岁的银行家杨如仁和十九岁的革命青年杨梦花父子俩所爱。经过许多曲折后，终于两位长辈让步，盖雨龙与花如兰、杨梦花与盖云仙同场结婚。

由以上简单介绍可知，冯玉奇的这三种小说共写了五个爱情婚姻故事，其中两个是悲剧结局，三个是有情人终成眷属。这正如鲁迅所说："有时因为严亲，或者因为薄命，也竟至于偶见悲剧的结局……这实在不能不说是一个大进步。"其次，这三种小说的五个爱情婚姻故事，倒有四个是三角爱情婚姻故事，但它们的情况并不雷同。唐小棣、叶小红、卷耳的三角恋是一男爱二女，辛石秋、叶小红、巢爱吾的三角恋是两女爱一男，而盖季常、盖雨龙、花如兰和杨如仁、杨梦花、盖云仙的三角恋更为异想天开，竟然都是两辈嫡亲男人（叔侄、父子）同爱一个女子。可见冯玉奇极有编故事的才能，从而使作品更具吸引力和娱乐性。又次，这三种言情小说的描写极为干净，没有任何色情描写。除了秦可玉与李慧娟有私生女外，其他人都非礼勿言，非礼勿行。如辛石秋与叶小红因婚礼当天石秋之母去世，为了守孝，新婚夫妻在百日之内没有圆房。而辛石秋与姨表妹巢爱吾为了对得起叶小红，虽被张司令强迫成亲，却只做了几天假夫妻。

从表现形式和艺术手法来看，我觉得冯玉奇的小说与当时新文学的新小说都受了西洋小说的影响，基本相同。譬如：两者都突破了传统小说书名的套路，不拘一格，尤其采用了一字书名和二字书名，如冯玉奇有《罪》《孽》《恨》《血》和《歧途》《逃婚》《情奔》等；而巴金有《家》《春》《秋》，茅盾有《幻灭》《动摇》《追求》。两者的对话方式也突破了传统小说的套路，灵活自如：对话既可置于说话者之后，也可置于说话者之前，还可将说话者夹在两句或两段话之间。至于小说的结构法、叙述法与描写法，更是差不多的。譬如人物描写不再是"沉鱼落雁""闭月羞花""倾国倾城"之类的千人一面，景物描写也不再是"落红满地""绿柳成荫""玉兔东升"之类的千篇一律，而加以具体描绘。这里随便举一个例子：

> 小红坐在窗旁，手托香腮，望着窗外院子里放有一缸残荷，风吹枯叶，瑟瑟作响。墙角旁几株梧桐，巍然而立。下面花坞上满种着秋海棠，正在发花，绿叶红筋，临风生姿，可惜艳而无香，但点缀秋色，也颇令人爱而忘倦。

这是《小红楼》对莲花庵一角的景物描绘，虽然算不上十分精彩，但作者通过小红的眼睛描绘了院中的三样东西——风吹作响的"枯荷"、巍然挺立的"梧桐"、正在开花的"海棠"，从而衬托出莲花庵幽静的环境，曲折地表明了时在秋季。频繁使用巧合手法是冯玉奇小说的显著特点，可以说把所谓"无巧不成书"用到了极致。巧合手法有助于编织故事，缩短篇幅，增加作品的吸引力等，但使用过多则时有破绽，有损于作品的真实性。冯玉奇的某些小说也采用了章回体，但只是标题用"第×回"和对偶句，"却说""且听下回分解"之类的套语已不再经常出现，因此并非章回体的完全照搬。况且章回体并非劣等小说的标志，它在我国小说史上发挥过巨大作用，产生过杰出的四大古典小说。因此用章回体来贬低冯玉奇的小说，也是毫无道理的。

冯玉奇的小说也有明显的缺点。它们与其他鸳鸯蝴蝶派小说一样，主要注重小说的娱乐性，而忽视小说的社会性和艺术性，因此没有产生杰出的作品。他是南方人而小说采用北方话，加之写作速度太快，无暇深思熟虑，导致语言不够流畅，用词不够准确，还有许多错别字和语病。还有使用"巧合"法太多，有时破绽明显，这里不再举例。

总而言之，冯玉奇既不是"黄色"和"反动"小说家，也不是杰出小说家，而是一位勤奋多产、有益无害的通俗小说家，他应在中国小说史尤其是中国现代小说中占有一席之地。

2017 年 6 月 4 日于北京蜗居

图书在版编目(CIP)数据

红豆相思·两全其美／冯玉奇著. — 北京：中国
文史出版社,2018.3

(民国通俗小说典藏文库·冯玉奇卷)

ISBN 978 - 7 - 5205 - 0010 - 4

Ⅰ.①红… Ⅱ.①冯… Ⅲ.①长篇小说 - 中国 - 现代
Ⅳ.①I246.5

中国版本图书馆 CIP 数据核字(2018)第 010529 号

点　　校：清寒树　旷　野
责任编辑：牟国煜

出版发行：**中国文史出版社**

网　　址：http://www. chinawenshi. net

社　　址：北京市西城区太平桥大街 23 号　邮编：100811

电　　话：010 - 66173572　66168268　66192736（发行部）

传　　真：010 - 66192703

印　　装：廊坊市海涛印刷有限公司

经　　销：全国新华书店

开　　本：720 × 1020　1/16

印　　张：16　　　　字数：203 千字

版　　次：2018 年 3 月第 1 版

印　　次：2018 年 3 月第 1 次印刷

定　　价：48.00 元